# NOTRE ANNÉE TROUBLE

# NOTRE ANNÉE TROUBLE

## SARINA BOWEN

Tuxbury Publishing LLC

# NOTRE ANNÉE TROUBLE

IVY YEARS, TOME 1

**SARINA BOWEN**

TRADUIT PAR
**LAURE VALENTIN**

TUXBURY PUBLISHING LLC

# ILS EN PARLENT

« J'ai non seulement dévoré ce livre après l'avoir acheté, mais j'ai aussi acheté et lu l'intégralité de cette série New Adult (*The Ivy Years*) en une *semaine*. Waouh, elle est géniale ! Du pur New Adult. »
**Tammara Webber (*Easy*), auteur de best-sellers classés au *New York Times*.**

« J'ai tout simplement adoré ! Et je suis impatiente de lire la suite de ses livres. »
**Colleen Hoover (*Hopeless*), auteur de best-sellers classés au *New York Times*.**

« La série *Ivy Years*, de Sarina Bowen, est ma série New Adult préférée de tous les temps ! »
**Elle Kennedy (*The Deal*), auteur de best-sellers classés au *New York Times*.**

« Après ce livre captivant, les lecteurs attendront impatiemment le prochain tome de Bowen. »
***Publisher's Weekly***

# RÉSUMÉ DU LIVRE

**Le sport qu'elle aime est devenu inaccessible. Le garçon qu'elle aime n'est pas libre. Que lui reste-t-il ?**

Elle s'attendait à intégrer l'Université de Harkness en tant que joueuse de hockey sur glace. Mais à la suite d'un accident grave, c'est en fauteuil roulant que Corey Callahan doit commencer les cours.

Son voisin de palier, dans sa résidence accessible aux personnes à mobilité réduite, est trop beau pour être vrai. Il s'appelle Adam Hartley, et c'est un autre joueur de hockey handicapé par deux blessures à la même jambe. Il ne joue pas dans la même ligue que Corey. Et puis, il est déjà pris.

Pourtant, une amitié hors du commun va naître entre Corey et Hartley, dans le « ghetto des éclopés » du bâtiment McHerrin. Autour de leurs plateaux de cafétéria et de leurs parties de jeux vidéo, ils se serrent les coudes pour affronter des déceptions qu'ils sont les seuls à pouvoir comprendre.

Bien sûr, ce sont juste des amis… jusqu'au soir où tout va basculer. Le trouble s'installe. Corey est certaine d'une chose, elle est en train de tomber amoureuse. Pour de bon.

Mais Hartley abandonnera-t-il sa splendide petite amie pour aimer une fille aussi abîmée que Corey ? Rien n'est moins sûr, et Corey va devoir trouver le courage de poursuivre sa vie d'étudiante de son côté – une nouvelle vie qui ne tourne pas autour du sport auquel elle ne peut plus jouer, ni du garçon aux yeux bruns qui a peur de l'aimer en retour.

# NOTES DE LA TRADUCTRICE

La série *The Ivy Years* se déroule dans l'univers du hockey sur glace universitaire. Dans le monde francophone, ce sport étant essentiellement pratiqué au Québec, la question s'est posée du vocabulaire à privilégier. Nous avons néanmoins opté pour le vocabulaire du hockey tel qu'employé en France, pour favoriser la compréhension du plus grand nombre de lecteurs. Ainsi, la traduction choisie pour puck est palet et non rondelle, stick devient crosse et non bâton, etc. Merci aux lecteurs québécois pour leur compréhension.

Enfin, en l'absence d'équivalent en français, nous avons conservé les termes culturels anglophones, tels que Thanksgiving (fête traditionnelle), Ivy League (regroupement des universités américaines les plus prestigieuses) ou encore Euchre (jeu de cartes populaire)…

Bonne lecture !

~Sarina & Laure

# CHAPITRE 1
# GARGOUILLES ET BARBECUE

« L'espoir est cette chose avec des plumes
  Qui est perchée dans l'âme
  Et chante une mélodie sans paroles
  Qui ne s'arrête jamais. »
  EMILY DICKINSON

## COREY

— ÇA M'A L'AIR PROMETTEUR, dit ma mère en contemplant la façade couverte de lierre de la résidence universitaire.

Je pouvais entendre l'excitation dans sa voix.

— Essaie ta nouvelle clé magnétique, Corey.

C'était le jour d'emménagement au Harkness College, et les parents des étudiants de première année arpentaient le campus en poussant des *oh !* et des *ah !* Comme vous l'apprendront les guides officiels, trois des six derniers présidents ont obtenu au moins un diplôme dans cette université fondée il y a trois cents ans. Et deux fois par jour, les étudiants de la Guilde des Carillonneurs grimpent les cent quarante-quatre marches de la tour Beaumont pour diffuser sur le campus la sérénade des cloches, lourdes de près d'une tonne chacune.

Malheureusement, l'intérêt que portait ma mère à la résidence universitaire n'était ni architectural ni historique. C'était la rampe d'accès aux personnes à mobilité réduite qui la fascinait.

Je fis rouler mon fauteuil jusqu'au lecteur de cartes, devant lequel j'agitai ma nouvelle clé magnétique de Harkness flambant neuve. Puis je poussai le bouton bleu sur lequel figurait un fauteuil roulant. Je retins mon souffle jusqu'à ce que la jolie porte cintrée commence lentement à s'ouvrir.

Après tout ce que j'avais traversé au cours de l'année passée, j'avais du mal à croire que c'était réellement en train d'arriver. J'y étais enfin.

Je m'engageai sur la rampe et pénétrai dans le bâtiment étroit, où je remarquai deux appartements, l'un sur ma gauche et l'autre sur ma droite. Tous deux avaient de larges portes – signe qu'ils étaient accessibles aux personnes handicapées. Droit devant s'ouvrait un escalier muni d'une belle rampe en chêne. Comme la majeure partie des vieilles résidences de Harkness, l'édifice n'avait aucun ascenseur. Je ne pourrais visiter aucune des chambres de l'étage dans mon fauteuil.

— Le sol est *très* plat, observa ma mère d'un air approbateur. Quand ils nous ont dit que le bâtiment avait quatre-vingts ans, j'ai eu quelques doutes.

C'était le moins qu'on puisse dire.

Le fait que mes parents m'aient suppliée de ne pas venir à Harkness n'était que le dernier trait d'ironie d'une longue série d'événements d'une ironie amère. Si ce jour-là les parents des autres étudiants de première année à Harkness déroulaient presque le tapis rouge devant leurs enfants, les miens enchaînaient les crises cardiaques à l'idée que leur petit bébé ait choisi une fac à plus de mille six cents kilomètres de chez eux, où ils ne pourraient pas la surveiller toutes les demi-heures.

Dieu merci.

Après l'accident, mes parents m'avaient implorée d'attendre

une année supplémentaire. Mais comment supporter une autre année sans rien faire, avec rien de mieux pour passer le temps que de nouvelles sessions de rééducation ? Quand j'avais tapé du pied – au sens figuré – pour aller à l'université, mes parents avaient changé de tactique. Ils avaient essayé de me convaincre de rester au Wisconsin. J'avais ainsi eu droit à un nombre incalculable de leçons angoissées sur le thème : « Pourquoi le Connecticut ? » ou encore « Tu n'as rien à prouver. »

Mais j'en avais envie. Je voulais avoir la chance de fréquenter le même établissement d'élite que mon frère. Je voulais être indépendante, je voulais un changement de cadre, et je voulais *vraiment* ôter le goût amer que l'année passée m'avait laissé dans la bouche.

La porte sur ma gauche s'ouvrit brusquement et une jolie fille aux cheveux noirs et bouclés passa la tête au-dehors.

— Corey ! fit-elle, rayonnante. Je m'appelle Dana !

Lorsque le courrier révélant l'attribution des chambres était arrivé dans notre boîte aux lettres du Wisconsin, je ne savais pas trop à quoi m'attendre de la part de Dana. Toutefois, pendant le mois qui s'était écoulé, nous avions échangé plusieurs e-mails. Elle était originaire de Californie, mais elle était allée au lycée à Tokyo, où son père était homme d'affaires. Je l'avais déjà informée de mes particularités physiques. Je lui avais expliqué que je ne sentais plus mon pied droit, et aucune partie de ma jambe gauche. Je l'avais prévenue que j'étais en fauteuil roulant la majeure partie du temps, mais que, armée d'encombrantes attelles aux jambes et d'une paire de béquilles, je parvenais parfois à réaliser un très mauvais simulacre de marche.

Et je m'étais déjà excusée pour cette attribution de chambre hors du commun – une colocation avec une infirme dans une chambre différente des autres étudiants de première année. Lorsque Dana s'était empressée de répondre que ça ne la dérangeait pas, une petite lueur d'espoir s'était éclairée au-dessus de mon épaule. Et cette petite chose ailée à plumes avait voleté autour de moi pendant des semaines, m'encourageant dans le creux de l'oreille.

À présent que je me trouvais en chair et en os en face d'elle pour la première fois, ma petite fée d'espoir faisait des pirouettes sur mon épaule. Je tendis les bras pour lui montrer le fauteuil.

— Comment m'as-tu reconnue ?

Ses yeux pétillèrent et elle répondit exactement ce qu'il fallait :

— Facebook, pardi !

Elle ouvrit grand la porte et j'entrai en faisant rouler mon fauteuil.

— Notre appartement est fabuleux, dit Dana pour la troisième fois. Nous avons au moins deux fois plus d'espace que les autres. Ce sera génial pour les fêtes.

C'était une bonne chose de savoir que Dana était le genre de compagne de chambre qui voyait le pichet de bière à moitié plein.

Et pour tout dire, notre appartement était vraiment superbe. La porte s'ouvrait sur ce que les étudiants de Harkness appelaient une « salle commune », mais que le reste du monde connaissait sous le nom de salon. Autour de la salle commune se trouvaient deux chambres séparées, chacune suffisamment vaste pour y manœuvrer un fauteuil. En guise d'ameublement, nous avions chacune un bureau et – détail plutôt curieux – un lit double.

— J'ai apporté des draps simples, dis-je, stupéfaite.

— Moi aussi, fit Dana en éclatant de rire. Peut-être que les chambres accessibles aux fauteuils roulants ont toutes des lits doubles ! Nous n'aurons qu'à faire un peu de shopping. Oh, ce n'est pas si grave !

Ses yeux brillèrent.

Ma mère, soufflant sous le poids de l'une de mes valises, entra dans la chambre.

— Du shopping pour quoi ?

— Des draps, répondis-je. Nous avons des lits doubles.

Elle joignit les mains.

— Nous vous conduirons chez Target toutes les deux, avant de partir.

J'aurais préféré me débarrasser de mes parents, mais Dana accepta sa proposition.

— D'abord, laissez-moi jeter un coup d'œil, dit ma mère. Peut-être aurez-vous besoin d'autre chose.

Elle entra d'un pas traînant dans notre salle de bain privée. De grandes proportions, la pièce contenait une douche accessible aux personnes à mobilité réduite.

— C'est parfait, dit-elle. Nous allons ranger tes affaires et nous assurer que tu as un endroit pour faire sécher tes cathéters.

— *Maman*, la houspillai-je.

Je n'avais pas du tout envie de discuter de mes rituels bizarres devant ma colocataire.

— Si nous allons chez Target, lança Dana depuis la salle commune, nous devrions acheter des tapis. Ça résonne par ici.

Ma mère se précipita hors de la salle de bain pour m'humilier encore davantage.

— Oh, Corey ne peut pas avoir de tapis. Elle s'exerce toujours à la marche et elle risquerait de trébucher. Bon, où voulez-vous que Hank installe votre télévision, les filles ? demanda ma mère en regardant autour d'elle.

Je bondis sur l'occasion pour changer de sujet :

— Mon père va nous installer un écran plat et un abonnement au câble, dis-je à Dana. Si ça te va. Tout le monde n'a pas forcément envie d'avoir la télé.

Dana porta une main à son menton d'un air pensif.

— Personnellement, je ne regarde pas trop la télé…

Ses yeux brillèrent et elle ajouta :

— Mais il pourrait y avoir, euh, certaines catégories de personnes qui aimeraient se rassembler dans notre chambre, disons, lors des rencontres sportives ?

Ma mère éclata de rire.

— Quelle catégorie de personnes ?

— Eh bien, vous n'avez pas encore rencontré notre voisin ? Il est en deuxième année.

Les yeux de ma nouvelle colocataire se tournèrent vers le couloir.

— En face ? demandai-je. Dans l'autre chambre accessible aux personnes à mobilité réduite ?

Ce n'était pas exactement l'endroit où je m'attendais à rencontrer un beau garçon.

Elle hocha la tête.

— Tu verras. Attends un peu.

Notre virée shopping mit bien plus longtemps que je ne l'avais escompté. Ma mère insista pour payer les nouveaux draps de Dana, en arguant que c'était de notre faute si on lui avait octroyé un lit aux dimensions particulières. Dana choisit un édredon orné d'une gigantesque fleur rouge. Pour ma part, j'optai pour une couette à pois.

— C'est très guilleret tout ça, lança ma mère d'un air ravi.

Elle avait toujours aimé les couleurs vives, mais après l'année que nous venions de passer, elle s'y raccrochait comme à une bouée de sauvetage.

— Nous allons prendre l'ensemble de draps assortis, les filles. Et... ajouta-t-elle en tournant dans l'allée suivante. Un oreiller supplémentaire pour chacune. Ces lits paraîtraient bizarres sinon.

— Elle n'est pas obligée de nous offrir ça, chuchota Dana.

— Bah, laisse-la faire, répondis-je. Approche...

Je lui fis signe de se pencher vers moi pour que nous puissions échanger quelques mots en privé.

— Va jeter un œil aux tapis. Si tu trouves quelque chose qui te plaît, nous reviendrons une prochaine fois.

Elle me regarda en fronçant les sourcils.

— Mais, je croyais que...

Je levai les yeux au ciel.

— Elle dit n'importe quoi.

Dana me fit aussitôt un clin d'œil et se glissa dans l'allée des tapis.

Lorsque nous rentrâmes, mon père se tenait au milieu de notre salon vide. Il passait les chaînes en revue sur la télévision qu'il avait fixée contre le mur.

— Mission accomplie ! lança-t-il.

— Merci, papa.

Il eut un sourire las.

— De rien.

Si ma mère avait été insupportable cette année, ma relation avec mon père était encore plus délicate. Autrefois, lui et moi parlions de hockey sur glace toute la journée. C'était notre passion commune, ainsi que son gagne-pain. Mais à présent, un silence gêné s'était installé entre nous. Le fait que je ne puisse plus patiner l'avait anéanti. Il avait vieilli de dix ans depuis mon accident. J'espérais qu'avec mon départ, il pourrait retrouver ses anciennes habitudes.

Je devais faire comprendre à mes parents que l'heure était venue pour eux de rejoindre le couloir et de mettre les voiles.

— Écoutez, un barbecue est organisé pour les étudiants de première année sur la pelouse. Dana et moi, nous allons y aller. Ça commence *bientôt*.

Ma mère se tordit les mains.

— Attends. J'ai oublié d'installer ta veilleuse.

Elle se rua dans ma chambre, tandis que je me retenais de pester tout bas. Sérieusement ? Je n'avais pas eu de veilleuse depuis mes sept ans. Et quand mon frère était venu étudier à Harkness quatre ans plus tôt, ils n'en avaient pas fait une telle histoire. Damien avait simplement reçu un billet d'avion et une tape sur l'épaule.

— Elle ne peut pas s'en empêcher, me dit mon père en remarquant ma mine contrariée.

Il ramassa ses outils sur le sol et se dirigea vers la porte.

— Ça ira, tu sais, lui dis-je en roulant derrière lui.

— Je le sais, Corey.

Il posa une main sur ma tête avant de la retirer.

— Au fait, papa ! J'espère que vous aurez une super saison.

Son regard semblait creux.

— Merci, ma puce.

Dans d'autres circonstances, il m'aurait souhaité la même chose. Il aurait inspecté mes jambières et nous aurions trouvé un coin de la pièce où ranger mon sac de hockey. Il aurait acheté des billets d'avion pour venir assister à l'un de mes matchs.

Mais désormais, rien de tout cela n'aurait lieu.

Nous nous contentâmes de sortir ensemble dans le couloir, sans dire un mot. Soudain, mes pensées furent interrompues lorsque mon regard se posa sur le garçon qui accrochait un tableau blanc sur le mur devant la porte d'en face. Mon premier aperçu me dévoila un dos athlétique et des bras musclés. Il essayait de planter un clou sans faire tomber ses béquilles.

— Et merde, lâcha-t-il à mi-voix lorsque l'une d'elles dégringola malgré lui.

Lorsqu'il se retourna, il me fit l'effet d'une éclaircie après une journée pluvieuse.

Pour commencer, son visage avait la beauté d'une star de cinéma, avec des yeux marron étincelants et d'épais cils noirs. Ses cheveux bruns ondulés étaient un peu ébouriffés, comme s'il venait d'y passer ses doigts. Il était grand et bien charpenté, sans être trop costaud. Il n'avait pas le corps massif d'un joueur de football américain, mais il était sportif, à n'en pas douter.

C'était évident.

Waouh.

— Salut, dit-il.

Une fossette se creusa sur sa joue. *Salut à toi, beau gosse*, répondit mon cerveau. Malheureusement, ma bouche resta muette. Au bout d'un moment, je pris conscience que je fixais ses belles lèvres, figée comme Bambi dans la forêt.

— Salut, répondis-je d'une voix crispée, au prix d'un gros effort.

Mon père se pencha pour ramasser la béquille que cette magnifique créature venait de laisser tomber.

— C'est un sacré plâtre que tu as là, dis-moi.

Je sentis mes joues virer au rouge en baissant les yeux sur son plâtre, balayant tout son corps au passage. La fin de mon examen minutieux révéla une jambe très musclée. L'autre était enveloppée dans un plâtre blanc.

— N'est-ce pas qu'il est beau ?

Sa voix avait une rudesse toute masculine qui me donna le frisson.

— Elle est cassée à deux endroits.

Il tendit la main vers mon père.

— Je m'appelle Adam Hartley.

— Enchanté, Monsieur Hartley, dit mon père en lui serrant la main. Frank Callahan. Ça doit faire mal.

Adam Hartley baissa les yeux sur sa jambe.

— Eh bien, Monsieur Callahan, vous devriez voir dans quel état s'est retrouvé l'autre gars.

Le visage de mon père se crispa, mais mon voisin afficha aussitôt un sourire éclatant.

— Ne vous inquiétez pas, Monsieur. Votre fille n'a pas emménagé en face d'un bagarreur. La vérité, c'est que je suis tombé.

Le soulagement qui se lisait sur le visage de mon père était impayable. J'éclatai de rire, tirée de mon hébétude admirative. Mon nouveau voisin se tourna vers moi et je fis rouler mon fauteuil jusqu'à lui pour lui serrer la main.

— Bien joué, lui dis-je. Je m'appelle Corey Callahan.

— Ravi de te rencontrer, fit-il en refermant sa grande main autour de la mienne.

Il baissait sur moi ses yeux marron clair et je remarquai que leurs iris étaient entourés d'un cercle plus sombre. Il se penchait vers moi pour me serrer la main et je me sentis un peu gênée. Bon sang, ce qu'il faisait chaud brusquement !

Ce moment magique fut instantanément interrompu par une voix haut perchée à l'intérieur de sa chambre.

— Hartleeeey ! J'aimerais que tu accroches cette photo pour que tu ne m'oublies pas quand je serai en France. Mais je ne sais pas sur quel mur la suspendre !

Hartley leva les yeux au ciel, imperceptiblement.

— Alors tires-en trois autres exemplaires, mon cœur, lança-t-il. Comme ça, il y en aura un sur chaque mur.

Mon père sourit et rendit à Hartley sa béquille.

— Chéri, reprit la voix. Tu as vu mon mascara ?

— Tu n'en as pas besoin, ma belle ! répondit-il en calant les deux béquilles sous ses bras.

— Hartley ! Viens m'aider à chercher.

— Bah, ça ne marche jamais, dit-il en faisant un clin d'œil.

Puis il inclina la tête vers la porte ouverte de sa chambre.

— C'était sympa de vous rencontrer. Je dois aller résoudre le grand mystère du maquillage perdu.

Il disparut à l'instant où ma mère émergeait de mon appartement, la mine pincée.

— Tu es *sûre* que nous ne pouvons rien faire d'autre pour toi ? demanda-t-elle d'un air anxieux.

*Garde ton calme*, m'ordonnai-je. *Le baby-sitting est bientôt terminé.*

— Merci pour votre aide, dis-je. Mais je crois que c'est bon, maintenant.

Les yeux de ma mère s'embrumèrent.

— Prends bien soin de toi, mon bébé, dit-elle d'une voix cassée.

Elle se pencha et me serra dans ses bras, écrasant ma tête contre sa poitrine.

— Promis, maman, soufflai-je.

Mes paroles étaient étouffées. Elle prit une grande inspiration et parvint à se ressaisir.

— Appelle-nous en cas de besoin.

Elle poussa la porte d'entrée de la résidence.

— ... Mais si tu n'appelles pas de quelques jours, nous ne paniquerons pas, ajouta mon père.

Enfin, il m'adressa un petit signe de la main en guise d'au revoir et la porte se referma derrière lui. Ils étaient partis.

Je poussai alors un soupir de pur soulagement.

Une demi-heure plus tard, Dana et moi nous mîmes en route pour le barbecue. Elle traversa la rue d'un pas léger et je la suivis dans mon fauteuil. À l'Université de Harkness, les étudiants étaient répartis en douze résidences. C'était un peu comme à Poudlard, en plus grand et sans les choixpaux. Dana et moi avions été affectées à la résidence Beaumont, où nous habiterions dès notre deuxième année. Tous les étudiants de première année, en revanche, vivaient ensemble dans les bâtiments regroupés autour de la vaste Cour des Nouveaux.

Tous les étudiants de première année, sauf nous.

Notre résidence n'était pas loin, juste de l'autre côté de la rue. Mon frère m'avait expliqué que le bâtiment McHerrin répondait à toutes sortes de besoins : il hébergeait les étudiants dont les résidences subissaient des rénovations, ou encore les étudiants étrangers en visite pour un semestre.

Et apparemment, c'était aussi à McHerrin qu'on logeait les estropiés dans mon genre.

Dana et moi franchîmes deux portails en marbre, attirées par les arômes de poulet grillé. C'était la Cour des Nouveaux, où chaque bâtiment était plus élégant et plus ancien que le précédent. Des marches en pierre plutôt raides menaient aux portes en bois sculpté. Je ne pouvais m'empêcher d'admirer comme une touriste leurs façades richement ouvragées. C'était l'université de Harkness, avec ses gargouilles en pierre et ses trois siècles d'histoire. Les lieux étaient somptueux, à défaut d'être accessibles aux personnes handicapées.

— Je tiens à te dire que je suis désolée. À cause de moi, nous n'habitons pas dans la Cour des Nouveaux avec le reste de notre *promotion*, dis-je en reprenant le jargon de mon frère pour désigner les étudiants de première année. C'est franchement injuste que tu sois coincée à McHerrin avec moi.

— Corey, arrête de t'excuser ! insista Dana. Nous allons rencontrer des tonnes de gens. Et nous avons un super appartement ! Je ne me fais aucun souci.

Ensemble, nous approchâmes du centre de la pelouse, où une tente était dressée. Des notes de guitare flottaient dans l'air chaud de septembre, tandis que l'odeur du charbon faisait frémir nos narines.

Je n'aurais jamais cru arriver à l'université en fauteuil roulant. Certains affirment qu'après avoir frôlé la mort, ils apprennent à apprécier davantage la vie. Ils cessent de tout prendre pour acquis.

Parfois, j'avais envie de frapper ces gens-là.

Mais ce jour-là, je les comprenais. Le soleil de septembre était chaud, ma colocataire était aussi amicale en personne que par e-mail. Et je respirais. Alors oui, j'avais tout intérêt à savoir apprécier tout ça.

# CHAPITRE 2
# SANS LES JAMBES !

## COREY

LES COURS COMMENCÈRENT le lendemain matin. Armée de la carte du campus de Harkness, dans sa version accessible aux personnes à mobilité réduite, je roulais sous le soleil en direction du département de mathématiques. Comme annoncé, le bâtiment avait une rampe parfaitement adaptée et de larges portes du côté ouest.

Ainsi, même s'il n'était pas très palpitant, le cours d'algèbre de niveau cinq présentait l'avantage d'être facile d'accès.

Après quoi, je me rendis en initiation à l'économie, un cours que m'avait conseillé mon père. « J'ai toujours regretté de ne pas mieux comprendre le fonctionnement de l'argent, avait-il un jour avoué dans un rare élan de nostalgie. J'ai demandé à ton frère de donner sa chance à l'économie, et il a bien apprécié. J'aimerais aussi que tu essaies. » C'était une tactique de négociation, étant donné que j'avais moi-même joué la carte du grand frère pour servir mes propres intérêts. Lors de notre discussion épineuse sur mon inscription à l'université, je leur avais porté le coup de grâce en décrétant : « Damien est allé à Harkness, et j'irai moi aussi. »

Mes parents n'avaient pas osé regarder leur fille handicapée dans les yeux et aller contre sa volonté.

Comme ils avaient cédé, et pour faire plaisir à mon père, je m'étais inscrite ce semestre en microéconomie. Même si je n'avais pas la moindre idée de ce dont il s'agissait. Mes lundis, mercredis et vendredis matin – avec les cours d'algèbre et d'économie – seraient atrocement chargés.

L'amphithéâtre d'économie était vaste et ancien, avec de vieux bancs en bois de chêne agencés en étroites rangées. Apparemment, il n'y avait aucun emplacement pour fauteuil roulant. Je me contentai donc de me caler contre le mur du fond, près de deux vieilles chaises dépareillées.

Une minute plus tard, quelqu'un se laissa lourdement tomber sur la chaise d'à côté. Un coup d'œil sur la droite me révéla un avant-bras musclé et bronzé, qui rangeait une paire de béquilles en bois contreplaqué.

Visiblement, mon voisin canon était arrivé.

Ma petite fée d'espoir tout en plumes se réveilla et murmura à mon oreille : *Voilà que le cours d'économie prend une tournure intéressante.*

En lâchant un grognement, Hartley donna un coup de pied sur son sac à dos pour le pousser sur les lattes du parquet avant d'y poser le talon de sa jambe cassée. Puis il appuya sa tête contre le panneau du mur derrière nous et dit :

— Achève-moi, Callahan. Pourquoi me suis-je inscrit à ce cours ? Il est à l'autre bout du campus par rapport au bâtiment McHerrin !

— Tu peux toujours appeler le minibus pour les handicapés, proposai-je.

Il tourna le menton et je fus aussitôt prise au piège par le pouvoir d'attraction de son regard chocolat.

— Pardon ?

L'espace d'une seconde, j'en oubliai presque ce que j'étais en train de dire. Le minibus. Exact.

— Il existe une navette.

Je lui tendis ma carte de l'université, spéciale accessibilité.

— Il te suffit d'appeler ce numéro à l'avance, et ils viendront te chercher pour les cours.

— Je n'en avais aucune idée, dit Hartley en regardant la carte, les sourcils froncés. C'est ce que tu fais, toi ?

— Pour être honnête, je préfèrerais encore me coller un L rouge sur le front plutôt que d'appeler ce minibus.

J'exécutai avec mes doigts le signe universel du L pour *loser*, et Hartley pouffa de rire. Ses fossettes réapparurent et je dus réprimer l'envie de tendre la main pour les effleurer du pouce.

Au même moment, une fille très mince aux cheveux noirs et raides, d'énormes lunettes juchées sur le nez, se glissa sur la chaise à côté d'Hartley.

— Excuse-moi, lui dit-il en se tournant vers elle. Cette section est réservée aux éclopés.

Elle leva la tête et ouvrit de grands yeux ronds avant de bondir de sa chaise comme un lapin apeuré. Je la regardai se précipiter dans l'allée pour aller s'asseoir sur un autre siège.

— Ça alors ! C'était une plaisanterie, même moi je l'avais compris, m'exclamai-je.

— Tu as vu ça ?

Hartley m'adressa un autre de ses sourires, à la fois chaleureux et diaboliques, et je restai pétrifiée sur place, incapable de détourner le regard. Puis il abattit un cahier sur ses genoux au moment où le professeur tapotait le micro sur son pupitre.

Le professeur Rumpel semblait avoir cent neuf ans, à dix ans près.

— Mesdemoiselles et Messieurs, dit-il. Ce qu'on dit au sujet de l'économie est vrai. La réponse aux questions de n'importe quel devoir sera toujours : « l'offre et la demande ».

Le vieil homme souffla dans son micro.

Hartley se pencha vers moi et chuchota :

— Je crois qu'il a voulu faire une blague.

Sa proximité enflamma mes joues.

— Bonjour la galère, lui répondis-je à voix basse.

En un sens, c'était à ma propre situation que je faisais allusion.

Le téléphone portable d'Hartley retentit à la fin du cours. J'agitai la main pour le saluer amicalement et sortis toute seule de l'amphithéâtre. Après avoir consulté ma fidèle carte des secteurs accessibles, je me dirigeai vers le plus grand réfectoire du campus. Le bâtiment central de Harkness avait été construit dans les années trente pour abriter l'intégralité des étudiants de l'université. Lentement, je progressai sous les hauts plafonds de l'immense salle bondée. Devant moi s'étendaient plus d'une centaine de tables en bois. Je fis glisser ma carte d'étudiant dans la machine près de la porte, puis j'examinai le flot d'élèves à l'intérieur avant de décider quelle direction prendre.

Les étudiants qui passaient près de moi rejoignaient tous un même côté de la salle. Je dirigeai donc mon fauteuil entre les tables, vers ce qui ressemblait à une file d'attente. Alors que je m'avançais pour déchiffrer le tableau noir, je bousculai par inadvertance la personne qui attendait devant moi dans la queue. Elle se retourna vivement, la mine furieuse, puis elle me vit et comprit que c'était moi qui l'avais percutée.

— Désolée ! me dit-elle avec empressement.

Je me sentis rougir.

— Je suis désolée, dis-je, comme en écho.

Et d'ailleurs, pourquoi s'excusait-elle ? C'était moi la maladroite qui l'avait heurtée.

Ce curieux constat était monnaie courante lorsque vous vous déplaciez en fauteuil roulant. Neuf fois sur dix, les gens que je bousculais – leur écrasant parfois même les pieds – me présentaient leurs excuses. Cela n'avait absolument aucun sens, et au fond, ça m'agaçait prodigieusement.

Lorsque j'atteignis le bout de la file, je remarquai que les autres portaient déjà un plateau. Je dus me mettre à la recherche des assiettes et des couverts avant de reprendre ma place à la case départ. Je patientai sur mon fauteuil derrière les autres étudiants, mes yeux au même niveau que leurs fesses. À mon âge, je retrouvais le même point de vue sur le monde que j'avais à sept ans.

## HARTLEY

J'étais prêt à parier que le type qui préparait mon sandwich n'aurait pas été plus lent avec les deux poignets attachés. Ma cheville me faisait mal et ma jambe valide était toute tremblante. Pour ne rien arranger, j'avais sauté le petit déjeuner. Lorsqu'il me tendit mon assiette, j'étais sur le point de m'évanouir.

— Merci, dis-je.

Je pris l'assiette dans ma main droite en calant ma béquille sous mon aisselle. Je tentai de m'éloigner sans me tenir à la poignée de la béquille, mais je perdis l'équilibre et dus m'appuyer contre le comptoir de service pour rester à la verticale. Ma béquille tomba par terre avec fracas.

*Fail.* Encore heureux que mon sandwich n'ait pas abandonné le navire, lui aussi.

— Eh, l'éclopé ! lança une voix dans mon dos.

Je me retournai, mais il me fallut une minute pour repérer Corey, car je cherchais quelqu'un de ma taille. Après un instant gênant, je finis par l'apercevoir.

— Callahan, m'écriai-je. Tu as vu cette manœuvre tout en finesse ?

En souriant, elle me prit mon assiette des mains et la déposa sur son plateau.

— Ne va pas te tuer pour un… commença-t-elle avant de regarder l'assiette. Sandwich à la dinde. Je vais te le porter si tu me laisses une minute.

— Merci, fis-je en soupirant.

Je clopinai sur le côté et attendis que le même type complètement démotivé lui prépare son repas.

. . .

Plusieurs heures plus tard (j'exagère peut-être un brin), nous emportâmes enfin nos plateaux qui contenaient deux sandwichs, des chips, des biscuits, mon verre de lait et son soda allégé.

— Je crois avoir vu une table libre par là-bas, à l'autre bout du pays, grommelai-je en progressant à béquilles.

Corey emporta notre butin sur son fauteuil jusqu'à la table, où j'écartai l'une des lourdes chaises en bois pour lui ménager un espace de stationnement.

Je m'effondrai alors sur mon siège.

— Jésus, Marie, mère de Dieu, m'exclamai-je en posant mon front contre mes mains. Ça nous a pris sept fois plus longtemps que nécessaire.

Corey me tendit mon assiette.

— Ta blessure est toute nouvelle, n'est-ce pas ? demanda-t-elle en prenant son sandwich.

— Ça se voit tant que ça ? C'est arrivé il y a une semaine, au camp d'entraînement pour la pré-saison de hockey.

— Au hockey ?

Elle affichait un drôle d'air.

— En quelque sorte. Le truc, c'est que je ne me suis pas cassé la jambe en jouant au hockey. Au moins, ça aurait eu une certaine logique. Je me suis cassé la jambe en tombant d'un mur d'escalade.

Sa mâchoire se décrocha.

— Les cordes ont lâché ?

*Pas exactement.*

— En fait, on va dire qu'il n'y avait pas vraiment de cordes. Et qu'il était quelque chose comme deux heures du matin.

Je grimaçai, car ce n'est jamais très amusant d'expliquer à une jolie fille qu'on est un véritable idiot.

— Et aussi... disons que j'étais un peu saoul.

— Aïe. Alors tu ne peux même pas raconter aux gens que tu as été victime d'une mise en échec qui a mal tourné ?

Je la regardai en haussant les sourcils.

— Tu es une fan de hockey, Callahan ?

— On peut dire ça.

Elle jouait avec un morceau de chips.

— Mon père est entraîneur de hockey au lycée, dit-elle. Et mon frère Damien était l'ailier de votre équipe l'an dernier.

— Sans blague ! Tu es la petite sœur de Callahan ?

Elle sourit et ses yeux bleus étincelèrent. Elle avait un sourire du tonnerre et le teint rosé, comme si elle venait de courir un marathon.

— Tout juste.

— Tu vois, je savais que tu étais cool.

Je bus une gorgée de lait.

— Alors, dit-elle en reprenant son sandwich. Si ta blessure ne date que d'une semaine, tu dois souffrir le martyre.

Je haussai les épaules en grignotant un morceau.

— La douleur, c'est gérable. Mais c'est tellement laborieux. Il me faut une demi-heure pour m'habiller. Et prendre une douche tourne au ridicule.

— Au moins, c'est temporaire.

Je m'interrompis en pleine bouchée, hébété par ma propre stupidité.

— Merde, Callahan. Je suis là, à me plaindre de devoir passer douze semaines dans un plâtre…

Je posai mon sandwich.

— Je suis un sale con, ajoutai-je.

Elle rougit et s'empressa de rectifier :

— Non, ce n'est pas ce que je voulais dire. Je te le jure. Parce que si tu ne peux pas te plaindre un peu, alors moi non plus.

— Pourquoi ?

Je venais justement de prouver qu'elle avait tous les droits de se plaindre. Surtout avec les sales cons dans mon genre.

Corey tripotait sa serviette.

— Eh bien, après mon accident, mes parents m'ont envoyée

auprès d'un groupe de soutien pour les personnes blessées à la moelle épinière – c'est à cause de ça que je suis…

Elle agita les mains pour désigner ses genoux.

— Bref, la salle était remplie de gens qui pouvaient encore moins bouger que moi. La majeure partie d'entre eux ne sentaient pas leurs bras. Ils étaient incapables de se nourrir ou de se retourner dans leurs lits. Ils n'auraient même pas pu sortir d'un immeuble en feu, envoyer un e-mail, ou encore serrer quelqu'un contre eux.

J'appuyai ma tête contre ma main.

— Eh bien, c'est joyeux.

— Tu l'as dit. Ces gens m'ont fichu la trouille et je n'y suis plus jamais retournée. Alors si moi, je peux me plaindre – et crois-moi, je le fais souvent – tu as tout à fait le droit de râler parce que tu ne peux pas sautiller comme un flamant rose.

Elle reprit son sandwich.

— Alors… amorçai-je.

Je me demandais si ma question ne serait pas trop personnelle.

— Quand est-ce arrivé ?

— Quand quoi est arrivé ?

Elle se dérobait à mon regard.

— L'accident.

— Le quinze janvier.

— Attends… *ce* quinze janvier ? Tu veux dire, il y a huit mois ?

Elle hocha légèrement la tête.

— Et tu t'es réveillée la semaine dernière en disant : « Et merde, nous sommes en septembre. Pourquoi je ne déménagerais pas à l'autre bout du pays pour continuer ma vie ? »

Corey faisait tourner sa paille dans son soda, sans doute pour échapper à mon regard scrutateur.

— Eh bien… plus ou moins. Pendant combien de temps au juste est-on censé faire le deuil de l'usage de ses jambes ?

Elle me regarda alors droit dans les yeux, un sourcil arqué.

*Merde.* Cette fille venait sans doute de me guérir de l'envie de me plaindre pour le restant de mes jours, en un clin d'œil.

— Tu es une dure à cuire, Corey Callahan.

Elle haussa légèrement les épaules.

— L'université m'a proposé un report d'une année, mais je ne l'ai pas accepté. Tu as rencontré mes parents. Je n'avais pas envie de rester assise chez moi et de les regarder se ronger les sangs.

Mon téléphone se mit à sonner et j'adressai à Corey le signe universel signifiant « juste une seconde », avant de répondre à Stacia.

— Salut, beauté, répondis-je. J'ai une table contre le mur du fond. Je t'aime aussi.

Je rangeai le téléphone.

— Tu es donc en train de me dire que tu as atterri dans un autre fuseau horaire à cause d'un trop-plein d'amour et d'attention ?

— L'an dernier, nous avons failli nous rendre fous tous les trois. C'est mieux pour tout le monde.

Je n'en avais pas pris conscience, et pourtant c'était évident. Quand vous avez un accident, vous n'êtes pas la seule personne concernée.

— Je vois ce que tu veux dire. Ma mère m'a rendu complètement taré la semaine dernière. Mais je l'avais sans doute mérité.

— Ta mère était furieuse que tu te sois cassé la jambe ?

— Bien sûr. On ne peut pas dire que ce soit arrivé alors que je sauvais des bébés d'une maison en flammes. Ma mère a dû rater plusieurs jours de travail pour s'occuper de moi, et pour couronner le tout, elle a reçu une facture faramineuse du service des urgences.

— Ton entraîneur doit être fou de rage, souligna Corey.

— C'est le moins qu'on puisse dire. Je ne te dis pas combien de fois j'ai eu droit à la rengaine : « C'est toute l'équipe que tu laisses tomber. »

Je commençai à surveiller la porte pour voir si Stacia arrivait. Quelques minutes et un demi-sandwich plus tard, une magnifique jeune femme apparut sous la voûte et se mit à parcourir la salle des yeux. J'étais incapable de détourner le regard. Stacia avait tout pour elle. Elle était grande, et pourtant pulpeuse, avec des cheveux dorés et souples, et l'allure d'une princesse. Quand elle me vit enfin, ses grands yeux noisette s'illuminèrent et elle tourna ses longues jambes dans ma direction. La première chose qu'elle fit lorsqu'elle arriva à mes côtés fut de m'embrasser à pleine bouche.

Cela faisait presque un an que nous sortions ensemble, et j'étais toujours stupéfait chaque fois qu'elle me saluait de cette façon.

— Stacia, dis-je une fois qu'elle eut libéré mes lèvres. Je te présente ma nouvelle voisine, Callahan. Elle loge aussi à la résidence Beaumont avec sa colocataire, Dana.

— C'est un plaisir de faire ta connaissance, dit précipitamment Stacia, accordant à peine un regard à Corey. Hartley, tu es prêt à y aller ?

J'éclatai de rire.

— Bébé, tu n'as pas *idée* à quel point nous avons bataillé pour ce repas, dis-je. Alors laisse-moi quelques minutes pour le terminer.

Je tirai une chaise à côté de moi.

Stacia s'assit de mauvaise grâce, visiblement contrariée. Elle pianota sur son téléphone tandis que je prenais le temps de savourer mes biscuits et mon verre de lait.

Corey s'était tue, ce qui ne posait pas vraiment de problème étant donné que Stacia était toujours prête à occuper l'espace avec ses problèmes de premier plan.

— Ma coiffeuse n'a pas pu me trouver de créneau pour demain. Ça ne va vraiment pas, ronchonna ma petite amie.

— Je suis à peu près certain qu'ils ont des salons de coiffure à Paris, répondis-je, tout en sachant qu'elle ne m'écoutait pas.

Stacia était la fille la plus pointilleuse du monde. La nourriture que l'on servait au réfectoire ne correspondait pas à ses exigences – elle achetait la majeure partie de ses repas hors du campus. Elle commandait son shampooing par correspondance, car aucune des cinquante marques représentées au supermarché ne lui convenait. Et on ne pouvait pas dire qu'elle se montrait très chaleureuse avec les nouvelles personnes qu'elle rencontrait.

Malgré tout, Stacia posait sur *moi* le même regard que sur un sac Prada. La fille la plus en vue de Greenwich, dans le Connecticut, voulait *cet* homme à son bras. Cet homme, assis là, avec sa casquette des Bruins et son t-shirt Gold's Gym.

J'aurais pu prétendre que notre relation ne flattait pas mon ego, mais cela aurait été un mensonge.

Corey termina son soda et commença à empiler nos assiettes sur son plateau.

— Excuse-moi, Stacia ?

Je posai ma main sur le poignet de ma petite amie pour attirer son attention.

— Tu pourrais nous faire une faveur et ramener ça pour nous ?

Elle leva de son téléphone des yeux étonnés. Elle regarda alors le plateau, puis le fond de la salle, comme pour calculer les efforts que lui demanderait ce service. Pendant un long moment, elle hésita. Je vis que Corey allait proposer de s'en charger lorsque Stacia se leva brusquement, s'empara du plateau et s'éloigna à grandes enjambées.

Je secouai la tête en adressant un sourire tout penaud à ma nouvelle voisine.

— Chez elle, c'est le personnel qui fait ce genre de choses.

À la mine que fit Corey, je compris qu'elle se demandait si c'était une plaisanterie. Ce n'était pas le cas.

Certes, Stacia était une chieuse, mais c'était ma chieuse à moi.

# CHAPITRE 3
# LE GÉNIE DES MEUBLES

**COREY**

— ALORS TON PREMIER JOUR, c'était comment ? demanda Dana lorsque je rentrai à la maison cet après-midi-là.

Elle était perchée sur la banquette de la fenêtre et passait du vernis sur ses ongles.

— Bien, répondis-je. J'ai trouvé mes trois salles du premier coup. Et toi ?

— Moi aussi ! Et j'aime beaucoup mon professeur d'histoire de l'art.

— Il est canon ?

Je haussai les sourcils à plusieurs reprises pour la taquiner.

— Oui, si tu t'intéresses aux types de soixante-quinze ans.

— Qu'est-ce que tu en sais ?

Je me dressai sur mes roues arrière, libre de me déplacer sans rencontrer aucun meuble sur mon chemin. Le bureau de Dana était contre un mur, son coffre tiré juste à côté. Notre salle commune résonnait toujours.

— Waouh ! Ce n'est pas dangereux ? demanda-t-elle.

— Non.

Je répétai mon acrobatie, me plaçant en équilibre sur deux roues avant de décrire un tour complet.

— Mais ça me donne le tournis.

— Ça n'existe pas, le basket pour handicapés ? demanda Dana en soufflant sur ses ongles.

— Sans doute, répondis-je en éludant sa question.

Étant donné mon passé d'athlète, plus d'une dizaine de personnes m'avaient déjà posé la même question. Pourtant, avant mon accident, les paniers ne m'avaient jamais vraiment intéressée. Et j'étais encore moins attirée par un simulacre de sport sur roulettes. Pourquoi les gens croyaient-ils toujours que c'était une bonne idée ? Pourquoi tous les infirmes devaient-ils aimer le basketball ?

Dana vissait le bouchon de son vernis à ongles.

— Bon… Je vais au show de ce soir. Tu veux venir ?

— Quel show ?

— Des groupes de chanteurs a cappella organisent un show avant d'entamer les recrutements. Tu veux pousser la chansonnette ?

Je secouai la tête.

— J'ai abandonné la chorale en quatrième, parce que les répétitions avaient lieu en même temps que les entraînements de hockey.

— Tu n'es pas obligée d'être une pro, m'expliqua Dana. Il y aura dix groupes, la musique est une excuse pour se rencontrer.

— Alors, va pour le show, dis-je. Nous verrons bien.

— Super ! C'est juste après le dîner. Je vais voir où se trouve l'auditorium…

Elle s'empressa de chercher la carte du campus dans son sac.

— Belle télé, Mesdemoiselles, lança une voix sexy depuis le couloir.

Je levai les yeux pour découvrir Hartley, appuyé contre le chambranle de la porte.

— Merci, répondis-je, le cœur battant.

— Ce qu'il vous faudrait, c'est un canapé juste là, dit-il en désignant le mur nu à côté de la porte. Ils en vendent d'occasion à la Cour des Nouveaux.

— On a vu ça, répondit Dana. Mais on ne sait pas comment invoquer un génie des meubles pour nous aider à le transporter.

Hartley fit mine de gratter sa mâchoire bien dessinée.

— Je crois que deux éclopés et une faible femme ne suffiront pas. Je vais y réfléchir pendant le dîner.

Il consulta sa montre.

— … qui commence maintenant. Ça vous dit ?

— Pourquoi pas, fit Dana. Je ne suis pas encore allée au réfectoire de la résidence Beaumont.

— Alors en avant, dit Hartley en dirigeant ses béquilles vers la porte extérieure.

Dana et moi suivîmes Hartley hors du bâtiment McHerrin et nous engageâmes dans la rue. Les imposantes grilles en fer de la résidence Beaumont se dressaient devant nous, dans toute leur gloire gothique. Dana passa sa carte magnétique devant le lecteur et la grille s'ouvrir dans un déclic. Elle tint la porte ouverte sur notre passage.

La parade des estropiés progressait lentement. Hartley clopinait sur ses béquilles et je roulais prudemment. L'allée pavée était irrégulière et je ne voulais pas que mes roues se coincent dans une rainure, m'envoyant mordre la poussière. C'était déjà assez difficile d'être la-fille-en-fauteuil-roulant, sans être en plus la-fille-éjectée-de-son-fauteuil-roulant.

Nous traversâmes un petit atrium dallé avant de pénétrer dans la vaste cour de la résidence, qui figurait au programme de toutes les visites officielles de Harkness. Je me souvins d'avoir entendu mon frère Damien se plaindre de devoir éviter les touristes bardés d'appareils photo lorsqu'il se rendait en cours. Mais si c'était le prix à payer pour vivre dans un château historique tout en granit et en marbre, cela en valait la peine.

De l'autre côté de la cour, Hartley s'arrêta net.

— Merde, fit-il en levant les yeux vers la façade. Le réfectoire est au premier étage. J'avais oublié les escaliers.

— Après tout, il n'est pas mentionné sur la carte des endroits accessibles aux handicapés, dis-je. Je crois que je vais essayer une autre cafétéria.

Le grand réfectoire de l'université était fermé à l'heure du dîner, mais j'avais déjà mémorisé les résidences dont les restaurants se trouvaient au rez-de-chaussée.

Hartley se pencha sur les poignées de ses béquilles et secoua la tête.

— Moi non plus, je n'ai pas envie de grimper. Mais… comment montent-ils la bouffe là-haut ? Je suppose qu'ils n'utilisent pas les escaliers.

Il contempla le bâtiment en fronçant les sourcils.

— C'est fou, j'ai mangé ici pendant deux ans et je ne m'étais encore jamais posé la question.

Il se tourna vers un autre portail ouvrant sur la rue.

— Dana, on te retrouve à l'intérieur. Il doit bien y avoir une entrée de service. En route, Callahan.

Le visage rouge, je suivis Hartley dans Pine Alley, qui longeait les résidences Beaumont et Turner.

— Ce doit être là, dit-il en souriant.

Il se dirigea en boitillant vers une porte métallique grise munie d'un interphone, dont il enfonça le bouton.

— Oui ! répondit une voix.

Hartley me regarda et ses fossettes se creusèrent.

— Livraison !

Un instant plus tard, la porte grise s'ouvrit pour révéler un monte-charge faiblement éclairé et bas de plafond.

— La classe ! dit Hartley. Bon, en avant.

Il y avait un léger rebord et il faillit trébucher. Mais il se baissa pour monter et maintint la porte ouverte afin de me laisser rouler en marche arrière sur la plateforme. La porte se referma dans un grincement effrayant. Était-ce l'un de ces fameux moments – auxquels vous repensez plus tard en vous demandant ce qui a bien pu vous pousser à suivre ce beau gosse dans un ascenseur vétuste et branlant ? Mais Hartley se contenta de ricaner lorsque le monte-charge se mit en marche dans un soubresaut.

— J'espère que tu as de bons poumons, au cas où il nous faille appeler au secours.

La plateforme s'élevait si lentement que je fus incapable de me détendre avant que la porte ne finisse par coulisser. Lorsque nous émergeâmes dans une cuisine illuminée, un type coiffé d'une toque nous regarda en fronçant les sourcils. Plusieurs personnes qui s'affairaient en tablier blanc se tournèrent vers nous.

— Ne me dites pas que vous avez oublié notre réservation ! lança Hartley en pouffant. Par ici, Callahan.

Je le suivis sur le sol carrelé et nous contournâmes la vitrine de présentation pour nous mêler aux étudiants qui attendaient dans la file, leurs plateaux à la main.

— Vous voilà ! s'exclama Dana en s'écartant pour nous laisser la place. Comment êtes-vous montés ?

— Par l'ascenseur de service, dit Hartley. Ça a marché comme sur des roulettes. Dana, tu peux nous prendre un plateau supplémentaire ?

— Bien sûr, prends celui-ci.

Elle s'éloigna et revint avec un autre plateau et une paire de couverts.

La file avança en serpentant et, bientôt, nous arrivâmes devant les plats.

— Tu vois quelque chose ? s'enquit Hartley.

*Non, comme d'habitude.*

— Qu'est-ce qui te paraît bon ? demandai-je.

— Le panini aux boulettes de viande. Le poisson a une sale tête.

— Dans ce cas, ma décision est prise.

— Deux paninis, s'il vous plaît, commanda Hartley.

— Je peux vous aider à porter quelque chose ? demanda Dana.

Hartley répondit :

— Callahan et moi avons trouvé un système.

Lorsqu'il eut le dos tourné, Dana haussa les sourcils en me regardant d'un air interrogateur. Je réprimai un sourire.

Une fois que nous eûmes composé chacun notre repas, Hartley tendit une béquille vers une table en milieu de salle, dont seule une moitié était occupée.

— Par ici, Mesdemoiselles.

Lorsque nous approchâmes de la table, un garçon aux cheveux roux foncé agita la main.

— Hartley ! Bon sang, regarde-toi.

— Merci du conseil, Bridger.

Le rouquin se leva et contourna la table pour examiner l'énorme plâtre d'Hartley.

— C'est *grave*, mec. Putain, je suis désolé.

Hartley fit un geste évasif de la main, comme s'il n'avait pas envie d'en parler. Je reconnaissais cette réaction, car c'était exactement ce que j'aurais ressenti à sa place. Parfois, même les gentilles attentions des gens ne faisaient que vous rappeler tout ce qui n'allait pas.

— Fais un peu de place à Callahan, tu veux bien ? demanda Hartley.

Bridger tira sans effort l'une des lourdes chaises en bois. C'était l'un de ces beaux sportifs au torse large, dont les biceps volumineux et parsemés de taches de rousseur dépassaient des manches de son t-shirt de hockey au logo de Harkness. Bridger était *presque* aussi séduisant qu'Hartley et se montrait affable et cordial. Quand ce dernier nous présenta comme ses voisines d'en face, Bridger sourit :

— C'est moi qui vous ai donné Hartley. Nous étions censés partager une chambre. Qui sait si je ne suis pas responsable de sa chute, pour avoir l'appartement à moi tout seul ?

— Sympa, dit Hartley. Tu peux nous rendre un service après le repas ? Ces demoiselles doivent acheter un sofa sur le vieux campus. Le trajet ne fait qu'une cinquantaine de mètres, il n'y a pas d'escaliers. Et tu auras le droit de visiter ma super piaule d'handicapé.

— Ça marche. D'ailleurs, vous faites quoi ce soir ?

Hartley secoua la tête.

— Ce sera sans moi. Stacia s'en va demain matin.

— Je vois… fit Bridger d'un air taquin. Doucement avec ta jambe, mon pote. Réserve les positions acrobatiques pour la prochaine fois.

Quand Hartley lui lança à la figure sa serviette roulée en boule, Bridger se contenta de ricaner.

— On t'a prescrit de bons analgésiques ?

— Oui, mais comme ils me donnent envie de vomir, je les ai laissés à la maison. Les bons vieux Advil me suffisent, mais je les avale par poignées.

Un autre garçon s'assit à notre table, un blondinet aux allures de premier de la classe, avec une coupe de golfeur.

— Ta jambe te fait mal ? demanda-t-il.

— Tout me fait mal, répondit Hartley… Ma jambe valide, à force de travailler, ma hanche, que je sollicite en permanence pour me balancer sur les béquilles. Mes aisselles.

— Les poignées de tes béquilles sont trop basses, dis-je en m'essuyant la bouche sur ma serviette.

— Ah bon ? fit Hartley, intrigué.

— Oui. Remonte-les d'un cran et ne t'appuie jamais sur le support qui t'arrive sous le bras. Fais-moi confiance.

Il pointa une frite dans ma direction.

— Tu es une voisine très utile, Callahan.

Je secouai la tête.

— S'il y avait un jeu télévisé de questions-réponses sur la physiothérapie, je gagnerais haut la main.

Le garçon bon chic bon genre me lança un drôle de regard. Mais j'en avais l'habitude. Au lieu de me sentir mal à l'aise, je savourai tranquillement mon panini aux boulettes de viande. Il était délicieux.

•  •  •

Après dîner, Dana et moi achetâmes pour quarante dollars un canapé élimé d'un bleu pas trop moche. Bridger et leur ami BCBG, qui s'appelait Fairfax, le transportèrent jusque dans notre salon.

— Merci beaucoup ! s'exclama Dana en pirouettant devant eux pour leur ouvrir la chambre.

La porte accessible aux personnes à mobilité réduite était si large qu'ils n'eurent même pas à incliner le sofa pour le faire passer.

— Belle chambre, dit Bridger en posant sa partie du canapé sur le sol. Voyons la tienne, Hartley.

Comme nous avions bloqué nos deux portes pour les laisser ouvertes, j'entendis les amis d'Hartley s'extasier dans sa chambre, de l'autre côté du couloir. Il n'avait pas de salle commune comme la nôtre, mais j'avais remarqué que sa chambre bénéficiait elle aussi de proportions généreuses.

— Bon sang, un lit double ? Sympa.

— Juste au moment où ta copine quitte le pays, plaisanta Fair-fax. Où est-elle, d'ailleurs ?

La voix d'Hartley lui répondit :

— Au centre commercial ? Chez le coiffeur ? Dans un endroit cher en tout cas. Bref. Qui veut une bière avant qu'elle rentre ?

Après avoir admiré notre nouvel ameublement et tiré le coffre de Dana pour en faire une table basse, nous traversâmes le campus jusqu'à l'auditorium pour le spectacle de chant. À l'intérieur, on nous remit le programme sur une petite feuille de papier. Dix groupes étaient listés, présentant deux chansons chacun.

— Ils distribuent toujours le programme, m'expliqua Dana tandis que nous nous installions à l'emplacement réservé pour les handicapés, d'où mon fauteuil ne dépassait pas dans l'allée. Pour que le public se rappelle qui a chanté quoi.

Les groupes avaient tous des noms attrayants, tels que Harmonies de Harkness, ou encore les Barry Tons. Lorsque les lumières baissèrent, le premier groupe monta sur scène : douze garçons vêtus de t-shirts assortis et de shorts kaki. Je jetai un œil au programme : les Ménestrels Maraudeurs.

— Le chant a cappella, ça fait un peu intello, me dit Dana en se penchant vers moi. Mais dans le bon sens du terme.

Quelques minutes plus tard, j'étais d'accord avec elle. Un type sur le côté sortit un diapason six tons et joua une note. Ses onze camarades fredonnèrent l'accord. Puis le leader mit son diapason de côté et leva les deux mains. Lorsqu'il les baissa, le groupe entonna une reprise de *Up the Ladder to the Roof* dans une harmonie à quatre voix. Leur interprétation donnait un sacré coup de jeune à cette chanson, qui passait à la radio à l'époque où mes parents étaient enfants. J'avais toujours cru que mon genre d'hommes se limitait aux sportifs, mais je devais reconnaître qu'entendre ces douze garçons interpréter une chanson d'amour moderne et rythmée n'était pas pour me déplaire.

— Ils sont fabuleux, murmurai-je.

Dana acquiesça.

— Apparemment, c'est le meilleur groupe masculin.

Les prochains à monter sur scène furent les Mixed Masters, un chœur universitaire. Ils y mettaient tout leur cœur et semblaient beaucoup s'amuser, mais ils n'atteignaient pas la perfection des Maraudeurs.

— Aux suivants… chuchota Dana.

Mais lorsque le tour du groupe suivant arriva – Accord Parfait – elle me serra le poignet.

— C'est le groupe que j'aimerais intégrer, dit-elle.

Les femmes formaient un demi-cercle parfait sur la scène et se tenaient par les bras. Elles entonnèrent une jolie version envoûtante de *Desperado*, des Eagles.

À la fin, le public applaudit à tout rompre.

— Waouh, m'exclamai-je. Elles assurent !

— Je sais, fit Dana en soupirant. Mais tu as remarqué qu'elles étaient toutes très blondes ? Je me demande si c'est une coïncidence. Tu devrais peut-être auditionner, Corey. Tu as presque la bonne couleur de cheveux.

— Pas moyen, répondis-je du tac au tac en levant une main vers mes cheveux dorés par le soleil.

Comment Dana ne voyait-elle pas où sa logique clochait ? Si Accord Parfait se souciait tellement des apparences, inutile de songer aux conséquences qu'auraient un fauteuil roulant ou des béquilles sur leur bel alignement de visages souriants ! Dana croyait-elle honnêtement que je ne dénoterais pas, stationnée sur la scène parmi l'un de ces groupes impeccables ?

C'était amusant d'assister à leur show, mais pour moi, ça ne marcherait pas. Sans mauvais jeu de mots.

# CHAPITRE 4
# TU TE CROIS MALIGNE

## COREY

LA SEMAINE SUIVANTE, alors que Dana et moi étions absorbées dans nos lectures et nos devoirs, quelqu'un frappa à la porte.

— C'est ouvert, lançai-je.

La porte en bois s'ouvrit pour révéler Hartley et ses béquilles.

— Bonsoir, dit-il. Ça bosse dur ? Je peux revenir plus tard.

Dana referma brusquement son manuel.

— J'ai mon audition dans une demi-heure. Qu'y a-t-il ?

— J'ai un service inédit et égoïste à vous demander.

— C'est intéressant, dit Dana. Prometteur, même…

— Tu ne crois pas si bien dire, Dana.

Ses fossettes se creusèrent et j'eus l'impression de me liquéfier encore un peu plus sous son charme. Ce sourire avait le pouvoir de faire fondre du verre.

— Vous voyez, j'ai une QuirkBox. Mais pas de télé. Bridger et moi, nous formions une bonne équipe, mais la télé lui appartenait.

— QuirkBox, c'est une console de jeux ? demandai-je.

Il hocha la tête.

— Bref, si jamais vous voulez jouer, je pourrais la brancher ici. Ça ne prend qu'une seconde.

— Eh bien, vas-y, lui dis-je. Essayons.

— Vous êtes les meilleures, s'exclama-t-il, tout sourire. Je reviens tout de suite.

La porte se referma et nous entendîmes Hartley retourner d'un pas pesant de l'autre côté du couloir.

— Adepte des jeux vidéo ? me demanda Dana.

— Non, lui répondis-je en souriant. Par contre…

Elle éclata de rire.

— Je crois qu'on devrait le surnommer Cœur d'*Hart*ichaut à partir de maintenant. Bon, je ferais mieux de me préparer pour l'audition.

Sur ces mots, elle entra dans sa chambre pour une séance de relooking.

— Les jeux vidéo, ce n'est pas trop mon truc. Je vais me contenter de regarder, annonçai-je à Hartley lorsqu'il brancha sa console.

Depuis le canapé, j'avais une vue imprenable sur son arrière-train.

— Comme tu voudras.

Une minute plus tard, le jeu illumina le grand écran et une équipe de joueurs de hockey incroyablement réalistes envahit la patinoire, en chandails des Bruins.

Je me penchai malgré moi.

— C'est Anton Khodobin ! On peut même voir leurs *visages* ?

Hartley ricana.

— Oui, mais je sais que ce n'est pas ton truc.

En équilibre sur ses béquilles devant la télévision, il tenait la manette dans ses mains. Une sirène retentit et il y eut un engagement, que le joueur d'Hartley remporta. Son équipe jouait contre les Islanders, et Hartley passa le palet de son joueur de centre vers son ailier gauche.

Un moment tendu s'ensuivit, lorsque le défenseur des Islanders posa sa crosse sur le palet. Mais Hartley le récupéra en poussant un grognement de satisfaction. Il s'avança et tenta un tir. Le gardien plongea, mais avant que je puisse voir ce qui se passait, Hartley plaça ses épaules dans ma ligne de mire et l'écran disparut derrière son corps. Sans réfléchir, je me levai du sofa pour le contourner.

Et je tombai.

Dans la fraction de seconde qui précéda ma chute, je compris mon erreur. Cela m'arrivait encore une fois de temps en temps, mais uniquement quand j'étais particulièrement distraite. J'oubliais parfois que je ne pouvais plus tenir debout sans aide extérieure et m'étalais de tout mon long sur le sol.

Je dégringolai lourdement et mon bras vint heurter notre table basse de fortune dans un fracas retentissant.

La tête d'Hartley pivota aussitôt.

— Merde, ça va ?

— Oui, oui, répondis-je, les joues brûlantes. Je suis juste, euh, un peu maladroite.

Je me frottais le bras, à l'endroit où il avait frappé la table.

— Attention, lui lançai-je en désignant l'écran de la tête.

Les Islanders lui avaient volé le palet et fonçaient vers les cages d'Hartley. Lorsqu'il détacha ses yeux de moi, je m'empressai de hisser mes fesses sur le canapé.

Il mit le jeu sur pause et se tourna de nouveau pour me regarder attentivement.

Je gardais les yeux baissés sur mes mains.

— Par ici, dit Hartley.

Lorsque je le regardai enfin, il me lança la manette et je la rattrapai au vol.

— Quelle équipe veux-tu prendre ?

Il m'adressa un grand sourire qui me fit chavirer.

— Pittsburgh, répondis-je sans hésiter.

— Bon choix, Callahan, dit-il en s'emparant de l'autre manette, avant d'afficher un menu sur l'écran. Je nous organise ça vite fait. Tu vas apprendre avec le maître.

Il y avait beaucoup de choses que j'aurais bien aimé apprendre avec « le maître ». Mais ce soir-là, je me contentai d'un jeu vidéo intitulé RealStix.


Lorsqu'Hartley revint la fois suivante pour une partie de hockey, je l'attendais de pied ferme.

— Tu te rappelles comment on fait ? demanda-t-il en me tendant une manette.

— Je crois bien.

Cette fois, nous étions assis côte à côte sur le canapé, le plâtre d'Hartley posé sur la table basse. Il appuya sur « play » et nos deux joueurs se dévisagèrent au moment de l'engagement. L'arbitre virtuel lâcha le palet devant nous et je l'attrapai du bout de ma crosse. Puis, après une passe à mon ailier, je glissai en direction des cages.

Le gardien d'Hartley apparut. Je m'inclinai vers lui, visant le coin droit du filet. Sur l'écran, le joueur d'Hartley se pencha du même côté. Je fis alors mine d'attaquer par la gauche et le gardien se déporta aussitôt. Je frappai subitement le palet pour l'envoyer sur la droite et il atteignit le fond du filet.

Un gloussement amusé m'échappa lorsque la foule factice laissa éclater sa joie.

— Putain, Callahan !

Hartley mit le jeu en pause.

— Tu as feinté mon gardien ?

Lentement, sa mine surprise se changea en un sourire malicieux.

— Attends un peu. Tu t'es *entraînée*, n'est-ce pas ?

Je réprimai un sourire.

— C'est ce que tu aurais fait, si tu étais à ma place !

— Bon sang, tu vas me le payer...

Avec une vitesse de ninja, il se pencha vers moi et m'attrapa le bras pour le soulever. Avant que je comprenne ce qui se passait, il avait glissé ses doigts sous mes aisselles et s'était mis à me chatouiller.

— Hartley ! m'écriai-je en retirant sa main pour ramener mon bras contre mon flanc.

— Tu te crois maligne.

Il fit semblant de revenir à l'assaut du même côté, mais c'était une ruse. J'avais un grand frère et je connaissais toutes les ficelles. Comme il s'attaquait à ma taille, je baissai le coude pour me protéger. Hartley se hissa alors sur son genou valide et plongea sur mon côté gauche, que j'avais laissé vulnérable. Je poussai un glapissement lorsqu'il plaqua mon épaule contre le canapé, sa main libre trouvant du même coup deux endroits à chatouiller simultanément.

Au-dessus de moi, ses yeux marron pétillaient. J'éprouvai une bouffée de chaleur en le voyant, aussitôt suivie d'une sensation nouvelle. Son expression aussi avait changé, elle était devenue plus grave, presque avide.

Un rire mourut sur mes lèvres lorsque nos regards se rencontrèrent.

— Mais qu'est-ce qui se passe ici ? demanda soudain Dana qui sortait de sa chambre en accrochant une boucle à son oreille.

Hartley me libéra et se jeta de l'autre côté du sofa en récupérant sa manette au passage.

Le moment était passé. À moins qu'il n'y ait eu aucun *moment* et que je me sois un peu emballée. Dana nous souriait. Je levai les yeux vers Hartley, mais il faisait la même tête que d'habitude.

— *Quelqu'un* s'est fait botter le cul, répondis-je à Dana pour masquer ma propre confusion, et a perdu son sang-froid.

— Et *quelqu'un* va recevoir une bonne correction, lança Hartley en revenant sur la partie.

— Je demande à voir, m'exclamai-je.

Dana enfila sa veste.

— J'aurais peut-être dû appeler une baby-sitter pour vous deux ! Pas de bagarre, d'accord ?

Mais elle ne reçut aucune réponse, car le match avait repris. Cette fois, Hartley remporta l'engagement et je ne parvins pas à reprendre la tête. Mais par chance, mon gardien le contra en se jetant sur le palet.

— Ouf, lâchai-je. Ce n'est pas passé loin.

Je cherchai Dana d'un regard circulaire, mais elle était déjà partie.

— Toujours un à zéro pour Pittsburgh.

— Et maintenant, elle se la pète, en plus ! s'exclama Hartley. Je vais te faire ravaler ton sourire.

À cet instant, ma petite fée d'espoir tout en plumes me glissa un mot taquin : *J'aurais bien quelques suggestions à faire à ce propos*, susurra-t-elle.


RealStix Hockey Vidéo devint notre petit truc à tous les deux. La rivalité des Bruins contre les Puffins tournait à l'obsession. Parfois, en semaine, nous nous contentions d'une petite partie rapide avant le dîner. Dana secouait la tête en nous traitant d'accros. Ces jeux étaient amusants, mais nous étions souvent interrompus par les appels téléphoniques que recevait Hartley. Il mettait alors le jeu en pause et répondait, car c'était généralement l'heure où Stacia allait se coucher.

— Désolé, dit-il la première fois que ça se produisit. Mais je ne peux pas la rappeler plus tard. Il est vingt-trois heures, là-bas.

— Aucun souci.

Seulement voilà, il y avait un souci. Parce que ces appels me tuaient.

— Un week-end à Rome ? Ça m'a l'air formidable, disait Hartley.

Le ton mielleux qu'il employait avec elle ne lui allait pas.

— Je parie que tu fais flamber ta carte de crédit. Tu ferais mieux d'acheter une valise supplémentaire, à ce train, sinon tu ne réussiras jamais à ramener tous tes trésors de haute couture à la maison.

Pendant ces conversations, je restais assise en serrant les dents. Non seulement interrompaient-elles mon loisir favori, mais elles faisaient naître en moi des pensées que je préférais éviter.

« Salut, beauté », disait souvent Hartley en décrochant. Ou « salut, bébé ». Difficile de savoir quel mot tendre me torturait le plus. Personne ne m'avait jamais appelée ni par l'un ni par l'autre.

À vrai dire, depuis que j'éprouvais une profonde attirance pour Hartley, je touchais du doigt la distance qui me séparait des filles telles que Stacia. Avant mon accident, je m'étais toujours figuré que tôt ou tard, je vivrais à mon tour une histoire d'amour passionnée. Mais en entendant Hartley flatter sa splendide petite amie, j'avais de gros doutes. Existait-il un garçon pour moi, quelque part, qui surnommerait lui aussi « beauté » sa copine en fauteuil roulant ?

Rien n'était moins sûr.


Dans le marché que j'avais conclu avec mes parents, je m'étais engagée à poursuivre ma rééducation à Harkness. Ma nouvelle kiné était une femme athlétique qui portait une casquette des Patriots.

— Vous pouvez m'appeler Pat, dit-elle en me serrant la main. J'ai passé le week-end sur votre dossier.

— Désolée, lui répondis-je. Pas très palpitant, comme lecture.

— Au contraire, dit-elle en souriant.

Je remarquai qu'elle était constellée de taches de rousseur.

— Apparemment, vos anciens thérapeutes vous trouvaient rafraîchissante.

J'éclatai de rire.

— Si « rafraîchissant » est un euphémisme pour « casse-pieds », alors je veux bien le croire.

Elle secoua la tête.

— Vous avez vécu une année très difficile, Corey. Tout le monde en est conscient. Alors, commençons.

D'abord, Pat m'étira. Toutes mes sessions de kiné commençaient toujours de la même manière – par cette sensation désagréable de quelqu'un qui manipulait mon corps comme si j'étais une poupée de chiffon. Pat fit travailler mes jambes autour des os de la hanche, puis elle s'attaqua aux genoux et aux chevilles. Avant de me demander de m'asseoir, elle hésita un instant.

— Je peux jeter un œil à votre peau ? Personne ne le verra.

Je regardai autour de moi. La porte de la salle de soins était fermée et on n'apercevait aucun visage par la fenêtre.

— En vitesse, alors, répondis-je.

Pat souleva l'arrière de mon pantalon de yoga et de ma culotte pour procéder à une inspection rapide. Le risque était que je développe des escarres à force de rester assise sur mon fauteuil toute la journée.

— Aucun problème de ce côté-là.

— Je ne suis pas diagnostiquée à haut risque, répondis-je. Ce sont mes parents qui vous ont demandé de vérifier, n'est-ce pas ?

Elle sourit.

— Vous ne pouvez pas leur en vouloir de se faire du souci pour vous.

En fait, si.

— Si nous parvenons à vous faire quitter ce fauteuil, fit Pat en désignant du pouce l'objet incriminé, personne ne s'inquiètera plus à ce sujet. Combien d'heures par jour passez-vous sur vos béquilles ?

— Quelques-unes, dis-je pour esquiver la question.

Pour tout dire, je n'avais pas encore trouvé le moyen d'intégrer mes béquilles dans mon planning de la semaine.

— Je suis en période de rodage, je me familiarise avec les bâtiments et leur éloignement les uns par rapport aux autres.

— Je vois, dit-elle. Mais si vous voulez participer à la vie étudiante, vous allez devoir monter des escaliers. Sinon, vous auriez dû choisir une université construite dans les années soixante-dix. Bon, passons aux exercices des jambes.

Je me gardai de répliquer. Un an plus tôt, j'étais capable de mettre deux fois le poids de mon corps sur l'appareil de muscula-tion des jambes. À présent ? Pat plaça environ trente kilos sur la machine, et encore, je dus pousser sur mon siège avec mes mains pour faire bouger la plateforme. Un élève de primaire aurait fait mieux.

Alors à quoi bon ?

Mais Pat n'était pas découragée par mes pitoyables performances.

— Bon, travaillons le tronc à présent, insista-t-elle. Une bonne stabilité au niveau du torse est essentielle pour vous aider à garder l'équilibre sur vos béquilles.

Je connaissais la rengaine. Pat avait appris son discours dans les mêmes manuels que mes précédents kinés. Et Dieu sait que j'en avais fréquenté.

Malheureusement, aucun livre ne traitait des problèmes qui me tracassaient vraiment. Pat savait quoi faire quand mes hanches flanchaient au milieu d'un exercice de gainage. Mais personne ne m'avait jamais appris à affronter les regards gênés que je croisais quand les gens apercevaient mon fauteuil roulant. Parfois, ils exprimaient une authentique pitié. S'ils ne m'aidaient pas, ils avaient au moins le mérite d'être honnêtes. Il y avait aussi les grands sourires. Je doute que beaucoup de personnes se promènent en souriant comme des désaxés au premier inconnu qu'elles croisent, et pourtant je recevais souvent de grands sourires de la part de ceux qui devaient s'y sentir obligés. C'était comme un lot de consolation. *Tu ne peux plus te servir de tes jambes, alors voilà un grand sourire de ma part.*

Bien sûr, je ne m'en plaignais jamais à haute voix. Je serais passée pour une ingrate. Mais ces neuf derniers mois avaient été humiliants. La Corey d'avant était outrée quand les hommes fixaient ouvertement sa poitrine. À présent, je regrettais que personne ne pose les yeux sur mon décolleté. Désormais, quand on me regardait, on ne voyait plus que le fauteuil.

— Encore quatre abdos, Corey. Ensuite, ce sera terminé, dit Pat.

Je levai les yeux vers le visage déterminé de Pat et contractai mes muscles. Mais nous savions toutes les deux que je n'en aurais jamais terminé.

# CHAPITRE 5
# COMME UNE GIRAFE SUR DES ÉCHASSES

## COREY

SEPTEMBRE CÉDA la place à octobre, et la vie suivait son cours. J'étais à jour dans mes leçons et j'avais appris à me déplacer de plus en plus facilement sur le campus. Dana était toujours en plein concours pour intégrer un groupe de chant. Le morceau de son audition était *Hey There, Delilah*, et avec toutes ses répétitions, je commençais à entendre la mélodie jusque dans mon sommeil.

Quant à moi, je n'avais pas encore une vie sociale très active, mais je savais qu'il me faudrait du temps pour cela. Mes vendredis et samedis soir préférés, jusqu'à présent, étaient de loin ceux que j'avais passés en compagnie d'Hartley devant RealStix. Au fur et à mesure que la saison de hockey avançait, les amis d'Hartley devinrent de moins en moins disponibles pour lui. Quand ils n'étaient pas à l'entraînement, ils participaient à des fêtes aux quatre coins du campus, où Hartley n'avait pas le cœur de se rendre. Ces soirs-là, il se laissait tomber sur le canapé à côté de moi pour disputer quelques parties de hockey. Parfois, nous enchaînions avec un film.

— Tu sais, tu te reposes trop sur ton capitaine d'équipe, me dit Hartley un soir, alors que je perdais la partie.

Je ne comptais pas le lui avouer, mais la raison pour laquelle je perdais n'avait pas grand rapport avec mon joueur de centre, mais plutôt avec le fait qu'Hartley ne portait pas de t-shirt. J'avais passé la dernière demi-heure à m'efforcer de ne pas admirer ses tablettes de chocolat.

Il décapsula une bouteille de bière et me la proposa, mais je refusai d'un geste de la main.

— Digby est bon, observa-t-il, mais il y a d'autres joueurs sur la glace.

— Oui, mais Digby est à tomber, dis-je en posant la manette.

C'était la vérité – même la version virtuelle du capitaine des Puffins faisait palpiter mon cœur. C'était *presque* le joueur de hockey le plus canon à mes yeux. Le numéro un se trouvait juste à côté de moi sur le canapé.

Hartley pouffa dans sa bière.

— Sérieusement ?

Il se mit à rire, m'offrant l'un de ses sourires à couper le souffle.

— Callahan ! Dire que je te prenais pour une véritable fan. Je n'avais pas réalisé que tu n'étais qu'une groupie de patinoire.

Je me récriai :

— Et moi, je n'avais pas réalisé que tu étais un tel enfoiré.

Il leva les deux bras pour se défendre, sa bière toujours à la main.

— C'est bon, je plaisante.

Je me mordis la lèvre en essayant de réfréner ma colère. Groupie de patinoire était le terme péjoratif par lequel on désignait ces femmes qui s'intéressaient au hockey uniquement pour reluquer les joueurs. Personne ne m'avait encore jamais traitée ainsi. J'avais vécu les moments les plus heureux de ma vie *sur* une patinoire.

Hartley posa sa jambe cassée sur la table et inclina la tête à la manière d'un golden retriever.

— J'ai touché la corde sensible ? Je suis désolé.

Je me penchai sur le canapé et lui pris la bière des mains pour en avaler une gorgée.

— Il faut croire que je devrais me peindre le visage et me mettre à huer l'arbitre. Puisque je suis une telle *fan*.

Je lui tendis la bouteille, mais il ne la reprit pas. Son regard était si intense que j'en vins à me demander s'il pouvait lire dans mes pensées.

— Callahan, dit-il lentement. Es-tu une *joueuse* de hockey ?

Pendant un instant, nous nous regardâmes sans ciller. J'avais toujours *été* une joueuse de hockey – depuis mes cinq ans. Et maintenant, je n'étais qu'une fan tout au plus. C'était très douloureux.

Je déglutis péniblement avant de lui répondre :

— Je jouais. Avant, tu sais… Avant d'abandonner.

Je sentis un picotement dans mes yeux. Mais il était hors de question que je pleure devant Hartley. Je pris une profonde inspiration par le nez.

Il passa la langue sur ses lèvres.

— Tu m'as dit que ton père était entraîneur au lycée.

— C'était *mon* entraîneur au lycée.

— Sans blague ?

Hartley ouvrit une autre bouteille sans me quitter des yeux.

— À quelle position joues-tu ?

*Jouais*-tu. Au passé.

— Au centre, bien sûr.

Je comprenais le fond de sa question.

— Capitaine. De l'État. Recrutée par toutes les universités.

C'était une véritable épreuve de lui expliquer ça, de lui révéler absolument tout ce que j'avais perdu. La majeure partie des gens n'avaient pas envie de l'entendre. Ils changeaient systématiquement de sujet et me demandaient si j'avais envisagé de me mettre au tricot ou aux échecs.

Mais au lieu de cela, Hartley se pencha et fit tinter sa bouteille contre la mienne.

— Tu vois, je savais que je t'aimais bien, Callahan, dit-il.

Lorsqu'il prononça ces mots, j'étais sur le point de perdre ma bataille contre les larmes. Mais je bus une longue gorgée de bière et les réprimai tant bien que mal. Il y eut un autre silence avant qu'Hartley ajoute :

— Bon… je suppose que je devrais t'apprendre comment changer de perspective sur l'écran, pour que tu puisses voir en permanence où se trouvent tes défenseurs. Viens par ici.

Ravie d'en avoir terminé avec cette conversation, je me glissai près de lui sur le sofa. Hartley passa son bras autour de moi afin de maintenir la manette devant mon corps pour me permettre de la voir.

— Si tu appuies sur ces deux boutons en même temps, dit-il en enfonçant ses pouces sur la manette, les yeux tournés vers l'écran, tu alterneras entre la vue du joueur et celle de l'entraîneur.

J'étais pelotonnée contre lui et je sentais son souffle sur mon oreille lorsqu'il me parlait.

— D'accord, répondis-je à mi-voix.

La chaleur de son torse nu contre mon dos me déconcentrait terriblement.

— C'est… utile, bredouillai-je.

Tandis qu'il me montrait quelques manœuvres supplémentaires, je humais son agréable odeur de savon et admirais les avant-bras sculptés qui encadraient les miens. On devrait écrire des poèmes sur ces bras. Hartley m'expliquait quelque chose à propos de la mise en échec corporelle, mais je l'écoutais d'une oreille distraite. Chaque fois qu'il prononçait le mot « corps », seul le sien me venait à l'esprit.

— C'est bon ? dit-il enfin.

Je m'efforçai de reprendre ma respiration.

— Maintenant, quand je te battrai, tu ne pourras pas dire que tu ne connaissais pas le jeu.

Il tira légèrement sur ma queue de cheval pour me taquiner avant de s'écarter.

Les joues rouges, je m'empressai de réintégrer ma place au bout du canapé.

— Allez, c'est parti, dis-je en essayant tant bien que mal de mobiliser quelques cellules grises. Je vais te faire manger tes dents.

— C'est ce qu'on va voir, répondit-il en s'esclaffant.


Le vendredi soir suivant, je croisai Hartley par hasard devant la porte du bâtiment McHerrin.

— Un petit RealStix tout à l'heure ? demandai-je.

*S'il te plaît.*

Il secoua la tête.

— La saison de l'équipe de hockey ne commence que la semaine prochaine, alors Bridger en profite pour organiser une fête. Tu devrais venir – il n'y a que six marches à monter. Je lui ai demandé de les compter pour moi. Tu es capable de gravir six marches ?

Je réfléchis un instant à la question.

— C'est possible, mais j'aurai l'air d'une girafe bourrée montée sur échasses. En moins gracieux.

Il sourit.

— Comme moi dans mes bons jours, en somme. J'y vais à vingt heures, je frapperai à ta porte. Invite Dana, et d'autres personnes si tu en as envie.

Il entra dans sa chambre.

— Ça te dit d'aller à la fête de Bridger ce soir ? demandai-je à Dana lorsqu'elle rentra enfin à la maison.

— J'aimerais bien, mais je ne peux pas, dit-elle. J'ai deux compétitions de chant. Tu peux m'aider à choisir une tenue ?

— Bien sûr, répondis-je, plus heureuse que jamais de ne pas m'être lancée dans les auditions.

S'il fallait bien chanter *et* bien s'habiller, alors je n'étais pas la candidate qu'il leur fallait.

Nous lui choisîmes un pull moulant violet et un jean noir charbon. Elle était jolie, sans donner l'impression d'y avoir mis trop d'efforts.

— Et toi, qu'est-ce que tu vas porter ? me demanda-t-elle.

Je me contentai de hausser les épaules en baissant les yeux sur mon t-shirt de Harkness.

— Ce n'est qu'une soirée dans l'appart de Bridger. Pas besoin de s'habiller pour ça !

Dana leva les yeux au ciel.

— Voyons, Corey. Ce jean te va bien, mais il te faut un plus joli haut.

Elle entra dans ma chambre d'un pas décidé et commença à ouvrir les tiroirs de ma commode.

— Que dirais-tu de celui-ci ?

— Eh bien, il est rose.

— Je vois ça. Essaie-le.

Pour faire plaisir à Dana, je jetai mon t-shirt de Harkness sur le lit et attrapai le haut qu'elle me tendait.

## HARTLEY

Lorsque j'ouvris la porte du salon des filles, des voix me parvinrent depuis la chambre entrouverte de Corey.

— Voilà. Je peux y aller, maintenant ? demanda Corey.

— C'est *tellement* plus mignon, se récria Dana. C'est près du corps juste là où il faut. Bon, attends. Enfile ces boucles.

— D'accord, fit Corey en soupirant, mais uniquement parce que me disputer avec toi prendrait encore plus de temps.

— Et je ne te laisserai pas quitter cette maison sans rouge à lèvres.

— Seigneur, *pourquoi ?*

À ce moment, j'éclatai de rire et la porte de Corey s'ouvrit en grand.

— Je dois y aller, lança-t-elle à Dana.

— Attends ! s'exclama sa colocataire en fouillant dans le tiroir de Corey. Tu n'as *pas* de mascara ?

— Bonne chance pour tes auditions, cria Corey en se précipitant vers moi sur ses béquilles. *Cours*, articula-t-elle.

J'ouvris la porte.

Corey parvint à gravir les six marches menant à la chambre de Bridger sans trop de difficultés – tant mieux, car je ne lui aurais pas été d'un grand secours. Mais ce soir-là, la véritable épreuve, ce fut la fête. Au fond, j'aurais dû m'y attendre. De la bière tiède dans des gobelets en plastique ? Check. De la musique trop forte pour s'entendre parler ? Check. Des filles qui minaudaient en jouant avec leurs cheveux devant tous mes coéquipiers ? Check et recheck.

Tout le monde dans la chambre de Bridger portait des vestes et des sweatshirts de l'équipe de hockey de Harkness. Les groupies se pâmaient autour d'eux en les flattant servilement. Je suivis le regard de Corey et découvris une jeune femme plutôt éméchée suspendue au cou de Bridger. Lorsque je surpris son regard, Corey arqua un sourcil. Je haussai négligemment les épaules. On aurait pu s'attendre à ce qu'il n'y ait aucune groupie de patinoire dans un établissement aussi ambitieux que Harkness. Mais ce serait une erreur. À chaque match à domicile, il y avait au moins une pancarte dans le public sur laquelle on pouvait lire : « Future femme de hockeyeur ». Elles ne faisaient pas dans la subtilité.

Une fois que Corey et moi nous fûmes frayé un chemin à travers la foule, Bridger nous adressa un sourire chaleureux et une bière tout aussi chaude. Boire de la bière en équilibre sur des béquilles était un vrai challenge. Corey, de toute évidence plus intelligente que moi, s'était calée sur l'accoudoir du vieux canapé de Bridger usé jusqu'à la corde. Elle avait posé ses béquilles contre le mur derrière elle pour avoir les mains libres.

Depuis son perchoir, Corey parcourait du regard la pièce que Bridger et moi aurions partagée sans mon accident. La résidence Beaumont datait de cent ans et cela faisait quelques décennies que l'université ne l'avait pas rénovée. Les moulures en bois foncé étaient tout éraflées et les murs jaunis. Mais ce n'en était pas moins l'un des endroits les plus cool que je connaisse. Les voûtes des fenêtres abritaient des vitres en cristal véritable, divisées en petits rectangles chatoyants. Une banquette en bois de chêne s'étendait juste en dessous.

Des étudiants y étaient assis, des gobelets à la main, de la même manière qu'on s'y asseyait sans doute depuis les années vingt. J'avais toujours trouvé cette idée fascinante, mais ce soir, elle me semblait juste immuable et déprimante.

Bridger avait même accroché l'une de ces bannières en feutrine au-dessus de sa cheminée, condamnée depuis les années soixante. On pouvait y lire : *Esse Quam Videri*. La devise de l'université signifiait : « être au lieu de paraître ». C'était un noble sentiment, mais les ondes dont vibrait la chambre de Bridger ce soir-là rendaient plutôt hommage aux verbes : « voir, être vu, et boire sans retenue ».

Je descendis en flèche la première bière.

— Tu en veux une autre ? demandai-je à Callahan.

— Pas vraiment, répondit-elle en souriant.

C'était une bonne chose, car j'étais sans doute incapable de ramener quelqu'un sur mon dos sans le faire tomber. Mon gobelet entre les dents, je fendis la foule en direction du fût de bière, en prenant soin de n'écraser aucun orteil avec mes béquilles. Bridger me prit le verre de la bouche et entreprit de le remplir.

— Où est passée cette pieuvre qui était suspendue à ton cou tout à l'heure ? lui demandai-je.

Il inclina mon gobelet pour éviter de produire trop de mousse.

— Bon sang. J'ai eu du mal à la décoller. C'est la petite sœur de Hank.

— Sérieusement ? Je pensais qu'elle était plus jeune.

— C'est bien le problème. Elle a seize ans et elle est en visite pour le week-end. Maintenant, elle a trouvé une autre proie. Il a fallu que ça tombe sur Fairfax.

Je balayai la foule du regard. Sans surprise, ce fut sur la banquette de la fenêtre que je repérai une fille en train de faire la ventouse autour de notre coéquipier, les cils battants. Quant à Fairfax, il semblait saoul comme un cochon.

— Merde. Et d'abord, où est Hank ?

— Je n'en ai pas la moindre idée. Ça fait un moment que je ne l'ai pas vu. Quelqu'un lui a sans doute proposé de sortir fumer.

Bridger me tendit mon gobelet tandis que nous regardions Fairfax, ivre mort, fourrer sa langue dans la bouche de la fille.

— Ça craint, marmonna Bridger. Tu as ton téléphone ?

— Bien sûr, tiens-moi ça.

Je tendis mon gobelet à Bridger et m'empressai d'envoyer un texto à Hank : *Urgence. Laisse ton bang et viens chercher ta sœur.*

Bridger et moi sirotâmes notre bière tout en surveillant la porte. Mais Hank n'arrivait toujours pas. Je me tournai vers nos deux tourtereaux.

— Oh, bon sang ! Est-ce qu'elle vient de lui mettre la main au paquet ?

Bridger fit la grimace.

— Nous allons devoir intervenir. Si c'était ma petite sœur…

Il ne termina pas sa phrase.

— Cette fille est complètement saoule.

Il fallait faire quelque chose.

— Laissez passer ! lançai-je, tandis que Bridger et moi nous frayions un chemin jusqu'à la banquette.

Lorsque nous les rejoignîmes, ils étaient toujours chauds comme la braise. Je tapotai la fille sur l'épaule.

— Excuse-moi, Hank te cherche.

Leurs lèvres produisirent un bruit de succion lorsqu'elles se séparèrent.

— Qu… quoi ? bredouilla la fille.

— Ton frère, dit Bridger en l'arrachant aux bras de Fairfax. Maintenant.

— Putain de merde, Darcy !

Hank venait de faire son apparition et il était penché sur nous. Ce type mesurait près de deux mètres dix. Il posa une main de géant sur l'épaule de sa sœur tout en brandissant son téléphone dans l'autre.

— Merci, Hartley. Je t'en dois une.

J'agitai la main pour couper court à ses remerciements et Fairfax m'aperçut. Une fois que Hank eut entraîné sa sœur un peu plus loin, mon coéquipier fixa sur moi son regard vacillant.

— Alors comme ça, tu m'empêches de m'envoyer en l'air maintenant ?

*Sérieux ?*

— Non, mon pote. Je te rends service. Il faut relâcher les petits poissons. C'est la loi.

— Tu n'es qu'un sale bâtard, Hartley. Toujours un sale *bâtard*.

Je serrai instinctivement les poings.

— Ah non, mec ! lâcha Bridger en posant la main sur mon torse. Tu ne frapperas pas Fairfax à ma fête. Même s'il se comporte comme le pire des abrutis ce soir.

Mais mon sang bouillonnait déjà. Ce foutu mot. Pourquoi fallait-il que tout le monde emploie ce foutu mot ?

— Vieux, s'il te plaît, me supplia Bridger, qui me retenait à présent à deux mains. Laisse couler pour cette fois. Si tu le blesses, Fairfax le dira à l'entraîneur… il n'en sortira rien de bon. Et ce type est *torché*, Hartley. Il ne s'en souviendra même pas demain matin.

Comme pour confirmer ces paroles, Fairfax commença à s'affaisser sur la banquette.

Je repoussai Bridger, mais ma colère était passée.

— Les bonnes actions se voient toujours punies, ajouta sentencieusement Bridger en me tendant la béquille que j'avais laissé tomber.

Très juste. Bon, je m'étais bien amusé.

Je tournai le dos sans un mot de plus et rejoignis Corey, juchée sur l'accoudoir du sofa. Les coussins étaient occupés par deux couples engagés à divers degrés dans des préliminaires, mais le mur à côté de Corey était vide et je m'y adossai. Comme ma bière n'était remplie qu'au tiers, je pouvais tenir le gobelet à deux doigts tout en m'appuyant sur mes béquilles.

— Tout va bien ? demanda-t-elle d'une voix douce.

— Ma jambe me fait souffrir le martyre ce soir, grommelai-je en contemplant le fond de mon verre.

Elle ôta son sac de son épaule et fouilla à l'intérieur, avant d'en sortir un petit flacon d'Advil. Alléluia ! Elle fit tomber deux comprimés dans ma paume.

— Tu es un amour, lui dis-je en les enfournant dans ma bouche.

— Mouais, répondit-elle en levant les yeux au ciel.

Je lui adressai un clin d'œil et la groupie de patinoire qui se tenait juste devant nous lança à Corey un regard noir. Avec sa coiffure bouffante et son haut moulant de couleur acidulée, elle ressemblait à une pom-pom girl.

— Stacia t'a vraiment laissé en plan, n'est-ce pas ? me demanda la fille au t-shirt vulgaire.

— Qu'est-ce qui te fait dire ça ?

Je fis basculer mon poids pour m'appuyer de mon mieux contre le mur. J'étais de mauvaise humeur et il n'était même pas vingt-deux heures.

— Elle se pavane à Paris, et toi tu es coincé ici à Harkness, sous le soleil du Connecticut. C'est trop injuste ! Tout un semestre sans action ?

Elle souleva ses cheveux. L'invitation était très claire.

Je clignai de l'œil en secouant le téléphone que je tenais dans ma main.

— Tu vois, c'est précisément à ça que sert Skype.

La fille et son amie se mirent à glousser tandis que Corey, agacée, faisait de nouveau les gros yeux.

— Ce qui est difficile, c'est de tout faire rentrer dans l'image.

Je tendis l'appareil à bout de bras, à hauteur de taille, comme pour zoomer sur mon entrejambe, et leur hilarité redoubla. Je vidai ma bière tout en me demandant pourquoi j'abordais ce sujet avec elles.

Un type que nous surnommions Kréature se fraya un chemin entre les filles pour venir me parler. Cette interruption tombait à point nommé.

— Salut, mec. Comment ça va ? demandai-je. Tu connais la petite sœur de Callahan ?

— Ravi de te rencontrer, dit Kréature en serrant la main de Corey. L'entraînement était violent aujourd'hui, Hartley. Nous avons enchaîné les sprints et les exercices d'enfer sur la glace. Pas de mêlée. C'était à la fois épuisant et ennuyeux.

— Haut les cœurs, dis-je en écrasant mon gobelet vide.

— Tu peux me croire, vieux. Aujourd'hui, si j'avais raté l'entraînement, je n'aurais *rien* raté.

— Sans blague ? m'exclamai-je.

Au fond, j'avais envie de le traiter d'*enfoiré*. J'aurais tout donné pour participer à l'entraînement aujourd'hui, au lieu d'avoir un énorme plâtre cloué sur la jambe. Je jetai un coup d'œil à Corey, qui me sourit d'un air entendu.

Oui, elle était la seule dans cette pièce à pouvoir me comprendre.

Après le départ de Kréature, Corey hissa son sac sur ses épaules et retrouva ses béquilles.

— Je vais rentrer, dit-elle.

— Je te raccompagne, me proposai-je spontanément.

Elle se dirigea vers la porte et je parvins à la suivre sans créer d'accrochage avec mon plâtre.

— Pas la peine de me raccompagner, dit-elle lorsque nous atteignîmes le seuil, devant l'appartement de Bridger. Tu ne vas pas te taper deux fois les escaliers.

La douleur dans ma cheville m'arracha une grimace.

— Je ne compte pas revenir, Callahan. Je t'utilise comme excuse pour filer à l'anglaise.

Avec mille précautions, je descendis la première marche.

— Allez, tu peux le dire. C'était une soirée complètement bidon.

— Ah bon ? Honnêtement, ce n'est pas si nul que je le pensais. Personne ne m'a vomi dessus et je ne me suis pas vautrée dans les escaliers.

Callahan sautilla sur la première marche, puis la deuxième. Comparée à moi, on aurait presque dit une gazelle.

— Il faut croire que tout dépend de ses attentes, grommelai-je en attaquant la deuxième marche.

— Absolument, acquiesça-t-elle tout bas.

# CHAPITRE 6
# MIEUX QUE DISNEY WORLD

## COREY

EN SORTANT de ma chambre le lundi matin, je découvris un mot glissé sous notre porte. C'était une feuille de papier pliée sur laquelle était inscrit : *Callahan*. À l'intérieur, on pouvait lire : *Je ne peux pas venir en éco aujourd'hui parce qu'on me met deux vis dans le genou ce matin. Tu me fileras tes notes, s'il te plaît ? H.*

J'attendis le début d'après-midi pour lui envoyer un message.

*J'ai tes notes. Chirurgie ? Désolée pour toi.*

Quelques heures plus tard, il répondit :

*Pas de quoi être désolée, l'anesthésie déchire. Tu n'es pas obligée de me rendre visite, mais si tu viens, apporte de la bouffe.*

Moi : *Quel genre de bouffe ?*

Hartley : *Franchement, n'importe quoi ! La nourriture de l'hôpital est à gerber.*

J'éclatai de rire. C'était bien vrai.


Lorsque je passai la tête par l'entrebâillement de sa porte, un peu plus tard, la première chose que j'aperçus fut son genou entouré de bandages, suspendu par une machine qui le lui pliait et le lui tendait alternativement.

— Ça a l'air marrant, dis-moi.

Au moins, son gros plâtre avait disparu et il en portait un plus petit – de la taille d'une botte – au bas de la jambe.

— C'est mieux que Disney World.

Il tourna la tête et m'adressa un faible sourire. Il portait une blouse d'hôpital et un cathéter diffusait un liquide au compte-gouttes dans son bras.

Je réprimai un frisson tant cette scène m'était familière.

— Désolée, lui dis-je. Pourquoi cette opération, d'ailleurs ?

Il posa sa tête contre les oreillers.

— L'entraîneur de hockey voulait que je rencontre son ortho-pédiste préféré. Et ce type a dit que je guérirais plus vite avec des vis.

— Eh bien… c'est plutôt bon, non ?

Il haussa les épaules.

— C'est bon pour mon genou. Mais ma cheville guérira à la même vitesse, quoi qu'il arrive. Alors je me demande bien ce qui a changé, si ce n'est que maintenant, j'ai des parties du corps en acier.

— Tu vas déclencher les portiques détecteurs de métaux.

Je m'avançai en roulant dans la chambre.

— Ma visite ne te dérange pas ? Moi, j'ai toujours détesté les visiteurs.

Hartley leva la tête.

— Tu détestais les visiteurs ? Qu'est-ce que tu as contre les gens qui t'aiment bien ?

— Je ne voulais pas qu'on me *voie*, c'est tout. C'était si humi-liant de rester allongée sur le dos, pas lavée et presque nue à l'ex-ception de cette légère blouse en coton.

— C'est là que nous sommes différents, dit Hartley en incli-nant la tête. Ça ne me dérange pas de ne pas me laver. Et d'être nu.

Je sortis un sac en papier blanc de mon sac.

— Que m'as-tu apporté ?

— Un panini italien et un sachet de chips. Avec une boisson énergisante.

— Je t'ai déjà dit que tu es magnifique ?

— Chaque fois que je t'offre de la nourriture.

— Exactement. Donne-moi ça.

Il tendit les mains et je lui passai le sac, puis je levai les yeux vers le cathéter et les médicaments qui coulaient dans son bras.

— Tu as le droit de manger ?

— On s'en fiche ! Je meurs de faim.

Il déballa le sandwich et y mordit à belles dents.

— Hmm, dit-il. Magnifique.

— Moi ou le sandwich ?

— Les deux.

Il prit une autre bouchée.

— Callahan ? Combien de temps es-tu restée à l'hôpital ?

La question me serra le cœur. Je n'aimais pas parler de mon accident.

— Six semaines.

Il ouvrit de grands yeux.

— Tout ce temps à manger cette bouffe infecte !

Je hochai la tête, bien que la mauvaise qualité de la nourriture n'atteigne même pas le top dix de ce que je détestais à l'hôpital.

— Tu as raté beaucoup de cours ?

— Trois mois. J'y suis retournée pour les dernières semaines. Heureusement, j'avais postulé à Harkness en avance. Mon courrier d'admission est arrivé avant l'accident.

— Mais tu as pu passer ton examen dans les temps ?

— Le rectorat m'a envoyé un tuteur une fois que je suis entrée en rééducation.

— C'est rude.

— Tu trouves ?

Je soupirai.

— Je n'avais rien d'autre à faire sur mon temps libre. C'était toujours mieux d'apprendre quelques équations plutôt que de rester assise à me morfondre toute la journée.

Je désignai son genou.

— Avoue que tu préférerais être en cours d'économie en ce moment.

Il prit le temps de la réflexion.

— Oui, mais seulement si je peux garder le sandwich.

Il ouvrit le paquet de chips et me le tendit. J'en pris une et nous grignotâmes en silence pendant une minute.

— Ça t'a fait quel effet de retourner en cours dans ton fauteuil roulant ?

Je poussai un soupir.

— Vraiment ? Tu veux vraiment discuter de ça ?

Il ouvrit les bras.

— Tu n'es pas obligée, mais tu sais ce qu'on dit : à Rome, fais comme les Romains…

— C'était aussi affreux que tu peux l'imaginer. Bien sûr, les gens étaient d'une extrême gentillesse avec moi. Mais ça n'a rien arrangé, au contraire. J'interrompais toutes les conversations. Sur mon passage, personne n'osait discuter du bal de promo, par exemple. Ils avaient l'impression de faire quelque chose de mal.

Hartley garda un instant le silence.

— C'est plutôt merdique, en effet. Tu étais obligée de reprendre ?

— Ce n'était pas une obligation, mais rester à la maison, c'était encore pire. Mes parents étaient tout le temps stressés. Je me suis dit que si je retournais en cours, ils pourraient… tu sais, se détendre un peu. J'en avais assez d'être sous leur microscope.

Et à présent, ce sujet me tapait sur les nerfs.

— En ce moment, c'est Dana qui est sous tension. Demain, c'est son grand soir.

Hartley m'adressa un autre sourire sans conviction.

— Ah bon ? S'ils me libèrent de ce trou demain, je passerai chez vous. Bien sûr, il faudra qu'on fasse quelques parties de hockey.

— Évidemment, acquiesçai-je.

Lorsque je rentrai de la bibliothèque avant vingt-et-une heures le lendemain soir, la porte de la chambre d'Hartley était ouverte. Je passai la tête et le découvris, assis sur son lit, la chaise de son bureau calée sous sa jambe.

— Salut, Callahan, lança-t-il en arrachant une feuille de papier de son cahier pour la rouler en boule.

— Salut.

Je l'examinai attentivement. Il avait la mine pâle et le regard fatigué.

— Tu n'as pas l'air en forme.

— Merci pour le compliment.

Il lança le papier chiffonné en direction de la corbeille, à l'autre bout de la pièce. Bien sûr, il marqua un panier. Parce qu'Hartley était comme ça.

Je m'avançai dans la chambre sur mes béquilles.

— Sérieusement, est-ce que ça va ?

— Ça ira mieux bientôt. Le deuxième jour est toujours le pire, n'est-ce pas ? J'ai juste besoin d'une bonne nuit de sommeil. Tu connais les hôpitaux.

Il me regarda en plissant les yeux.

— Oui, je sais.

Je manœuvrai pour m'asseoir près de lui en prenant soin d'éviter de le heurter.

— Combien de fois t'ont-ils réveillé pour vérifier tes signes vitaux ?

— J'ai perdu le compte.

Il se pencha pour attraper sa bouteille d'eau sur le sol et la vida d'un trait.

— Callahan, ça ne te dérange pas de me la remplir ?

— Non, aucun problème.

Je me levai d'un bond et passai un doigt dans l'anse de la

bouteille, puis je clopinai sur mes béquilles jusqu'à la salle de bain d'Hartley pour faire couler l'eau.

— Tu as le droit de prendre une autre dose d'ibuprofène ou pas encore ? demandai-je en repérant le flacon sur le lavabo.

— Plutôt deux fois qu'une.

Je sortis deux comprimés du flacon et les glissai dans ma poche. Puis je lui ramenai la bouteille d'eau. Voir Hartley ainsi souffrant et vulnérable me faisait peur. Il n'avait pas l'air bien. Avant que je puisse m'en empêcher, j'avais levé la main et posé ma paume contre son front. Ses grands yeux marron se levèrent pour me dévisager.

— Tu n'as pas l'air fiévreux, m'empressai-je de constater. Les infections postopératoires, c'est toujours inquiétant.

Il ferma les yeux et laissa le poids de sa tête reposer dans ma main. Pendant un long moment, je restai sans bouger. Je savais que je devais me retirer, mais je n'en avais pas la moindre envie. Je voulais passer mes bras autour de lui et le serrer contre moi. Si j'avais eu l'espoir qu'il me laisse faire, c'était exactement ce que j'aurais fait.

En soupirant, je posai ma main sur son épaule et lui remis la bouteille d'eau. Lorsqu'il se redressa, je sortis les comprimés de ma poche.

— Seulement deux ? demanda-t-il d'une voix rauque.

— Mais c'est la dose ! Combien en prends-tu habituellement ?

— Trois ou quatre, bien sûr.

— Sur l'étiquette, il est écrit qu'il n'en faut que deux, Hartley.

— Je vais te dire un truc, Callahan. Je vais m'asseoir sur toi et tu me diras si tu trouves logique que ta limite autorisée soit la même que la mienne.

Ses lèvres souriaient, mais ses yeux étaient trop fatigués pour les refléter.

— Tu es un vrai casse-pieds, Hartley, lui dis-je afin de masquer mon inquiétude.

Je retournai dans la salle de bain pour lui chercher un autre comprimé.

— Merci, dit-il à voix basse.

Une fois qu'il eut avalé tous les cachets, il se pencha en arrière et se cala sur ses mains en grimaçant.

— Quelle heure est-il ?

Je consultai ma montre.

— Vingt-et-une heures à peine.

— Allons attendre avec Dana, dit-il.

Je clignai des paupières. Pendant un instant, j'avais complètement oublié que son grand soir était arrivé. Bientôt, tous les groupes de chant arpenteraient la Cour des Nouveaux en tapant aux portes de leurs étudiants de première année préférés, à la recherche des meilleurs chanteurs.

— C'est vrai. Tu es sûr que tu veux y aller ?

Il ferma un moment les yeux avant de les rouvrir.

— Heureusement que c'est de l'autre côté du couloir.

— Attends un peu, lui dis-je. Je vais ranger avant.

Je revins dans ma chambre en boitillant, ôtai les quelques livres qui traînaient sur le canapé et installai la table basse pour le genou d'Hartley. Puis, subitement inspirée, je tirai mon fauteuil roulant hors de ma chambre et l'emportai dans le couloir jusque dans la chambre d'Hartley. C'était parfait, car je n'en avais pas besoin. Je m'étais rendue à la bibliothèque de la résidence Beaumont (qui ne comptait que trois marches) toute seule sur mes béquilles.

Il était debout lorsque je le retrouvai.

— Regarde ça, lui dis-je. Tu n'es même pas obligé de marcher.

— Merci beaucoup, fit-il en soupirant.

Du bout du pied, je fis pivoter le fauteuil devant lui et il s'y installa. Rapidement, j'ajustai le repose-pied à sa taille et soulevai sa jambe blessée. Il posa les mains sur les roues et poussa.

— Alors c'est à ça que ressemble le monde vu par les yeux de Callahan, dit-il en se dirigeant vers la porte.

— Dana, nous sommes là ! lançai-je lorsque nous entrâmes dans notre salle commune. Il est neuf heures. Qu'est-ce qu'on fait ?

Elle sortit en trombe de sa chambre.

— On attend, c'est tout.

— Je peux allumer le match de football ? demanda Hartley.

Ma colocataire se renfrogna.

— En mode silencieux, alors. Je dois pouvoir les entendre frapper.

Puisque Dana avait ouvert nos fenêtres en grand et que la porte du bâtiment se trouvait juste à côté, nous ne risquions pas de les rater, mais Hartley eut la bienveillance de ne pas le souligner. Il prit la télécommande sans dire un mot et lança le match. Il recula mon fauteuil avant de tâtonner d'un air hésitant pour trouver un moyen de se glisser sur le canapé.

— Salut, les amis ! lança Bridger en entrant, un sac de glaçons à la main. Livraison spéciale. Je vais mettre ça dans ton mini-frigo, d'accord, mec ?

— Merci, vieux. J'en aurais bien besoin en ce moment, d'ailleurs.

Bridger disparut et Hartley reporta son attention sur sa tâche – à savoir comment sortir de mon fauteuil roulant.

— Tu peux rester dedans, proposai-je. Ça t'empêchera de te cogner.

Hartley envisagea cette option, mais il secoua la tête. Il se leva sur sa jambe valide et se pencha vers le canapé.

— Je serai mieux ici, dit-il dans un souffle, en évitant mon regard.

Sans faire de commentaire, j'écartai le fauteuil du sofa. Pourtant, au fond, ça me chagrinait. De toute évidence, Hartley ne supportait pas l'idée d'être assis sur une chaise roulante quand un groupe de chanteuses entrerait dans la pièce. J'avais toujours eu l'impression que le fauteuil me rendait pitoyable ou invisible pour les gens, et Hartley venait ni plus ni moins de me donner raison.

Je fus distraite de ces sombres pensées en entendant des bruits de pas à l'extérieur, par la fenêtre. Dana se figea, dans l'expectative.

Je m'empressai de sortir dans le couloir et de me diriger en béquilles vers la porte d'entrée. Douze filles en t-shirts rouges passèrent en coup de vent près de moi et entrèrent dans notre chambre. Elles se tenaient par les bras et commencèrent à chanter *Respect* d'Aretha Franklin sans attendre que je les rejoigne.

Dès l'instant où la chanson se termina, les filles demandèrent à Dana si elle voulait devenir membre des Merry Mellowtones. Je retins mon souffle, sans savoir ce que Dana allait leur répondre. Je savais que ce groupe n'était pas son premier choix. D'un autre côté, elles arrivaient tôt, ce qui signifiait qu'elles voulaient vraiment l'intégrer dans leurs rangs.

— Peut-être, dit-elle avec empressement.

Les réponses admissibles étaient « oui », « non » et « peut-être ». Mais si un groupe le souhaitait, il pouvait céder votre place après vingt-deux heures, soit dans quarante-cinq minutes environ.

— Nous espérons que tu finiras par dire oui !

La chef de chœur tendit à Dana une carte avec son numéro de téléphone. Puis elles s'en allèrent pour retrouver la prochaine personne sur leur liste.

— C'est toujours mieux que rien, marmonna Dana une fois qu'elles furent parties. J'aurais dû leur dire oui ?

Elle reprit son poste à la fenêtre.

— J'aimerais vraiment Accord Parfait, murmura-t-elle. Mais ce sera chaud.

— Moi aussi j'aimerais un corps parfait et chaud, fit Hartley en souriant, les mains derrière la tête.

— Hartley ! pouffa Dana.

— Je crois que les antidouleurs commencent à faire leur effet, m'exclamai-je.

Bridger revint dans la chambre avec un sac plastique rempli de glaçons, qu'Hartley déposa sur son genou. Soudain, son téléphone se mit à sonner. Même le simple geste requis pour sortir son téléphone de sa poche arrière le fit grimacer de douleur. Il jeta un œil à l'écran d'affichage avant de le basculer sur silencieux.

— C'est trop tard pour que ce soit Stacia, non ? demanda Bridger.

Hartley haussa une épaule.

— Elle a sans doute trop bu et elle m'appelle depuis une boîte de nuit. Je ne peux pas gérer à la fois Stacia et ma douleur.

Bridger renifla.

— Rappelle-moi pourquoi tu restes fidèle à quelqu'un qui ne sait même pas comment réconforter un homme qui souffre ?

— Laisse tomber, Bridger, répondit Hartley d'une voix épuisée.

— D'accord. Mais après, ne viens pas me traiter de dragueur invétéré, parce que quand on te voit, ça ne donne pas franchement envie de s'engager.

Il s'assit sur le canapé.

— Je ne cherche pas à te donner envie, Bridger. Tu n'es pas mon genre.

— Tu as très bien compris, dit Bridger en se retournant.

Ils me faisaient rire. De l'autre côté de la pièce, Dana n'écoutait pas un mot de la conversation. Sa carte de visite à la main, elle faisait les cent pas, inquiète. Apparemment, ses fées d'espoir faisaient des heures sup pour lui chuchoter des paroles d'encouragement et chasser ses craintes.

— Accroche-toi, Dana, dit Bridger avant de désigner l'écran de télévision. Mets le son, vieux !

Hartley se contenta de secouer la tête.

Pendant un long moment, rien ne se produisit, à l'exception du touchdown que marquèrent les Patriots. C'était déjà ça. Alors que les minutes s'égrenaient, Diana essaya alternativement de creuser un sillon dans notre nouveau tapis et de déchirer les bords de la carte que lui avaient donnée les Merry Mellowtones. Entretemps, le teint d'Hartley s'était amélioré et il avait cessé de faire la grimace chaque fois qu'il bougeait.

Quant à moi, je subissais une surcharge émotionnelle. J'avais du mal à me réfréner de les prendre tous les deux dans mes bras. Dana avait l'air tendue et abandonnée. Visiblement, j'avais pris la bonne décision en renonçant à participer aux auditions. Ce grand soir était comme une torture médiévale, que le monde employait pour vous signifier, en l'espace d'une heure, votre degré de désirabilité.

Qui avait besoin de s'infliger ça ? Mieux valait affronter le rejet à petites doses. Tous les jours m'apportaient mon lot de déceptions : dans le regard d'Hartley à l'idée de s'asseoir sur un fauteuil roulant, ou dans les grands sourires de ceux qui ne savaient pas quoi dire. Je regardais l'assurance de Dana partir en miettes et je me demandais : pourquoi chercher les problèmes alors qu'on vous les distribue gratuitement ?

Je commençais à croire que Dana allait éclater, mais on entendit soudain des bruits de pas à l'extérieur. Ma colocataire banda tous ses muscles lorsqu'on frappa à la porte du bâtiment. Bridger bondit et sortit en hâte de la chambre pour les laisser entrer.

Un groupe de filles en t-shirts violets déboula dans la pièce, bras dessus bras dessous, et entonna l'hymne de l'université à quatre voix. Le visage de Dana s'illumina comme le sapin de Noël du Rockefeller Center.

— Dana, aimerais-tu devenir le nouveau membre d'Accord Parfait ? demanda la chef de chœur à la fin de la chanson.

— *Oui !* s'écria Dana.

Les garçons applaudirent et je pris Dana dans mes bras. Elle en tremblait de joie.

Soudain, voilà que la morale de la soirée venait de basculer d'une manière inattendue qui me serrait le cœur. Le grand risque de Dana avait enfin payé. Elle s'était trouvé une tribu. Le groupe de filles en t-shirt violets qui l'étreignaient était concret et tangible. J'affichai un sourire jusqu'aux oreilles, ravie pour mon amie.

Et pourtant, je me sentais malheureuse.

# CHAPITRE 7
# TON BONHOMME HYPOTHÉTIQUE

## COREY

LES FEUILLES AVAIENT CHANGÉ de teinte, se parant de jaune et de rouge, lorsque les examens de milieu de trimestre s'achevèrent. J'avais réussi mon partiel d'espagnol et assuré le minimum en algèbre. L'économie était devenue mon cours préféré, car il me permettait de m'asseoir dans la section des infirmes en compagnie d'Hartley tous les lundis, mercredis et vendredis. Après les cours, nous allions toujours déjeuner ensemble au réfectoire.

Le seul point négatif de la semaine était ma séance de kinési-thérapie.

— Comment vous débrouillez-vous avec les escaliers ces derniers temps ? demanda Pat, comme à chaque fois.

— Bien. Lentement.

Pour une raison étrange, en rééducation, je sombrais systéma-tiquement dans le mutisme et ne m'exprimais que par mono-syllabes.

— Faisons un peu d'exercice, dit-elle.

— D'accord, répondis-je mollement.

Pat me conduisit dans une cage d'escalier que je n'avais encore jamais remarquée.

— Bon, allons-y, dit-elle. Montrez-moi votre technique.

L'une après l'autre, je posai mes béquilles sur la première marche avant de lever les pieds pour atterrir un peu plus haut. Puis je réitérai la manœuvre. Encore, et encore. Au bout de la septième marche, cependant, je me retournai pour regarder Pat.

Ce fut une erreur.

Je me rendis compte que je pouvais trébucher à tout moment et dévaler les sept marches en béton. J'eus la vision de mon corps en train de rebondir contre les bords. *Tomber à la renverse.* Cette idée même me terrifiait.

Je restai pétrifiée, coincée au milieu des escaliers. J'avais peur de continuer, mais je ne pouvais pas faire demi-tour pour redescendre.

Pat arriva près de moi.

— Je vous surveille, dit-elle, la main sur mon omoplate. Encore quelques-unes.

Ruisselante de sueur, je me ressaisis. Après chaque marche, elle me touchait le dos pour me montrer qu'elle était toujours là. Lorsque j'atteignis le palier, nous nous arrêtâmes.

Pat se tapota le menton d'un air songeur, tandis que je reprenais mon souffle.

— Je sais qu'on vous a appris à utiliser deux béquilles, dit-elle. Mais je pense que vous feriez mieux de n'en prendre qu'une seule et de vous appuyer sur la rampe.

Elle me guida vers la rampe d'escalier et m'enleva ma béquille droite.

La deuxième volée de marches fut plus facile à gravir, car je m'accrochais désespérément à la rambarde.

— Nous allons redescendre en ascenseur, m'annonça Pat une fois que je fus arrivée en haut.

Elle me rendit ma béquille et appuya sur le bouton.

Toute transpirante et la mine sombre, je la suivis dans la salle de soins. Elle me fit asseoir sur le tapis de sol et retira mes béquilles.

— Vous savez, Corey...

Je détestais quand les gens commençaient leurs phrases par ces mots. Ils annonçaient toujours une leçon de morale.

— ... plus vous marcherez et mieux vous vous sentirez. Vous n'avez pas encore atteint un plateau. Je sais que vous avez l'impression d'être encore gauche, mais nous pouvons faire de grands progrès pour rendre votre démarche plus naturelle.

— Comme quoi, par exemple ?

De toute façon, avec la raideur de mes jambes, ma démarche pouvait difficilement devenir *moins* naturelle.

— Il existe de nouvelles attelles qui se courbent quand vous le souhaitez et se bloquent quand vous en avez besoin. Je crois que vous êtes une excellente candidate. Mais le fabricant demande que vous vous engagiez à huit mois de thérapie pour apprendre à les manipuler.

— S'il me faut huit mois de thérapie pour apprendre à utiliser des attelles, elles ne me paraissent pas si formidables que ça.

Pat m'adressa le sourire de quelqu'un qui s'efforce de rester patient.

— Je les trouve miraculeuses. Mais vous devez exercer votre tronc, votre torse et vos fessiers pour vous aider. Réfléchissez-y. En attendant, travaillons à quatre pattes.

Je tournai vers Pat un visage las, car les exercices à quatre pattes étaient parmi les plus épuisants.

— Les mains sur le tapis, s'il vous plaît, dit-elle.

Je poussai un soupir peu coopératif et me retournai pour placer mes mains sur le tapis de sol. Puis, tel un chat, je fis le gros dos en tirant sur mes quadriceps affaiblis pour me mettre tant bien que mal à quatre pattes. Derrière moi, Pat ajusta mes jambes qui ne répondaient pas.

— C'est parti, dit-elle. Pendant les huit dernières minutes de la séance.

J'avançai une main devant moi, sur le tapis.

— C'est plus facile si vous bougez en même temps la main et la jambe opposée, dit-elle. Je vous montre.

Pat plia les genoux et se baissa pour me montrer la manière dont elle voulait que je soulève la jambe à déplacer.

La porte de la salle de soins s'ouvrit à la volée et une voix lança :

— Oh, sympa ! Deux femmes à quatre pattes.

— *Monsieur* Hartley, répliqua Pat d'un ton glacial. C'est très grossier, pour ma patiente et pour moi-même.

— Ne vous inquiétez pas, Pat, répondit Hartley. Vous aurez une heure entière pour me punir, et Callahan aura l'occasion de se venger plus tard devant RealStix.

— Tu ne perds rien pour attendre, lui dis-je en m'asseyant sur mes mollets invalides.

Cette posture était formellement interdite, pour des raisons de circulation sanguine. Au centre de rééducation, ils se mettaient toujours en colère quand je m'asseyais sur mes pieds ne serait-ce qu'une seconde.

— En avant, Corey, dit Pat. Je veux que vous parcouriez toute la longueur du tapis.

J'hésitai. Je n'avais *aucune* envie qu'Hartley me regarde ramper comme une ivrogne, les fesses en l'air. Je croisai le regard de Pat et secouai imperceptiblement la tête.

Pat me dévisagea un instant, puis elle lança :

— Hartley, j'ai un service à vous demander. Pourriez-vous aller chercher mon courrier au bureau d'accueil ? J'attends quelque chose d'important. Et nous avons encore quelques minutes avant de commencer.

— Euh, d'accord, répondit-il lentement. Y a-t-il autre chose que je puisse faire pour vous, tant que j'y suis ? Du café ? Le pressing ?

— Ça sera tout, dit Pat.

Lorsqu'il sortit, je hissai mes fesses bien haut et me préparai à avancer.

— Merci, lui dis-je à voix basse.

— De rien, répondit-elle en soupirant.

— Alors, Corey, me dit Dana en enfilant sa veste. As-tu entendu parler de la soirée *Kiss My Coloc*, la semaine prochaine ?

Hartley avait lancé le jeu de hockey, mais nous n'avions pas encore commencé notre partie.

— C'est marrant, dit-il. J'ai joué un tour à Bridger l'an dernier. Je l'ai menotté à un arbre dans la cour et j'ai donné la clé à la fille qui sortait avec lui.

— Ça m'a l'air... intéressant, dis-je. Tu veux y aller, Dana ?

Puisqu'elle avait abordé le sujet, je me doutais de sa réponse. Elle haussa les épaules.

— Je trouve l'idée amusante. Pas toi ? Quel est ton genre de mec, Corey ? Tu as un genre particulier ?

Hartley me tendit une manette.

— Il n'y a qu'un seul homme pour Callahan, et malheureusement il n'est pas disponible.

À ces mots, mon cœur partit au triple galop et je sentis un goût de bile dans ma bouche. J'étais certaine qu'Hartley avait deviné mes sentiments pour lui et qu'il s'apprêtait à les dévoiler à haute voix.

— Les Puffins de Pittsburgh jouent ce soir, reprit Hartley, sinon je suis sûr que le capitaine de l'équipe prendrait le premier avion si tu le lui demandais.

Les battements de mon cœur décrurent aussitôt pour retrouver leur rythme habituel.

Dana gloussa.

— Le capitaine des Puffins de Pittsburgh, c'est ça ? Bon, je n'ai plus qu'à le chercher sur Google.

Elle se pencha sur mon ordinateur portable, posé sur le coffre, et pianota sur le clavier.

— Oh ! fit-elle. Je vois. Waouh.

— Oui, acquiesçai-je tandis qu'Hartley ronchonnait.

— Corey ? demanda Dana. Tiens, tu as un appel Skype. C'est Damien. Je réponds ?

— Oui, merci.

Dana me tendit l'ordinateur et le visage de mon frère se matérialisa sur l'écran.

— Salut, moustique, dit-il. Quoi de neuf ?

— Pas grand-chose. Je traîne chez moi. Tu es toujours au boulot ?

J'apercevais des meubles de bureau derrière lui.

— Ouais, je mène une vie de luxe et de paillettes.

Mon frère était auxiliaire juridique depuis un an, diplômé de la fac de droit.

À côté de moi, Hartley se laissa tomber sur le sofa, une bouteille de téquila dans une main et un shaker à cocktail dans l'autre.

— Tiens, mais c'est Callahan ! Comment ça va, mon pote ?

— Mec, *qu'est-ce que* tu fais dans la chambre de ma sœur au lieu d'être à l'entraînement ?

— Eh bien, Capitaine, c'est à cause de mon foutu plâtre à la jambe. En ce moment, je ne peux jouer au hockey que sur l'écran, et ta sœur a la chance d'avoir une télé. On sait faire la fête dans le ghetto des éclopés !

Hartley baissa les yeux sur les ingrédients qu'il avait apportés.

— Merde. J'ai oublié les citrons verts. Je reviens tout de suite.

Il attrapa ses béquilles et se leva pour se diriger vers la porte.

Damien attendit un moment et croisa les bras sur sa poitrine en fronçant les sourcils.

— S'il te plaît, ne me dis pas que tu sors avec lui.

Son attitude m'amusait.

— Je ne sors pas avec lui. Mais, bon sang, Damien, en quoi ça te concerne ?

— Ce n'est pas un garçon pour toi.

*Eh bien, apparemment, c'est aussi son avis alors tu n'as aucun souci à te faire.*

— C'est marrant, Damien. Alors dis-moi quel garçon *serait* pour moi ?

— Aucun, bien sûr. Tu es ma petite sœur.

— Je vois.

— Et évite l'équipe de hockey au complet. Ce sont des porcs.

— Je crois que tu viens de te traiter de porc.

Mon frère afficha un grand sourire.

— Je les traite comme ils se comportent, c'est tout.

— Bon, j'ai un jeu vidéo à gagner, frérot. On se parle plus tard.

Damien se renfrogna.

— Je ne veux pas qu'Hartley te fasse boire.

— Vraiment ? Tu me fais la leçon sur l'alcool ? Baisse d'un ton, d'accord ? Sinon je dirai à maman ce qui est réellement arrivé à cette bouteille de sherry qui a disparu quand tu étais en seconde.

Il sourit.

— À plus, moustique.


Je remportai notre première partie. Au lieu de fanfaronner devant Hartley, j'en profitai pour lui annoncer que j'avais besoin d'un petit conseil.

— Oui, tu devrais transférer ton gardien dans une autre équipe. Il est faible.

Hartley pressa du jus de citron dans un shaker, puis il versa la téquila et y ajouta une bonne cuillérée de miel. On lui avait recommandé de ne plus appliquer de glace sur son genou et il avait décidé d'utiliser le reste des glaçons que Bridger lui avait apportés pour faire des margaritas.

— Non, sérieusement. C'est au sujet de cette soirée, *Kiss My Coloc*. Dana veut que je la branche avec quelqu'un. Mais comme je vis dans une grotte, je ne connais personne et je ne sais pas qui appeler.

À présent, il mélangeait nos cocktails.

— C'est quoi, son genre de mecs ?

— Je ne sais pas trop. Elle n'est pas vraiment fan de sport. Je la verrais bien avec un comédien intello ou un musicien.

— Alors tu t'adresses à la mauvaise personne.

Il ôta le bouchon du shaker et versa la mixture dans deux verres qu'il avait piqués à la cafétéria.

— J'aurais dû penser à carotter un peu de sel. À la tienne.

Il me tendit un verre et je bus une gorgée.

— Tu sais, je pensais que le miel était une drôle d'idée, mais c'est plutôt bon.

— Fais-moi confiance, bébé.

Si seulement je le pouvais.

— Dis-moi une chose, fit Hartley en pliant péniblement son genou de quelques degrés. Si Dana vient me voir pour me demander avec qui elle pourrait *te* brancher pour *Kiss My Coloc*, qu'est-ce que je lui conseille ? Il y a quelques étudiants de première année dans l'équipe de hockey qui comptent y aller. Cela dit, je ne connais pas leurs plannings d'entraînement.

Je secouai la tête.

— Je n'irai pas.

— Tu ne veux pas rouler quelques patins ?

Je sentis mes joues devenir brûlantes.

— Franchement, tu n'es pas le premier à faire ce jeu de mots !

— Oh, le public est difficile ce soir, fit Hartley en souriant. Écoute, c'est marrant et c'est un bon moyen de rencontrer des gens sans se mettre la pression. Ne le prends pas mal, Callahan, mais on ne peut pas dire que tu sortes beaucoup.

Je faillis avaler de travers.

— Hartley, si je voulais qu'on me sermonne sur le fait que je ne rencontre pas assez de monde, j'appellerais ma mère.

— Je ne te sermonne pas, mais je ne comprends pas, c'est tout. Moi je sais pourquoi je suis assis ici un vendredi soir, à m'enfiler des Advil sur le canapé. J'ai mal à la jambe et ma copine est à l'étranger. On va dire que je suis sur la liste de réserve des blessés.

Je bus une grande gorgée et sentis le citron vert pétiller sur ma langue.

— La liste de réserve des blessés, c'est une bonne comparaison. Je crois que j'y figure toujours. C'est une soirée *dansante*,
Hartley. Qu'est-ce que j'y ferais ?

Il fit tournoyer sa boisson dans son verre.

— Bon, ce n'est peut-être pas la meilleure soirée, effectivement.

— Tu penses ? Et tu me brancherais avec un *sportif* ? Il trouve-
rait que tu as un sacré sens de l'humour.

Hartley cala son coude sur le dossier du canapé et se tourna
vers moi pour me dévisager.

— Tu crois que les sportifs n'aiment que les autres sportifs ? Je
suis déjà sorti avec des filles qui croyaient que se maquiller était
une activité physique.

Bien sûr, il avait raison, mais je ne me sentais vraiment pas
attirante. Plus rien n'était comme avant. Mes cheveux n'étaient
pas à la bonne longueur, mes jambes commençaient à s'étioler à
force de rester sur le fauteuil. Ce n'était pas parce qu'Hartley ne
voyait pas tout ce qui clochait chez moi que j'étais aveugle.

Suite à mon accident, un kiné bien intentionné m'avait donné
des brochures sur l'image corporelle après une blessure à la
moelle épinière. Les documents étaient pleins de suggestions
légères pour « apprendre à aimer votre *nouveau moi* ». Mais mon
cœur était rempli de questions sinistres auxquelles ces articles sur
papier glacé ne répondaient pas.

Ma margarita diminuait à vue d'œil.

— Avant, j'aurais adoré sortir avec un joueur de hockey, lui
dis-je. Mais je ne ressemble plus à celle que j'étais. Je ne me *sens*
plus la même.

*Et aussi, je suis amoureuse de toi. Mais c'est un autre problème.*

— Ça me prendra peut-être plus de temps.

— Tu essaies encore de faire tes premiers pas.

Les yeux marron d'Hartley étaient empreints de douceur.

— J'espère que tu aimes bien l'humour noir.

— J'adore l'humour noir.

— Tu vois ? Tu es amusante, Callahan. Ce n'est franchement
pas aussi compliqué que tu le crois.

— Tout est compliqué, d'accord ?

La téquila commençait à faire son effet.

— *Tout*. Je ne sais même pas ce dont je suis encore capable.

Il se renfrogna.

— Qu'est-ce que tu veux dire ?

— Oublie ça.

Je récupérai ma manette, mais Hartley me l'arracha des mains.

— Callahan, tu parles de sexe ?

Je haussai piteusement les épaules.

— Je ne peux pas en parler avec toi.

— Eh bien, avec qui peux-tu en parler alors ? Parce que c'est un putain de problème.

— En quelque sorte.

— Je suis sérieux. Quand j'ai expliqué à mes amis que ma jambe était cassée à deux endroits, tout le monde m'a dit : bah, au moins ce n'est pas ta queue qui est cassée. Alors ce n'est pas si dramatique.

J'essayai de ne pas vider mon verre de margarita.

— Et c'est la différence entre ce que les garçons se racontent et ce dont discutent les filles.

Il fit courir son doigt sur le bord de son verre.

— Quand tu dis que tu n'es pas sûre de ce dont tu es capable, tu veux dire…

— Hartley, sincèrement, c'est un sujet difficile pour moi.

— Alors il te faut plus de téquila.

Il tendit la main pour remplir mon verre.

— Bon, si un type est paralysé, ça veut dire qu'il ne peut plus bander, c'est ça ? Stacia m'a fait regarder *Downton Abbey*.

J'éclatai d'un rire bruyant.

— Quelque chose dans le genre. Mais tout dépend de l'endroit où s'est produite la blessure, et de sa nature. Certains hommes en fauteuil roulant fonctionnent à ce niveau-là. D'autres encore sont capables de hisser le pavillon, seulement ils ne *ressentent* plus rien.

Il ouvrit de grands yeux effarés.

— Merde.

— Tu l'as dit.

— Alors, pour une femme…

Je secouai la tête.

— Change de sujet, tu veux bien ?

— Je suppose qu'une femme pourrait toujours le faire. Mais si elle ne ressent rien, alors elle risque de ne pas en avoir envie.

Je fixais le plafond en espérant qu'il passe à autre chose.

Il but une nouvelle gorgée.

— Callahan, tu apprendras qu'aucun sujet ne me gêne.

— Eh bien, moi si, répondis-je.

Mais il ne m'écoutait pas.

— Un type qui voudrait savoir si elle marche toujours se mettrait à l'œuvre dès sa sortie de l'hôpital, observa Hartley. Avant, même. Il jouerait avec à la première occasion de se retrouver seul dans les toilettes de sa chambre. Et le mystère serait résolu.

Il commençait sérieusement à m'énerver.

— Honnêtement, tu ne sais pas de quoi tu parles.

— Alors explique-moi, Callahan. Si je ne sais pas de quoi je parle.

Ses yeux me clouaient sur place. C'était à qui détournerait le regard en premier. J'aimais la compétition, certes, mais il était impossible de gagner contre Hartley. Ou du moins, impossible dans mon cas. Parce que les yeux chocolat d'Hartley me faisaient fondre et me rappelaient à quel point j'avais envie de me noyer dans son regard pour ne plus jamais en émerger.

Je baissai les yeux sur mon verre et essayai d'éclairer sa lanterne.

— Bon, alors ton type paralysé… Pendant une certaine période, il sera incapable de dire ce qui fonctionne et ce qui ne fonctionne pas, parce qu'une blessure à la colonne ébranle le système tout entier. Pendant un certain temps, il ne pourra *rien* sentir en dessous de sa cage thoracique. C'est angoissant. Ensuite, les médecins commenceront à émettre des suppositions sur ce qu'il pourra ou ne pourra pas récupérer, ce qui ne fera que terroriser ses parents.

Lorsque je levai les yeux, Hartley me fixait d'un œil attentif et serein.

Malgré moi, je sentis ma gorge se serrer.

— Et ton bonhomme hypothétique, il a un cathéter là en bas, tu sais ? Il passera même plusieurs semaines sans savoir s'il peut aller aux toilettes comme une personne normale.

Je profitai de boire une gorgée pour détourner le regard.

— Il faut du temps avant que tout revienne à la normale et recommence à fonctionner. Et puis, ton type est sans doute terrifié par tout ce qui lui est arrivé. Même un chaud lapin peut se passer de branlette pendant un temps. Ne serait-ce que pour sauvegarder sa santé mentale.

La mine d'Hartley se radoucit.

— Eh bien, ça craint pour notre pote imaginaire.

— Oui, s'il existait.

Pendant une minute, nous gardâmes le silence, mais aucune gêne ne s'installa entre nous. Mes épaules se détendaient. Je n'avais jamais raconté à Dana les glorieux détails d'une blessure à la moelle épinière, parce que je ne voulais pas qu'elle nourrisse un quelconque apitoiement à mon égard. Mais Hartley avait toujours eu l'art de me faire parler. J'espérais ne pas regretter plus tard d'avoir eu la langue trop pendue.

Nous sirotâmes nos boissons pendant quelque temps, jusqu'à ce qu'il finisse par poser ma manette sur mon genou.

— Voyons si les réflexes de nos gardiens sont toujours bons après deux margaritas.

— Oui, approuvai-je.

# CHAPITRE 8
# TU N'AURAIS PAS DÛ

## HARTLEY

JE PASSAIS en revue mes notes de bio lorsque quelqu'un frappa à ma porte.

— Entrez !

Je m'attendais à apercevoir la roue de Corey, venue faire la belle après avoir remporté deux nouvelles parties de RealStix la veille au soir, mais c'était Dana.

— Quoi de neuf, la miss ?

Elle entra d'un bond dans la chambre et referma la porte derrière elle.

— J'aimerais organiser une fête.

Je jetai mon manuel de biologie sur le bureau pour lui offrir toute mon attention.

— Bonne idée. Pour quelle occasion ?

— Eh bien, c'est l'anniversaire de Corey vendredi.

Elle grimpa sur mon lit.

— Mais ce n'est pas vraiment une fête d'anniversaire, parce qu'elle n'a plus cinq ans.

— Bien sûr.

— J'aimerais quand même organiser quelque chose… Et

d'abord, pourquoi n'avons-nous encore rien fait ? Notre appartement est grand, nous devons absolument inviter du monde. En
cadeau pour Corey, je vais faire couler à flots ma fameuse sangria.
Et nous inviterons toutes nos connaissances.

— Formidable. Comment puis-je t'aider ?

Dana était fébrile.

— Tu es libre vendredi ? Parce que tu es la personne que Corey
connaît le mieux.

— Je ne risque pas de rater ça. Et l'équipe de hockey joue un
match à domicile à dix-neuf heures. Je pourrais inviter Bridger et
quelques autres vers vingt-deux heures.

Elle tapa dans ses mains.

— Parfait ! Autre chose…

— Maintenant tu vas nous demander d'acheter de l'alcool,
n'est-ce pas ?

Dana sourit.

— Comment le sais-tu ?

— Parce que ta fausse carte d'identité est minable et que
Callahan n'en a pas.

Je m'emparai de mon téléphone pour envoyer un texto à
Bridger.

— Passe ta commande au magasin de vins et spiritueux de
York et Bridger ira la chercher vendredi soir.

— Tu es le meilleur, Hartley !

Elle sauta de mon lit et sortit en toute hâte.

*Toi aussi, Dana.* La roulette russe de l'attribution des chambres
n'était pas toujours tendre pour les étudiants de première année.
Mais Dana était formidable et Corey avait de la chance de l'avoir.


Le vendredi soir, lorsque j'arrivai devant la porte du bâtiment
McHerrin, de la musique et des rires s'élevaient déjà dans la nuit.
Sympa.

— Par ici, les gars.

Une douzaine de joueurs de hockey me suivirent dans la

chambre de Corey. Les amies de Dana, du groupe Accord Parfait, étaient déjà là, ainsi que quelques étudiants de Beaumont. Mumford and Sons jouaient en fond sonore.

— Bienvenue ! lança Dana en agitant une louche dans notre direction. La sangria est là.

Elle était debout devant une immense bassine en plastique, une pile de gobelets à côté d'elle.

J'acceptai un verre.

— Formidable, Dana. Où est la reine de la fête ?

Elle tendit le doigt et je repérai Corey appuyée contre le canapé. Elle était en train de remercier Bridger pour la livraison de vin.

— Ce n'est rien, Callahan, dit Bridger. Je vais en goûter un échantillon, ajouta-t-il en clignant de l'œil. Tu sais, pour contrôler la qualité.

— Goûte tous les échantillons que tu veux, Bridger ! s'exclama Corey tandis que ce dernier s'éloignait.

— Joyeux anniversaire, ma belle.

Sans réfléchir, je l'attirai contre moi pour la serrer dans mes bras. C'était agréable. Soudain, je sentis son corps se raidir. Je reculai en espérant ne pas l'avoir mise mal à l'aise. Nous n'avions pas pour habitude de nous faire des câlins, mais après tout, ce n'était qu'une accolade d'anniversaire.

— Tu es allé au match de hockey, chuchota-t-elle.

Ce fut alors que je compris. Elle l'avait senti sur ma veste – cette odeur de glace qui lui était si familière. J'avais eu la même réaction étrange quelques heures plus tôt, quand j'avais posé le pied à la patinoire pour la première fois depuis des mois. C'était une odeur unique.

Je relâchai mon étreinte.

— Oui. J'ai pris le minibus pour les handicapés. Tu voulais venir ?

— Non, s'empressa-t-elle de répondre pour masquer sa réaction. Qui a gagné ?

— Nous, bien sûr. Maintenant, nous sommes prêts à fêter ça.

Corey regarda autour d'elle.

— Tu as amené tout le monde ? Super.

— Évidemment. Ce n'était pas facile de les attirer dans une chambre pleine de chanteuses pour boire un verre. Mais j'ai réussi... Je reviens, d'accord ? Je vais déposer ma veste.

Je lâchai Callahan et entrai dans sa chambre, appuyé sur mes béquilles. Je retirai ma veste et m'apprêtais à ouvrir la poche de devant lorsque Bridger me fit sursauter en entrant sans crier gare.

— Salut, mon vieux.

Bridger lança sa veste sur le lit de Corey.

— Vous avez bien joué ce soir, lui dis-je tout en sachant que c'était faux.

J'étais blessé et inutile, je ne voulais pas me montrer trop critique.

— Bah, fit-il. Au moins, nous avons gagné. Ça aurait pu être pire. Et maintenant, il y a cette rousse qui me fait les yeux doux et meurt d'envie de s'envoyer en l'air avec moi.

— Alors tu ferais mieux d'y aller.

Je voulais qu'il me laisse tranquille pour que je puisse sortir le cadeau de Corey de ma veste.

— Oui, dit-il sans bouger. Alors dis-moi, qu'est-ce qu'il y a entre Callahan et toi ?

C'était une question à laquelle je ne m'attendais absolument pas.

— Nous sommes proches, c'est tout.

Je haussai des épaules d'un air le plus nonchalant possible. Bridger ne pouvait pas comprendre. Il n'avait aucune amie fille, ni même de petite amie. Son approche avec les femmes se résumait à un échange de fluides corporels avant de passer à autre chose.

— Vous avez l'air tellement bien ensemble, fit Bridger en croisant les bras. Elle serait mille fois mieux que Stacia.

— C'est vraiment sympa, ducon. Je passerai le bonjour à Stacia de ta part la prochaine fois qu'elle appellera.

Bridger n'était pas le président du fan-club de ma copine, et ce n'était un secret pour personne. Malheureusement, c'était mutuel.

Bridger leva les mains, sur la défensive.

— Ce n'est qu'une observation. Corey est plus ton genre de fille que Stacia l'a jamais été.

C'était difficile d'objecter quoi que ce soit. Avant de sortir avec Princesse Stacia, j'avais toujours préféré les sportives. Pas n'importe quelle sportive, bien sûr. Mais il n'y avait rien de plus séduisant qu'une jolie fille capable de lancer le ballon, et qui appréciait un match des Bruins. Mais là n'était pas la question.

— Stacia n'ira nulle part, Bridger.

Et il ferait mieux de s'y habituer.

— Dommage.

Il tourna les talons et sortit de la chambre.

Enfin seul, je récupérai mon cadeau dans la poche de ma veste et le glissai sous l'oreiller de Corey. Bon sang, si Bridger savait ce qu'il y avait dans cette boîte, il ne voudrait jamais croire que nous n'étions que des amis. La reine de la fête allait rougir comme une tomate quand elle l'ouvrirait. C'était plus une blague qu'un cadeau, et à la fois c'était sérieux. Étant donné la discussion profonde que nous avions eue une semaine plus tôt, j'espérais qu'elle comprendrait.

— C'est une super fête, lui dis-je en revenant dans la salle commune.

C'était la vérité. La soirée battait son plein et l'appartement vibrait d'énergie et de conversations animées.

Malheureusement, je n'étais pas d'humeur à faire la fête. Je venais de passer deux heures à me retenir de crier ma frustration. J'avais déboursé cinq dollars pour acheter un billet dans la section des étudiants, pour assister au match de ma propre équipe contre Rensselaer. Et ils avaient gagné péniblement, dépassant l'égalité de 1-1 quinze secondes avant la fin de la rencontre. Rien n'était plus démoralisant que de regarder vos coéquipiers se débattre sans vous. Et pendant tout ce temps, l'air froid de la patinoire avait transformé ma jambe en glaçon.

Je me sentais égoïste d'avoir de telles pensées, mais la seule chose dont j'avais besoin en cet instant, c'était de passer quelques heures seul à seul avec Corey, à squatter le canapé. J'avais besoin du regard chaleureux qu'elle m'envoyait chaque fois que j'entrais dans la pièce.

Qu'importe ce que pouvait en penser Bridger, j'avais besoin de ma dose de Corey.

Je me laissai tomber sur le sofa vide et tapotai le coussin à côté de moi. Elle baissa les yeux et calcula l'effort qu'il lui en coûterait de prendre ses béquilles et de se déplacer de l'accoudoir du fauteuil jusque sur le canapé. Elle était encore en phase d'apprentissage avec ses béquilles. Moi aussi, j'étais confronté en permanence à ce genre de dilemme.

Pour couper court à ses réflexions, je tendis la main et l'attrapai par les hanches. Une demi-seconde plus tard, elle atterrit près de moi, stupéfaite.

— Tu as de la chance que mon verre ne soit pas rempli à ras bord, dit-elle en regardant son gobelet.

— Heureusement.

J'ajustai ma jambe douloureuse sur la table basse.

— Raconte-moi tout, Callahan. Quels sont les derniers potins ?

— Waouh, fit-elle. Regarde Bridger. Il ne perd pas son temps.

Je levai les yeux. Évidemment, Bridger passait déjà du bon temps dans un coin de la pièce, ses lèvres scellées à celles d'une chanteuse du groupe de Dana. Je me frottai la jambe en souriant.

— Ce type ne perd *jamais* son temps, et pas uniquement avec les filles. Bridger abat plus de boulot dans une journée que la plupart des gens en une semaine. Tu savais qu'il fait partie de ce programme où l'on passe en même temps sa licence et sa première année de master ?

— Vraiment ?

Corey haussa un sourcil tout en regardant le recoin où Bridger semblait dévorer le visage de la fille.

— Où trouve-t-il tout ce temps ?

— Contrairement à nous, le commun des mortels, Bridger ne dort jamais. Une fois que la saison de hockey est terminée, il conduit un chariot élévateur trois nuits par semaine dans un entrepôt.

— Tu es sérieux ? Ça fait longtemps que vous vous connaissez tous les deux, n'est-ce pas ?

Elle posa un coude sur le dossier du canapé et se tourna vers moi. Corey m'accordait toujours sa pleine et entière attention, comme s'il n'y avait personne d'autre dans la pièce.

— Oui. Bridger et moi jouions dans la même ligue au lycée. Et nous sommes tous les deux membres d'un autre club.

— Lequel ?

Mon sourire devait sans doute ressembler à une grimace.

— Le club des pauvres. Bridger a grandi à une quinzaine de kilomètres d'ici, du mauvais côté des friches industrielles.

Si l'université de Harkness avait un campus magnifique, la ville qui l'entourait était un vrai trou.

— Et là d'où je viens, ce n'est pas mieux. Quand je suis arrivé à Harkness pour la première fois, j'ai été choqué par tout l'argent qu'il y avait.

Songeuse, Corey but une gorgée de sangria.

— Mais à Harkness, tout le monde vit dans une résidence et mange au réfectoire, dit-elle. C'est ce que j'aime ici. Peu importe qui est riche et qui ne l'est pas.

Je secouai la tête.

— Attends le printemps, quand les gens commenceront à se disputer pour savoir quelle île des Caraïbes est la meilleure pour y passer ses vacances.

— Moi, je serai sous le soleil du Wisconsin.

— Ta copine Dana descendra sans doute à Sainte-Croix ou Saint-John. Je suis prêt à parier.

Les yeux de Corey se tournèrent vers sa colocataire, à l'autre bout de la pièce.

— Eh bien, sa famille a une maison à Hawaï.

— Tu vois ce que je veux dire ? Lors de ma première année ici, la première fois que quelqu'un m'a dit que sa famille avait une résidence secondaire au lac Tahoe, j'ai pensé : « C'est bizarre. Qui a besoin de deux maisons ? » Je n'en avais pas la moindre idée. Cette fac est aussi l'école de la vie.

— Mec, dit Bridger en faisant son apparition à côté de moi, penché pour me poser une question à l'oreille. Où ranges-tu tes gardiens de but ? Je suis à court.

J'eus un petit rire et lui donnai une bourrade sur l'épaule.

— Ils sont dans le tiroir de la table de chevet. Sers-toi.

— Je te revaudrai ça.

Bridger se redressa. Peu importe. Je n'avais pas besoin de préservatifs à moyen terme, de toute manière.

— Mais, s'il te plaît, va faire la fête ailleurs, d'accord ?

Je n'avais pas envie de retrouver Bridger en train de baiser une fille sur mon lit. Quand nous étions colocataires, c'était arrivé à plusieurs reprises.

— Compris.

Bridger sortit de la salle commune de Corey et revint moins d'une minute plus tard pour récupérer sa compagne d'une nuit. Ils échangèrent leur salive pendant un moment au milieu de la pièce avant de partir ensemble.

Corey les regarda s'en aller.

— Attends… fit-elle. Des gardiens de but ?

Soudain elle comprit et son visage s'illumina. Un reniflement lui échappa lorsqu'elle éclata de rire. Gênée, elle plaqua une main sur sa bouche, mais ses yeux pétillaient d'amusement.

— Eh bien, fit-elle lorsqu'elle eut retrouvé sa respiration. Moi qui *croyais* que mon frère m'avait appris tout le jargon des joueurs de hockey. Visiblement pas.

— Ah bon ?

Je penchai la tête en arrière pour la poser sur le canapé.

— Comme par hasard.

Corey sourit.

— Si tu avais une petite sœur, tu comprendrais. En tout cas, c'est ce qu'on me dit.

*C'était vrai.* Un nœud familier se forma dans mon ventre à cette pensée. Si la vie avait été différente, *j'aurais* eu une petite sœur. Et deux frères aussi. Mais je chassai cette idée.

— Je comprends. Ton grand frère estime que sa petite sœur ne devrait pas penser à ces choses-là.

Elle affichait un sourire malicieux.

— Attends… dis-moi la vérité. Quel tombeur était mon frère ?

— Eh bien, sur une échelle allant d'un prêtre à Bridger…

J'écartai les mains et Corey pouffa de rire.

— Je dirais qu'il était pile au milieu.

— Vive la moyenne, dit-elle en levant son verre.

— À la tienne.

Corey vida sa sangria et désigna l'écran noir de la télévision.

— Tu crois qu'on nous en voudra si on jette un œil aux résultats de hockey ? Je ne peux pas attendre la fin de la soirée sans savoir si mes Puffins ont écrasé tes Bruins.

Elle plongea son regard bleu ciel dans le mien et, sans que je m'explique pourquoi, j'éprouvai un pincement au cœur inattendu.

— Fais-toi plaisir, c'est ta soirée. Cela dit, je ne voudrais pas que tu sois déprimée pour ton anniversaire. Parce qu'il est impossible que vous ayez gagné ce match.

— Que tu dis.

Un grand sourire aux lèvres, elle regarda autour d'elle à la recherche de la télécommande.

## COREY

Les Puffins avaient *ratatiné* les Bruins, 4 à 1. Pendant un moment, je crus qu'Hartley allait se mettre à pleurnicher dans son verre.

C'était toujours bon à prendre, mais de toutes les choses qui figuraient sur ma liste de vœux pour mon anniversaire, une victoire des Puffins n'arrivait pas en première position. Le cadeau dont j'avais vraiment envie, c'était le fan des Bruins assis sur le canapé à côté de moi.

Hartley resta jusqu'à la fin de la soirée, puis il déposa un baiser sur le sommet de mon crâne et me salua par un dernier : « Joyeux anniversaire ». Bientôt, Dana et moi nous retrouvâmes toutes seules.

— On nettoiera demain, fit-elle en bâillant.

— Tout à fait, répondis-je en me promettant de m'en charger moi-même.

Je la laissai utiliser la salle de bain en premier. Lorsque je montai enfin dans mon lit, je découvris une petite boîte rouge sous mon oreiller. Au feutre noir, les mots *Monsieur Digby* étaient inscrits sur le couvercle.

Quoi ?

J'ouvris la boîte. À l'intérieur, je découvris un objet en plastique violet qui mesurait environ quinze centimètres de long, de la forme d'un gros cigare. Il me fallut plusieurs longues secondes pour comprendre ce que j'avais dans les mains.

C'était un vibromasseur.

— Oh, mon Dieu ! m'exclamai-je tout haut.

Les mots résonnèrent dans ma chambre vide. Je supposai qu'Hartley avait eu cette curieuse idée de cadeau après notre conversation gênante à propos du sexe et de la paralysie. Même si j'étais seule dans ma chambre, je me sentis rougir, du cou jusqu'aux joues.

Enfer et damnation. Quand vous offriez un cadeau, la moindre des choses, c'était d'en avertir l'intéressée. Bah ! Il devait se douter à quel point ce serait embarrassant pour moi. Peut-être était-ce exactement le but recherché ?

Jamais je ne pourrais aborder ce sujet devant lui. Je choisis la solution de facilité et lui envoyai un texto. C'était mon jour de chance, car il me répondit aussitôt.

Corey : *Euh, Hartley ?*

Hartley : *Oui, ma belle ? ;-)*

Corey : *Comment dire... tu n'aurais pas dû ?*

Hartley : *Puisque tu as aimé RealStix je me suis dit que mon autre passe-temps préféré te plairait aussi.*

Je ne l'aurais pas cru possible, et pourtant je rougis de plus belle. Une fille plus audacieuse aurait répondu : « Merci pour cette charmante vision ». Mais ce n'était pas mon genre.

Corey : *Comme c'est… attentionné ?*

Hartley : *J'aimerais bien voir ta tête en ce moment.*

Corey : *\*\*\* face palm \*\*\**

Hartley : *Je t'ai déjà dit que rien ne me gênait ?*

Corey : *Il faut croire que tu ne plaisantais pas.*

Hartley : *Bonne nuit, Callahan. Super fête.*

Corey : *Bonne nuit, Hartley.*

# CHAPITRE 9
# PAIX DANS LE ROYAUME

## COREY

— QUE SE PASSE-T-IL, Callahan ? demanda Hartley tandis que nous rejoignions à pas lents la salle du réfectoire pour le déjeuner.

Je rangeai mon téléphone dans mon sac et le rattrapai.

— Rien. Ma mère pique une crise parce que je lui ai dit que je n'avais pas envie de rentrer à la maison pour Thanksgiving.

— Pourquoi ça ?

Je haussai les épaules.

— Ça fait trop d'avions, de trains et de voitures pour quelques jours seulement.

Prendre l'avion avec un fauteuil roulant était une véritable corvée, d'autant plus que les étudiants de Harkness devaient prendre une navette jusqu'à l'aéroport. Je ne voulais pas me donner tant de peine.

— Cet endroit se vide complètement pour Thanksgiving. Tu n'auras pas envie de rester toute seule.

— Ça ira. Dana ne retournera pas au Japon pour Thanksgiving. Alors nous allons le passer ensemble. La cafétéria du département de médecine reste ouverte ce jour-là.

Hartley s'arrêta juste devant le réfectoire.

— Il est *hors* de question que vous mangiez à la cafét du campus le jour de Thanksgiving.

Il sortit son téléphone de sa poche et composa un numéro avant de le coller contre son oreille.

Bien sûr, j'attendis, car un garçon est incapable de parler au téléphone et de marcher en même temps, à plus forte raison avec des béquilles.

— Salut, maman ! J'aimerais inviter deux amies à la maison pour Thanksgiving.

— Hartley ! Non…

Il agita la main pour me faire taire.

— Non, ne t'inquiète pas, tu ne risques rien. Elle est toujours à l'étranger. Ce sont des amies parfaitement normales. Personne n'exigera du caviar et du foie gras.

Il marqua une pause.

— Super. Je t'aime.

Il raccrocha et fourra le téléphone dans sa poche avant de s'emparer de nouveau des poignées de ses béquilles.

— Hartley, protestai-je. Ta mère n'est pas obligée de recevoir deux invitées supplémentaires.

— Bien sûr que si. J'ai déjà invité Bridger et sa sœur. J'invite toujours du monde, puisque j'habite à côté. La seule invitée que ma mère n'apprécie pas, c'est Stacia.

Nous attendîmes que le feu passe au rouge pour traverser la rue.

— Bien sûr, toi et moi, nous allons devoir dormir au rez-de-chaussée. Si ça ne te dérange pas de partager une chambre avec moi.

Je ne savais pas quoi dire. Avais-je envie d'accompagner Hartley chez lui ? Plutôt deux fois qu'une. Mais j'imaginais aisément les écueils que cela représentait – notamment le risque de me rendre ridicule.

— C'est très gentil de ta part, lui dis-je d'un air pensif. Alors comme ça, Bridger a une sœur ?

Hartley éclata de rire.

— Attends de la rencontrer.

Une semaine plus tard, je regardais défiler les rues assoupies d'Etna, dans le Connecticut, depuis la banquette arrière de la voiture de Bridger. Sur le siège passager, Hartley était de nouveau au téléphone avec sa mère.

— Nous venons de quitter l'autoroute, expliquait-il. Tu as besoin de quelque chose ?

Derrière, entre Dana et moi, Lucy, la sœur de Bridger, rebondissait sur son siège.

— En avant, citrouilles et potirons, chez Hartley nous allons... chantait-elle. Quand est-ce qu'on arrive ?

La sœur de Bridger n'était pas du tout comme je l'avais imaginée – surtout parce qu'elle avait sept ans et qu'elle était en CE1.

— Si tu donnes encore un coup de pied dans le siège, la menaça Bridger derrière le volant, je te chatouillerai jusqu'à ce que tu te fasses pipi dessus.

— C'est nul, renchérit Lucy en immobilisant son pied.

Sa queue de cheval avait une magnifique couleur rousse, exactement comme les cheveux de Bridger.

— Et tu ferais mieux de ne pas embêter Callahan, ajouta Bridger.

— Ça va, m'empressai-je de dire.

Hartley était toujours au téléphone avec sa mère.

— Ce matelas gonflable est troué, dit-il. Mais c'est bon, Bridger et Lucy peuvent prendre la chambre d'amis, et Dana logera dans mon ancienne chambre. Callahan dormira avec moi, les escaliers, ce n'est pas trop notre truc.

Il écouta quelques instants.

— Il faut te détendre, maman. Arrête de repasser les serviettes et sers-toi un verre de vin. Nous serons là dans cinq minutes.

. . .

Lorsque Bridger se gara dans l'allée, la mère d'Hartley nous attendait sur sa balancelle, sous le porche d'une vieille maison en bois. Quand Hartley ouvrit la portière, elle dévala trois marches et se précipita pour l'embrasser et lui ébouriffer les cheveux.

Elle était jolie et plus jeune que je ne l'avais cru, avec des cheveux noirs brillants et le teint frais. Ses yeux étaient tout aussi beaux que ceux de son fils, d'une nuance plus foncée.

— Bienvenue ! Bienvenue, dit-elle lorsque Dana sortit de la voiture, un grand sourire aux lèvres. Je m'appelle Theresa.

— Salut, Tante Theresa ! s'exclama Lucy en passant les bras autour de sa taille.

— Oh ! Comme tu es *grande*, maintenant, fit la mère d'Hartley. Une vraie demoiselle. La chienne est en haut, Lucy. Elle sera contente de te voir.

Sans ajouter un mot, la petite fille gravit les escaliers et se rua à l'intérieur.

— Maman, je te présente Callahan et Dana.

— J'espère qu'on ne vous dérange pas, lui dis-je sans pouvoir m'en empêcher. Hartley a refusé de nous laisser rester au campus, allez savoir pourquoi !

— Vous ne pouviez pas rester là-bas ! fit-elle en riant. Pas pour Thanksgiving.

Dana fourra une bouteille de vin dans ses mains.

— Merci beaucoup de nous recevoir.

— Vous êtes les bienvenues quand vous le voulez. Mais dis-moi, Adam. Je n'avais pas compris que mademoiselle Callahan était une fille. Elle ne voudra jamais dormir avec toi.

— Maman, toutes les femmes veulent partager mon lit.

— Hartley !

Je lui donnai un petit coup sur le bras et sa mère éclata de rire. Il se tourna vers moi.

— Ce lit fait la taille du Massachusetts. Je ne plaisante pas.

Puis il dit à sa mère :

— Tu ne me feras pas coucher sur cet affreux canapé.

Hartley l'embrassa sur la joue.

— Comment vas-tu ?

— Bien, dit-elle.

— Profite que Bridger et moi sommes là si tu as besoin de quelque chose.

Elle inclina la tête.

— La voiture aurait bien besoin d'une vidange, répondit-elle. Vous pourriez le faire ce week-end, ça me fera économiser une quarantaine de dollars.

— Ça marche, dit-il.


Theresa avait déjà préparé la majeure partie du repas de Thanksgiving. La dinde était presque cuite et deux tartes refroidissaient sur le plan de travail.

Pourtant, Hartley noua un tablier autour de sa taille et entreprit de verser un litre de crème épaisse dans un bol. Il sortit un fouet d'un tiroir et se mit à donner de petits coups circulaires dans le saladier.

— Que se passe-t-il, Callahan ? C'est la première fois que tu vois un garçon battre de la crème ?

Je me ressaisis.

— Disons que je n'aurais jamais cru que tu cuisinais, Hartley.

— Je ne suis que le marmiton.

Il accéléra le rythme, si bien que le fouet devint flou à travers la surface blanche. Il prit ensuite une tasse de sucre et en versa sur le mélange, avant de se remettre à fouetter.

Je détournai les yeux du spectacle appétissant que m'offrait Hartley, le corps tendu sous l'effort.

— Comment puis-je vous aider ? demandai-je. Bon, je ne suis pas un chef. Mais je peux suivre les consignes.

— Tout est sous contrôle, dit Theresa.

Bien sûr, il était impossible qu'à quatorze heures, le jour de Thanksgiving, on ne me trouve aucune tâche à accomplir dans une cuisine.

— Maman, dit Hartley, Callahan se met de mauvaise humeur

si elle pense qu'on la ménage. Si tu veux maintenir la paix du royaume, donne-lui quelque chose à faire.

Sa mère éclata de rire.

— Je suis désolée, Corey. C'est juste que je n'ai pas l'habitude. Tous les amis d'Hartley n'ont pas une attitude aussi positive que la tienne vis-à-vis du travail en cuisine.

— Sympa, maman, lança Hartley. Ne te gêne pas pour l'enfoncer même si elle est sur un autre continent.

Je désignai un sac de pommes de terre sur le plan de travail.

— Il faut les éplucher ?

— Tout juste, répondit Theresa en ouvrant un tiroir pour en sortir un épluche-légumes.

Je calai le sac sous mon bras et clopinai jusqu'à la table de la cuisine. Je me laissai tomber sur une chaise. Theresa me regarda déplier mes genoux et pivoter face à la table. Elle m'apporta une feuille de journal pour les épluchures et un bol où disposer les pommes de terre une fois pelées. La corvée de patates serait longue, mais ça ne me dérangeait pas.

— Adam, comment se passe la rééducation ? demanda Theresa.

— Fastidieuse, dit-il sans cesser de fouetter la crème. Callahan et moi, nous avons la même kiné. Pat, notre instructeur militaire.

— Les physiothérapeutes, c'est comme les dentistes, dis-je. Personne n'est jamais ravi de les voir. À moins qu'on ne soit deux cas irrécupérables.

— Ça vient peut-être de Pat, suggéra Theresa.

— Non ! répondis-je avec entrain. J'ai détesté presque tous les kinés que j'ai rencontrés. Et ils sont nombreux.

Je jetai une autre pomme de terre dans le bol.

— Cela dit, je me radoucis avec l'âge. Je ne suis pas aussi désagréable avec Pat qu'avec les autres.

— Pourquoi ? demanda Hartley.

— Eh bien, les premiers physiothérapeutes que j'ai eus m'apprenaient les basiques, comme enfiler mes chaussettes ou passer de mon fauteuil à mon lit. Et j'étais si frustrée d'avoir besoin de quelqu'un pour m'enseigner ces choses-là que j'en perdais mon sang froid.

— Je comprends, dit Theresa.

— Ils connaissent plein de trucs bien pratiques, pourtant. Une fois qu'ils vous ont expliqué quelque chose – par exemple comment remonter sur son fauteuil sans basculer, quand on est au sol – il vous paraît évident que vous avez besoin de leur aide. Du coup, c'est encore pire. Vous détestez l'apprendre, mais vous ne pouvez pas vous permettre de ne pas tenir compte de ce qu'ils vous disent.

— C'est l'éclate, dis-moi, lança Hartley.

— Parce que j'ai passé des heures en entraînement, on pourrait croire que je suis devenue un modèle de patience, mais pas du tout… Bon, je vais arrêter de me plaindre maintenant, déclarai-je en lançant une pomme de terre dans le plat.

— Tu n'es pas du genre à te plaindre, Callahan, dit Hartley d'une voix douce. Sauf quand tu perds contre moi à RealStix.

— Mais c'est si rare, répondis-je.

Theresa éclata de rire.

La maison commençait à sentir délicieusement bon. Dana et Bridger dressèrent la table en jurant qu'ils n'avaient pas besoin de mon aide. Je m'assis donc sur le canapé du salon et feuilletai mon manuel d'économie. Les examens arrivaient à grands pas.

Lucy apparut devant moi, un jeu de cartes à la main.

— Tu sais jouer à Uno ?

— Bien sûr, répondis-je en fermant mon livre. Tu veux jouer ?

— Oui ! Tu sais mélanger ? Moi, je suis nulle.

Elle se laissa tomber sur le sol du salon et coupa le paquet de cartes.

Je décrochai mon attelle et la déposai par terre. Puis, sans la moindre grâce, je glissai au bas du sofa pour rejoindre Lucy sur les fesses. À l'aide de mes mains, je tendis mes jambes devant moi avant de prendre les cartes. Tandis que je battais les cartes et les distribuais, Lucy tendit la main et me toucha précautionneuse-ment les orteils.

— Euh, Callahan ?

Elle me regardait d'un air interrogateur.

— Tu ne sens vraiment rien ?

Je secouai la tête.

— Non. Je te le jure.

Je regardai son doigt remonter le long de ma chaussette. Elle aurait tout aussi bien pu toucher le pied de quelqu'un d'autre que ça m'aurait fait le même effet.

— Qu'est-ce que ça fait de ne rien sentir ?

Lucy avait une petite voix haut perchée, nette et musicale. Si quelqu'un d'autre m'avait posé cette question, je me serais peut-être hérissée. Mais une curiosité candide brillait sur son visage et il était impossible d'être gênée en sa présence.

— Eh bien, ça ne fait absolument rien. Si je me penchais pour pincer ta queue de cheval, tu ne le remarquerais même pas. Ou alors tu sentirais un petit tiraillement, mais pas à l'endroit que je pince. Comme ça.

Lucy réfléchit à cette explication.

— Ça fait un peu peur.

Elle me faisait rire.

— C'est vrai, pour être honnête. Parfois je regarde mes pieds et j'essaie de les convaincre de bouger. Quand j'étais à l'hôpital, je faisais ça toute la journée. Je n'arrivais pas à m'y faire. Je disais : « Allez, mes pieds ! Tout le monde y arrive. »

Lucy se mit à glousser.

— Ça te manque de ne pas marcher normalement ?

— Bien sûr. Mais en général, je peux aller où j'ai envie. Les escaliers restent un vrai problème, par contre. Et ce qui me manque le plus, c'est le patin à glace.

Lucy se renfrogna et inclina son visage mutin vers le mien.

— Le patin, ça va, dit-elle. Mais je tombe souvent. Pas comme Bridger. Il patine tellement vite.

— Continue à patiner et tu verras que tu iras vite, toi aussi. La vitesse, c'est formidable, lui dis-je. On a l'impression de voler. Je rêve encore que je fais du patin. Je crois que j'en rêve toutes les nuits.

Je ne l'avais encore jamais avoué à haute voix. Et la mâchoire de Lucy ne se décrocha pas comme le feraient celles de mes parents angoissés si je le leur disais.

— Moi, je rêve que je fais du cheval, dit Lucy en manipulant ses cartes.

Puis la fillette tendit le menton vers l'encadrement de la porte.

— Quoi, Hartley ? Tu voulais jouer aussi ?

Je levai vivement les yeux, mais Hartley se détournait déjà. Je me demandai combien de temps il était resté là.

— On mange dans quinze minutes, dit-il d'un ton bourru avant de s'éloigner.


Nous étions six autour de la table et Theresa alluma des bougies tandis que nous faisions circuler les plats.

— Pas de haricots verts, négocia Lucy lorsque son frère remplit son assiette.

— Manges-en trois, exigea Bridger. Hartley, devine ce qu'ils vont supprimer au camp d'entraînement l'année prochaine ?

— Laisse-moi réfléchir, dit Hartley en se servant une portion de purée. Le mur d'escalade ?

— Bingo, fit Bridger. Franchement, c'est ridicule ! C'est la compagnie d'assurance qui les oblige à le retirer.

Hartley tendit le plat de dinde à sa mère.

— Tant qu'ils ne suppriment pas le hockey, ça devrait aller.

— En fait, j'ai entendu dire qu'ils songeaient à augmenter les sanctions, se lamenta Bridger. C'est n'importe quoi. Il n'y a presque jamais de blessure sérieuse sur la patinoire.

À ces mots, je faillis m'étrangler avec mon morceau de dinde.

— Quelqu'un s'est cassé les deux poignets l'an dernier, non ? demanda Theresa.

— C'était vraiment un accident insolite, dit Bridger. Mais

sérieusement, regardez le football américain. Les commotions cérébrales, allô ?

Dana se racla la gorge.

— C'est délicieux, Theresa. Merci beaucoup de nous recevoir.

Je sentais le regard de ma colocataire sur moi.

— Le plaisir est pour moi, ma chérie.

— Je veux dire, quelques os brisés, c'est plutôt gentil en comparaison, continua Bridger sans rien remarquer.

La tension qu'on pouvait lire sur le visage de Dana attira l'attention d'Hartley. Son regard passa de Dana à moi, avant de revenir sur Bridger. Soudain, il sembla comprendre.

— Bridger ? fit Hartley d'une voix crispée. Tu peux aller chercher le vin sur le plan de travail de la cuisine ?

Lucy se leva d'un bond.

— J'y vais !

— J'en ai vraiment assez des gens qui disent que le hockey, c'est pour les casse-cou, poursuivit Bridger. C'est complètement faux.

— *Mec*, lança Hartley, exaspéré. Ferme-la un peu.

Bridger leva les yeux et regarda les visages qui l'entouraient. Quand son regard se posa sur moi, il en resta bouche bée.

— Oh, bon sang.

À côté de lui, la mère d'Hartley arborait une mine horrifiée qu'elle ne cherchait pas à masquer.

— Je suis désolé… fit Bridger en secouant la tête, sans voix. Je n'avais pas idée que…

— Pas la peine, m'empressai-je de répondre.

Il était *hors* de question que je discute de mon accident le jour de Thanksgiving.

À cet instant, Lucy revint dans la pièce.

— Voilà, dit-elle en tendant à Hartley une bouteille de vinaigre.

Il regarda la bouteille dans ses mains.

— Euh, merci ?

— Eh, s'exclama Lucy. Nous devons dire pourquoi nous sommes reconnaissants.

Elle grimpa sur sa chaise et nous regarda avec l'air d'attendre quelque chose.

Theresa déglutit avec peine et ses yeux se radoucirent.

— Tu as raison, Lucy. Veux-tu commencer ?

— Bien sûr ! Je suis reconnaissante pour…

Elle fronçait ses petits sourcils, concentrée.

— La crème glacée, et pas de devoirs à Thanksgiving. Et maman et Bridger. Oh, et toutes les émissions spéciales de Noël qui commencent ce week-end.

Bridger s'appuya contre le dossier de sa chaise. Son regard paraissait plus sombre dans la lumière de la bougie.

— C'est une bonne liste, petite, dit-il gentiment.

Une boule se forma dans ma gorge lorsqu'il posa sa grande main sur l'épaule frêle de sa sœur.

— Si je suis le suivant… dit-il en balayant la table du regard. Eh bien, je suis reconnaissant pour les amis ici présents. Parce que vous me supportez tous.

Il affichait un sourire timide.

— Tu m'as piqué mon idée, dit Dana. Alors je vais dire à quel point c'est génial d'être de retour en Amérique. Jusqu'à présent, cette année est aussi formidable que je l'avais espéré.

Puis ce fut au tour d'Hartley.

— Moi, je suis reconnaissant pour l'Advil, et la bière, et les ascenseurs et ma mère qui me soutient. Et pour les bons amis qui boivent de la bière, montent en ascenseur et me conduisent ici et là. Et qui me soutiennent.

Theresa fut la suivante et elle souleva son verre de vin dans la lumière.

— Je suis simplement heureuse de voir tous vos joyeux visages autour de ma table ce soir.

Elle nous regarda les uns après les autres, la mine rayonnante.

— Merci d'être venus.

Il ne restait plus que moi. Si j'avais pris plaisir à écouter toutes les choses agréables qu'avaient dites mes amis, la vérité, c'était que je n'avais rien à ajouter. Parce que ces derniers temps, je n'avais pas été très reconnaissante.

— J'aimerais remercier l'ordinateur qui a choisi la répartition des chambres. Et je suis reconnaissante d'être assise avec vous tous ce soir.

Je ne pouvais pas faire mieux. Du moins, pour le moment.

# CHAPITRE 10
# DROIT DE TROMPER ET SERVICE APRÈS-VENTE

## COREY

— JE NE SUIS PAS DOUÉE pour débarrasser la table, dis-je en équilibrant mon poids contre le plan de travail. Mais je peux laver la vaisselle ou la sécher.

Hartley me lança un torchon et Theresa me tendit un saladier humide.

Bridger franchit la porte de la cuisine en portant Lucy comme un sac à patates.

— Je t'ai déjà lu deux chapitres, dit-il. Maintenant, au lit.

J'entendis le bruit de ses pas dans les escaliers.

— Pourquoi toi, tu ne vas pas te coucher ? objecta Lucy.

— Je vais y aller, dit-il. Après avoir bu une bière avec Hartley.

— Je vais t'attendre, dit-elle.

— Si tu m'attends les yeux fermés, c'est d'accord, dit-il en ricanant.

Une demi-heure plus tard, il revint seul dans le salon, deux packs de six bières sur les bras.

— Vous savez pourquoi je vous ai invitées toutes les deux ? demanda Hartley à Dana et moi en sortant un paquet de cartes d'un tiroir de la table basse.

— Pourquoi ? demanda Dana.

— Pour pouvoir jouer à l'euchre, bien sûr.

Je tapai dans mes mains.

— Bonne idée ! Les filles contre les garçons.

— Ça marche.

Bridger décapsula une bière et la tendit à Dana.

— Mais je ne sais pas jouer à l'euchre, dit-elle en prenant la bouteille.

— Merde, vraiment ? Et moi qui croyais que les écoles japonaises étaient supérieures.

Il plaça les mains en coupe autour de sa bouche.

— Eh, maman ?

Theresa passa la tête dans la salle.

— Tu m'as appelée ?

— Il nous faut un quatrième joueur pour l'euchre. Dana ne connaît pas les règles.

— Ah, dit-elle en entrant. C'est le meilleur jeu qui soit. Tu sais jouer au bridge ? L'euchre, c'est comme le bridge pour les idiots. Une fois que tu auras regardé quelques manches, tu seras prête à jouer.

Elle prit un siège et la bière que Bridger lui offrait.

Hartley récapitula les règles pour Dana.

— Et on a le droit de tricher d'une certaine manière.

— Mais, dit Dana, si c'est autorisé, pourquoi est-ce de la triche ?

— Écoute, Dana, dit-il. À l'euchre, on peut remporter la levée de quelqu'un d'autre. Si le donneur ne se rend pas compte que c'est à son tour de jouer, et que tu interviens, tu gardes l'avantage.

— C'est trop compliqué, geignit Dana.

Hartley secoua la tête.

— Non, vraiment pas. Parce qu'il n'y a que six cartes dans le jeu. Tu vas voir.

Theresa joua une manche avec nous. Elle faisait équipe avec moi et nous eûmes tôt fait de prendre le dessus sur Bridger et Hartley.

— On va dire que c'était un tour de chauffe, dit Hartley.

— Quoi ? m'exclamai-je. Pas question. Deux points pour les femmes.

— Je vois qu'on aime la compétition, répliqua Hartley.

Theresa éclata de rire.

— C'est l'hôpital qui se fout de la charité !

— Vous devriez les voir devant ce jeu vidéo, dit Dana. Je suis obligée de quitter la pièce.

— J'imagine…

Theresa prit le paquet et se mit à mélanger les cartes.

— Bridger, comment va ta mère ? demanda-t-elle.

Il secoua la tête.

— Pas super. Mais tant qu'elle garde son boulot, ça ira. C'est sa semaine de travail qui la maintient sur les rails.

— Ce doit être si difficile pour elle, ajouta Theresa d'un air contrit.

— C'est aussi ce que je me disais avant, fit Bridger en ramassant ses cartes. Mais au bout d'un moment, il faut savoir se ressaisir, et je ne vois aucun effort de ce côté-là. Les longs week-ends, c'est le pire. C'est pour ça que j'ai pris Lucy avec moi pour venir ici.

Theresa lui adressa un clin d'œil.

— Amène-la quand tu veux.

Puis elle consulta sa montre.

— Je vais fermer les yeux une petite heure avant d'aller travailler.

— *Ce soir ?* demandai-je, incrédule.

Hartley hocha la tête.

— C'est le vendredi des soldes. Si maman ne va pas bosser, alors les gens qui attendent sur le parking devant Mega-Mart ne pourront pas obtenir cent dollars de rabais sur le dernier téléphone portable.

— Pff, fit Dana. Toute la nuit ?

Theresa se contenta de hausser les épaules.

— Ce n'est rien. Au fait, Corey ? Avant de partir, je voulais te dire que mon cher fils sera ravi de dormir sur le canapé.

— Que dalle ! lança Hartley.

— Ça ira, Theresa, lui dis-je. J'ai des béquilles et je ne crains pas de m'en servir.

— Ça, c'est vrai, maman, renchérit Hartley en avalant une gorgée de bière. Crois-moi.

La mère d'Hartley secoua la tête en quittant la pièce.

Dana apprenait vite et notre partie d'euchre nous mena bientôt à égalité, sept contre sept. Je distribuai la main suivante.

— Alors, Hartley, où en est le compte à rebours ? demanda Bridger.

— Le compte à rebours ?

— Quand l'homme le plus chaud de toutes les universités de l'Ivy League réunies va-t-il retrouver sa petite amie ?

Je retournai un valet et Dana exulta devant une telle chance. Mais j'étais distraite par la conversation.

— Je passe, grommela Hartley en regardant sa carte.

Puis il se tourna vers Bridger.

— Dans deux semaines environ, je crois. Elle a dit qu'elle reviendrait avant le bal de Noël.

*Avant* le bal de Noël ? C'était le dix décembre, le même jour que notre examen d'économie. Soudain, j'entrevis la fin de nos soirées de RealStix en tête à tête. J'avais toujours su que la copine d'Hartley réapparaîtrait au trimestre suivant. Mais cela m'avait toujours semblé lointain. À présent, voilà qu'elle arrivait dans deux semaines !

Sur l'ordre de Dana, je ramassai le valet et fis mine de m'en réjouir. Mais à l'intérieur, j'étais dévastée par la nouvelle que j'apprenais.

— Ce n'est pas juste ! dit Bridger. Son trimestre a commencé après le nôtre et se termine plus tôt ? Quelle arnaque.

— Tu l'as dit. Et ils n'avaient cours que du mardi au jeudi, ajouta Hartley en défaussant un neuf. Ce qui lui laissait de longs week-ends pour visiter l'Europe. Sur la page Facebook de Stacia, il y a des photos d'elle de Lisbonne jusqu'à Prague.

— Je les ai regardées, dit Bridger en avalant sa bière. Moi, ce n'est pas l'architecture qui a attiré mon attention.

Hartley secoua la tête.

— Ne t'aventure pas sur ce terrain, mec.

— Ça ne t'intrigue pas que ce même Italien dégingandé apparaisse sur chaque photo ?

En face de moi, Dana leva les yeux vers moi.

— Comme je l'ai dit, parfois on a le droit de tromper l'autre. Nous avons un accord, dit Hartley en baissant la voix. Stacia trouve que c'est dommage d'être sur les ponts de Paris sans avoir quelqu'un à embrasser au coucher du soleil.

— Je ne te vois pas beaucoup en profiter, répliqua Bridger.

Hartley haussa les épaules.

— Ce n'est pas mon genre.

— Et ça, dit Bridger en abattant un as pour remporter la dernière manche, c'est la raison pour laquelle je ne m'engage avec personne.

— C'est ton choix, dit Hartley. Mais je ne vois pas en quoi ça me concerne.

En silence, Dana ramassa les cartes et commença à les mélanger. J'avais remarqué son manège et je me mis à examiner l'étiquette de ma bouteille de bière.

— Comment peux-tu ne *pas* te sentir concerné ? demanda Bridger. Elle pourrait au moins être un peu subtile.

— Stacia demande beaucoup trop d'attention pour supporter une relation longue distance, dit Hartley. Elle a besoin de quelqu'un sur place pour porter tous ses sacs de shopping. Mais ça fonctionne dans les deux sens, tu sais ? Dès l'instant où ses petites vacances européennes seront terminées, elle l'oubliera.

— Il habite à New York.

Hartley leva les yeux au ciel.

— Pour Stacia, c'est une longue distance. Et je ne peux pas croire que tu espionnes ma copine… et son ami.

— C'est un sacré numéro ! dit Bridger.

— Ça, ce n'est pas nouveau, répondit Hartley.

Dana retourna un as, posa les cartes sur la table et eut un sourire malicieux.

— Bon sang, pesta Bridger. Tu viens de rafler la levée ou je rêve ?

— C'est Hartley qui m'a donné cette idée, fit Dana en souriant, quand il a dit qu'on avait parfois le *droit de tromper*.

Elle me fit un clin d'œil et je m'efforçai de sourire. Mais tout ce qu'Hartley venait de dire me dévorait de l'intérieur. Sa petite amie batifolait à droite et à gauche, et ça ne le dérangeait pas ?

Ma petite fée d'espoir choisit ce moment précis pour réapparaître. Je n'avais pas eu de ses nouvelles récemment, mais voilà qu'elle chuchotait à mon oreille. *Ils vont peut-être se séparer*, disait-il, chatouillant mon lobe de ses minuscules ailes.

Oui, eh bien, ça n'était pas gagné.


L'heure du coucher aurait pu être gênante. Mais il n'en fut rien, car Hartley était incapable d'éprouver la moindre gêne. Quoi qu'il arrive, il demeurait Hartley, fidèle à lui-même, avec son sourire en coin et son attitude décontractée.

— Et d'abord pourquoi y a-t-il un lit aussi énorme dans ta piaule ? lui demandai-je en sortant mon pyjama de mon sac.

— Après m'être cassé la jambe, je ne pouvais plus monter dans ma chambre à l'étage. Ma tante déménageait et son nouvel appartement n'était pas assez spacieux pour ce lit. C'est un king-size californien. Alors elle me l'a apporté pour me libérer du canapé du salon.

— C'est gentil de sa part, dis-je.

— C'est sûr. Tu veux aller dans la salle de bain en premier ?

— Toi d'abord, répondis-je. Moi, je mets une éternité.

— Comme tu voudras.

Lorsque je lui succédai et revins dans notre chambre, il ronflait déjà.

Je retirai mon attelle et me glissai dans le lit. Il ne s'était pas moqué de moi. Il y avait une large portion de matelas entre le corps assoupi d'Hartley et le mien. Je restai là, allongée, à écouter les bruits rassurants de son sommeil. En dérivant à mon tour, je me demandai ce que penserait Stacia si elle savait que nous faisions lit commun. Je savais que je ne représentais pas une menace à ses yeux. Mais on pouvait toujours rêver.

Un peu plus tard, je me réveillai en entendant un cri étouffé. Désorientée, j'ouvris grand les yeux dans le noir. Hartley était debout à côté du lit, la tête penchée, les bras sur le matelas.

— Que se passe-t-il ? demandai-je d'une voix rauque.

— Crampe. Au mollet, ânonna-t-il.

— Quelle jambe ?

— La bonne. Je ne peux pas suffisamment m'appuyer sur l'autre pour… aaah !

— Laisse-moi faire, dis-je en me redressant.

J'étais familière des crampes à la jambe. En grimaçant, Hartley s'assit sur le lit et tourna sa jambe valide vers moi.

— Appuie ton talon ici, dis-je en tapotant ma hanche, que recouvrait le drap.

Lorsqu'il eut calé son pied nu contre moi, j'attrapai ses orteils à deux mains et fléchis la plante de son pied vers son tibia. Il expira en se laissant tomber. Au bout d'une minute, je glissai ma main sous son mollet et le palpai avec mes doigts.

— Aïe, dis-je en trouvant le nœud.

— Ça m'arrive tout le temps, pesta-t-il.

— En surcompensant ta jambe cassée, tu épuises celle qu'il te reste, expliquai-je.

Je serrai le poing et tentai de faire pression.

— Ah, s'écria Hartley.

— Désolée. J'ai une force surhumaine.

Il fit la grimace et je fléchis de nouveau son pied.

— Comment fais-tu quand tu es seul ?

— Je souffre. Et je rêve aux mains compétentes de Pat la Physiothérapeute. Même si tu te débrouilles plutôt bien.

— C'est mon père qui me l'a appris. Il est doué pour ce genre de choses, dis-je. Attends, c'est bon, je l'ai.

Le nœud dans le muscle d'Hartley se détendit sous ma main. Il souffla.

— Bon sang… Merci !

— Garde ton pied fléchi, l'avertis-je lorsqu'il reposa sa jambe de son côté du lit.

— Ne t'inquiète pas, c'est ce que je vais faire.

Il s'allongea sur le dos, plaçant un oreiller supplémentaire sous son genou.

— Désolé pour cette comédie nocturne.

— Aucun souci.

Nous gardâmes le silence pendant quelques minutes, mais je savais que ni lui ni moi n'avions sommeil.

Une autre minute s'écoula avant qu'Hartley se tourne vers moi.

— Tu ne m'avais jamais dit que c'était une blessure de hockey. Tu as dit « un accident », alors j'ai cru que c'était un accident de voiture.

— Oui, dis-je en soupirant, roulant sur le côté pour me placer face à lui.

Nous nous dévisageâmes pendant une seconde.

— Le truc, c'est que Bridger avait raison, repris-je. Le hockey n'est que le septième sport le plus dangereux. Même les pom-pom girls et les joueurs de baseball ont un taux de blessures plus élevé. Comme les joueurs de football américain, de foot et de crosse.

— Tu es en train de me dire qu'il faut être extraordinairement malchanceux pour subir une blessure grave au hockey ?

— Exactement.

— Putain, c'est pas croyable, dit Hartley.

Nous retombâmes dans le silence et je me surpris à regretter que le lit soit si grand.

*Soixante centimètres nous séparent de cette bouche appétissante,* me chuchota ma fée d'espoir.

— J'adore ta mère, lâchai-je pour me changer les idées.

— Elle est géniale, fit Hartley en souriant. Et elle aime que la maison soit remplie de monde. Ce n'est pas moi qui le dis.

— Ça se voit. Et la petite sœur de Bridger est adorable. Elle aussi, elle aime beaucoup ta maman.

Hartley posa sa tête sur sa main.

— Oui, mais elle pose un sérieux problème à Bridger.

— Vraiment ? Pourquoi ?

— Eh bien, leur père est mort il y a environ deux ans. Et sa mère n'a pas tenu le choc.

— Elle est dépressive ?

— C'est une junkie.

Je me récriai :

— C'est sordide.

— Ce n'est rien de le dire. Bridger craint que sa mère perde son emploi et se laisse complètement aller. Il risque de devoir tout lâcher si les choses dégénèrent.

— Il ne peut pas abandonner ! Dans un an et demi, il sera diplômé de Harkness.

— En fait, Bridger n'est qu'en deuxième année. Il s'est accordé une année sabbatique après sa première année de fac, et maintenant, il s'en veut.

— Tu sais…

La maison était tellement silencieuse que même notre conversation à voix basse me semblait tapageuse.

— Je me renferme sur moi-même trop souvent. J'oublie que je ne suis pas la seule à avoir des problèmes.

Hartley garda un moment le silence. Il me regardait. Puis il tendit lentement le bras par-dessus le matelas qui nous séparait et posa sa main sur la mienne. Même ce léger contact me fit retenir mon souffle.

— Tout le monde a son lot de problèmes, Callahan. Tout le monde.

Il serra ma main avant de récupérer la sienne.

— Par contre, les tiens sont visibles aux yeux de tous. Je ne t'envie pas sur ce point. Mais tout le monde en a, que tu les voies ou pas.

J'avais besoin de méditer sur ses paroles. À voir Bridger, on n'aurait jamais cru qu'il traînait un tel fardeau derrière lui. Mais j'étais persuadée que certains n'avaient pas le moindre problème, ou du moins avaient toute une armée de serviteurs prêts à s'en charger à leur place. Stacia me vint à l'esprit.

— Tu en es sûr ? dis-je comme pour le mettre au défi. Parce que j'ai l'impression que pour certains, le plus gros problème de leur vie, c'est quand les sièges en cuir de leur BM ne correspondent pas tout à fait à la couleur idéale.

Le plus beau des sourires apparut sur le visage d'Hartley.

— Pour ça, il y a toujours le service après-vente, Callahan.

Il roula sur le dos et glissa ses mains sous sa tête.

— Merci pour le massage du mollet.

— Quand tu veux.

Il eut un petit rire.

— Il ne faut pas me dire ça, sinon la semaine prochaine, je te réveillerai toutes les nuits.

Aussi pathétique que cela paraisse, j'étais tellement amoureuse de lui que j'attendrais sûrement ses visites avec impatience.

La respiration d'Hartley devint profonde et régulière et je restai allongée à l'écouter. Il n'était qu'une forme tiède dans le noir, à quelques centimètres de moi. J'aurais tout donné pour avoir le privilège de me glisser contre lui, de franchir la distance qui nous séparait et de poser mon bras sur son torse. J'avais du mal à imaginer le luxe qu'être avec lui devait représenter. J'avais envie de rouler vers lui et de me blottir contre son corps. Je voulais sentir son souffle sur ma nuque pendant mon sommeil.

*C'est de la torture*, grommela ma petite fée d'espoir en se pelotonnant sur l'oreiller à côté de moi.

Elle n'avait pas tort. Mais c'était la plus douce des tortures.

# CHAPITRE 11
# LE GORE, ÇA NE ME DÉRANGE PAS

## COREY

VENDREDI, nous regardâmes le match de football en mangeant les restes, et nous jouâmes beaucoup aux cartes. Lucy s'assurait que nous fassions au moins une manche de Uno pour chaque nouvelle partie d'euchre.

Le samedi, nous emmenâmes Theresa dîner dans un restaurant chinois, qui proposait cinquante variétés de boulettes différentes. La mère d'Hartley avait l'air exténuée après ses deux journées de neuf heures dans l'enfer des soldes de vacances. Pourtant, dans ses yeux cernés, on pouvait lire la joie d'être avec nous. Hartley s'assit à côté d'elle et, de temps à autre, il tendait la main pour chiffonner ses cheveux. Dana essaya d'apprendre à Lucy à se servir de ses baguettes. Quant à moi, je dévorai mon poids en boulettes de poulet au chou.

Plus tard, une fois que Theresa et Lucy furent montées se coucher et que les garçons furent sortis dans le garage pour boire des bières et vidanger la voiture, je dus me rendre à l'évidence. Je me sentais un peu patraque. J'éprouvais une vague douleur au ventre et mon corps était chaud et fatigué. Même s'il n'était que vingt-deux heures, je pris deux analgésiques et me glissai dans mon lit.

Ce soir-là, je n'entendis même pas Hartley entrer et s'allonger près de moi. C'était le signe évident que quelque chose n'allait pas. L'association des médecins américains devrait ajouter *Indifférence à Hartley* dans la liste des symptômes figurant dans leur compendium.

Même ma petite fée d'espoir dormit comme une masse. J'aurais dû me douter de quelque chose.

Le lendemain matin, je tentai de masquer mon malaise grandissant. J'avalai des Advil supplémentaires et bus deux verres d'eau. Pourtant, j'avais toujours le vertige et des bouffées de chaleur.

— Tu es bien calme aujourd'hui, Corey, remarqua Theresa, confirmant par son attention qu'on ne pouvait jamais rien cacher à une mère.

— Je réfléchis aux examens, c'est tout, mentis-je.

Je remplis mon verre de jus d'orange et m'efforçai de sourire. J'avais besoin de boire beaucoup de liquide et je voulais rentrer chez moi.

Par chance, Bridger devait rendre la voiture à sa mère, et notre week-end chez Hartley s'acheva en fin d'après-midi.

Lorsque nous arrivâmes enfin à la résidence McHerrin, j'étais fiévreuse et de plus en plus incommodée. Ce fut le cœur lourd que je téléphonai à la police nazie.

— Maman, ne panique pas, lui dis-je. Mais je crois que j'ai une infection urinaire.

Elle paniqua.

Dix minutes plus tard, après avoir écouté ma mère radoter sur toutes les terribles éventualités qui risquaient d'arriver si l'on ne traitait pas une infection urinaire, j'expliquai à Dana que j'avais reçu l'ordre de me rendre aux urgences de l'hôpital.

— Ma pauvre ! fit-elle en bondissant du canapé. Je viens avec toi.

— Tu n'es vraiment pas obligée, avançai-je. Il va falloir patienter des heures avant que quelqu'un me rédige enfin une prescription.

— J'emporte un livre. Laisse-moi enfiler mon manteau.

Lorsque nous sortîmes dans le couloir, je posai un doigt sur mes lèvres. Moins les gens sauraient que j'étais une mauviette, mieux ce serait. J'entendais la musique d'Hartley à travers la porte de sa chambre tandis que nous nous glissions à l'extérieur.

Quand nous arrivâmes aux urgences, j'étais toute tremblante et éreintée. Les lumières aux néons donnaient même mauvaise mine aux employés. L'hôpital était vraiment le dernier endroit au monde où j'avais envie d'être. Le seul point positif, c'était que les lieux semblaient déserts.

— Le jour de Thanksgiving, c'est toujours la folie, nous expliqua l'infirmière de garde. Les gens qui rendent visite à leurs familles ont une fâcheuse tendance à se blesser. Allez comprendre. Mais ce soir, ils sont tous dans leurs voitures pour rentrer chez eux. Si la plupart d'entre eux ne sont pas saouls, nous devrions avoir une soirée plutôt calme.

Elle prit mes formulaires.

— Callahan ? J'ai déjà sorti votre dossier. Vos parents ont appelé un peu plus tôt.

Bien sûr, il fallait s'y attendre.


— Ne m'*hospitalisez* pas, suppliai-je une demi-heure plus tard, après avoir uriné dans un gobelet. (Soit dit en passant, ce n'est pas une sinécure quand vous ne pouvez pas vous accroupir sur les toilettes.) Je prendrai les médicaments, je vous le promets. Je déteste les hôpitaux.

Le jeune interne des urgences hocha la tête d'un air pensif.

— Je n'en doute pas. Mais nous voulons surveiller votre fièvre, et il y a un risque que l'infection se propage à vos reins.

— Mais ce n'est pas le cas. Je ne souffre pas beaucoup.

Il sourit, mais nous savions tous les deux que mes déclarations n'avaient guère d'importance, car mon insensibilité à ce que se passait *là en bas* faisait de moi un témoin auquel on ne pouvait pas se fier.

— Nous devons nous en occuper, Corey. Les patients atteints à la moelle épinière doivent être prudents. Il est arrivé que de banales infections urinaires endommagent définitivement le contrôle de la vessie.

À ces mots, je tressaillis.

— Je vous crois, et il faudrait jouer de malchance, poursuivit-il. Mais ne prenons pas de risques, d'accord ? Je dois juste vous poser quelques questions. Avez-vous bu en quantités suffisantes ?

Je hochai la tête.

— Et avez-vous régulièrement vidé votre vessie ?

Je devais lui dire la vérité.

— Oui. La seule chose qui a changé, c'est que je n'ai pas utilisé de cathéter pendant quelques jours.

Chaque matin et chaque soir, j'étais censée me servir d'un cathéter pour vider intégralement ma vessie. Mais je n'en avais pas apporté chez Hartley, car je ne voulais pas qu'on les voie.

— J'ai déjà passé quelques jours sans cathéter et je n'ai encore jamais eu de problème.

Il se renfrogna.

— Quand ce sera terminé, vous allez devoir faire preuve de vigilance, j'espère que vous le comprenez.

J'acquiesçai, un peu gênée.

— Un autre déclencheur peut être l'activité sexuelle, touchers ou rapports, dit-il. Essayez d'uriner avant et après. Surtout après.

— Ce n'est *vraiment* pas d'actualité, répondis-je en virant au rouge.

Il se mit à rire.

— Archivez ce conseil pour plus tard, dans ce cas. Pour le moment, vous allez passer une nuit sous antibiotiques par intra-veineuse, d'accord ? Vous dormirez dans une chambre à l'étage et demain matin, nous vous libérerons. Vous serez rentrée avant de vous en rendre compte.

Menteurs.

Dana s'en alla. J'enfilai leur stupide blouse – ouverte à l'arrière, bien sûr – et regardai une émission pourrie tandis qu'une infirmière me plantait une aiguille dans le bras. Pendant la nuit, mon sommeil fut interrompu à quatre reprises au moins lorsque les infirmiers vinrent vérifier mes signes vitaux et changer le sac de mon cathéter.

Je dus uriner une cinquantaine de fois dans les toilettes froides de l'hôpital.

Au matin, je me mis à demander à chaque être humain qui entrait dans ma chambre à quelle heure il me serait possible de partir, des aides-soignantes jusqu'au type qui m'apporta un bol de céréales. Malheureusement, la femme que je voyais le plus souvent était une infirmière corpulente et revêche, aux cheveux teints au henné de couleur vive. Et cette grosse dame rousse ne m'était d'aucun secours.

— Le médecin commencera sa tournée à dix heures, fut tout ce qu'elle trouva à me dire.

J'enfilai mes sous-vêtements, mon jean et mes chaussettes. Je quittai le lit pour m'installer sur mon fauteuil, mais je ne pouvais pas changer de haut tant qu'on ne m'aurait pas enlevé mon cathéter. Dix heures sonnèrent. Le temps s'écoulait lentement. Je fixais l'horloge en fulminant.

Hartley m'envoya un texto depuis l'amphi d'économie. *Youhou ! Panne de réveil ? Tu rates un cours passionnant sur le commerce international.*

Moi : *Toujours mieux que ma journée. J'ai un petit souci. On se voit au bercail tout à l'heure.*

Vers midi, un médecin entra. Naturellement, ce n'était plus le jeune interne de la nuit précédente, cela aurait été trop pratique. Ce docteur-là avait la tête grisonnante et une démarche empressée. Il tira mon tableau de son support et parcourut les notes en plissant les yeux.

— Très bien, dit-il enfin. La fièvre est retombée. Je vais laisser une ordonnance à l'infirmière et vous pourrez rentrer chez vous.

Il sortit.

J'avais toujours un cathéter planté dans le bras. Quelqu'un m'apporta une assiette garnie de riz et d'une viande grise non identifiable, à laquelle je ne touchai pas.

Lorsque la grosse rousse revint, je lui expliquai ce qu'avait dit le médecin.

— Vous m'enlevez ce tube ?

— Il n'a laissé aucune prescription, dit-elle d'un air maussade. Je vais vérifier.

Elle tourna les talons pour partir.

— Attendez ! m'écriai-je en voyant ses larges fesses disparaître.

Une autre heure passa. Lorsqu'elle revint avec mon ordonnance, j'eus du mal à rester polie.

— Vous pouvez me retirer ce truc, s'il vous plaît ? suppliai-je. Ensuite, je pourrai m'en aller.

Elle regarda mon poignet comme si c'était la première fois qu'elle voyait un cathéter.

— C'est le boulot de l'aide-soignant. Et je ne peux pas vous laisser partir sans une personne majeure pour vous accompagner.

— Quoi ?

Elle hocha la tête.

— Les étudiants doivent toujours être raccompagnés par quelqu'un après une procédure.

— Mais…

Je sentis ma pression artérielle augmenter.

— Un cathéter, ce n'est pas une procédure !

La grosse rousse haussa les épaules.

— C'est le règlement.

Elle partit.

— Putain ! m'exclamai-je sur le même ton qu'employait parfois Hartley.

Je jetai un œil à ma montre. Il avait ses lundis après-midi de libre, car il était censé avoir entraînement de hockey.

*Non.* Je ne comptais pas appeler Hartley assise là, à demi vêtue. N'importe qui, sauf Hartley. C'était la dernière personne devant laquelle j'avais envie de me montrer avec mes cheveux sales dans cette affreuse blouse d'hôpital.

Malheureusement, Dana avait cours d'italien jusqu'à quatorze heures tous les jours. Je lui envoyai un texto pour lui demander de m'appeler quand elle aurait une seconde. *S'il te plaît,* ajoutai-je.

L'heure tant attendue arriva, puis passa sans que j'aie reçu le moindre appel de Dana. Je lui envoyai un texto, mais toujours pas de réponse. Si son téléphone était hors service, je ne parviendrais pas à la joindre. Je ne savais plus quoi faire. Si le médecin des urgences qui m'avait fait hospitaliser travaillait aujourd'hui, je pourrais le retrouver et lui expliquer mon problème. Mais pour ça, il faudrait que j'arpente les couloirs à moitié nue, en traînant mon cathéter avec moi.

Je composai de nouveau le numéro de Dana et collai le téléphone contre mon oreille. Je fus directement envoyée sur sa messagerie.

— Bon sang ! vociférai-je.

J'aurais tapé des pieds si seulement ils fonctionnaient.

## HARTLEY

— Qu'est-ce qui se passe, ici ? demandai-je en réprimant un sourire.

La tête de Corey pivota brusquement et elle me vit à la porte de sa chambre d'hôpital, appuyé sur mes béquilles.

— Aaaah ! s'exclama-t-elle en refermant les bras autour de ses genoux. Je veux *sortir* d'ici, mais ils refusent de me laisser partir.

— Parce qu'il n'y a aucune personne majeure pour t'accompagner hors de l'établissement ?

J'entrai en clopinant dans la chambre. Elle ouvrit grand sa bouche :

— Comment le sais-tu ?

— J'ai croisé Dana après le déjeuner et elle m'a dit où tu étais. Alors j'en ai déduit le reste. C'est Bridger qui a dû me ramener après mon opération du genou. Alors, pourquoi tu ne m'as pas appelé ?

Son visage afficha une expression fugace que je fus incapable de déchiffrer.

— Parce qu'en béquilles, ça te fait un sacré chemin depuis McHerrin.

— Ce n'était pas si terrible. Allez, on s'en va. Tu ne leur as pas demandé de t'enlever ce cathéter ?

À sa mine, je compris qu'elle était sur le point d'exploser.

— *Dix fois au moins !*

Je levai les deux mains.

— Du calme, Callahan. Attention à ta pression sanguine, sinon tu risques de finir à l'*hôpital*.

À ces mots, Corey se détendit :

— Tu peux venir ici une seconde, s'il te plaît ?

— Qu'est-ce que tu veux ?

Je la rejoignis. Elle tendit sa main gauche.

— Appuie sur le tube du cathéter.

*Oh, oh.*

— Pourquoi ?

— Pour que je puisse l'*enlever*, Hartley. Et remettre mon t-shirt. Et m'en aller. Et reprendre le cours de ma vie.

— Tu es une vraie casse-pieds, ma parole, Callahan.

— Appuie ici sans poser de questions, m'ordonna-t-elle.

En essayant de ne pas regarder le tube fin qui émergeait de sa peau, je pinçai le plastique sous mon pouce. Corey retira le ruban adhésif.

— C'est bon, tu peux lâcher. Merci, dit-elle.

Avant que je puisse détourner le regard, elle arracha le cathéter de sa peau. *Berk.*

— Maintenant, tu saignes du poignet. Ce n'est pas dangereux ?

Elle me regarda d'un air soupçonneux.

— Sérieusement, Hartley ? Tu es si impressionnable ?

Je me retournai et pris un mouchoir sur une étagère, que je lui tendis en gardant les yeux rivés sur le mur devant moi.

— *Waouh.* Une star de hockey balaise qui s'évanouit à la vue du sang.

Je l'entendis glousser tandis qu'elle essuyait son poignet.

— Eh, je ne me suis pas évanoui depuis le CM2.

Elle pouffa de nouveau avant d'éclater de rire à gorge déployée.

— Qu'est-ce que tu as fait après ton opération du genou ? Il n'y avait pas des pansements ?

En effet, et ce n'était pas beau à voir.

— Je les ai changés moi-même. Les yeux à demi-fermés.

Après tout, me ridiculiser ainsi avait au moins un avantage. Corey avait retrouvé son sourire.

— Et tu dis que *moi* je suis casse-pieds ? Retourne-toi, je dois mettre mon t-shirt.

— Comment ça, je ne peux pas regarder ? Je viens d'assister à un bain de sang pour toi.

En riant, je me tournai vers le mur. Je l'entendis se débattre avec ses habits.

— Le gore, ça ne me dérange pas. Tu peux toujours me demander de changer des bandages. Cela dit, nous ne reviendrons *jamais* dans cet endroit maudit.

— Que Dieu t'entende, ma sœur.

— C'est bon, dit Corey.

Une infirmière aux cheveux inhabituellement rouges entra à ce moment-là.

— C'est lui, votre accompagnateur ? demanda-t-elle en regardant mon attelle et mes béquilles, un sourire narquois au coin des lèvres.

Corey se tourna vivement vers elle.

— Ne me dites pas que vous avez quelque chose à redire à son sujet, lâcha-t-elle d'un ton sec. Maintenant, on s'en va.

Corey contourna le pied du lit et fonça sur l'infirmière. La pauvre femme s'écarta pesamment de son chemin et Corey se dirigea vers la porte. Si un fauteuil roulant pouvait faire crisser ses pneus, nul doute qu'on les aurait entendus.

L'infirmière me fourra un porte-documents dans les mains.

— Signez ici, Monsieur.

— Avec plaisir.

Lorsque je la rejoignis, Corey retenait la porte de l'ascenseur.

J'avais mal à la jambe et nous appelâmes le minibus pour les handicapés, mais ils nous annoncèrent qu'il y avait une demi-heure d'attente.

— Et puis merde, m'exclamai-je. Marchons.

Pour Callahan, le trajet en fauteuil jusqu'au campus fut facile. Pour moi, en revanche, ce fut laborieux. À mi-chemin, je réclamai une halte. Je dirigeai mes béquilles vers un banc devant le département de médecine et me laissai tomber.

— Comment as-tu atterri à l'hôpital, d'abord ?

Elle se mordit la lèvre.

— Une petite infection de rien du tout. Je me suis montrée un peu insouciante et tout le monde en a fait un fromage.

— Insouciante ? Ce week-end ?

Je massais ma jambe endolorie. Le visage de Corey était de marbre.

— J'aimerais mieux ne pas en parler, d'accord ? Je sais que tu viens de me faire une énorme faveur, mais…

Elle secoua la tête.

— D'accord. Je dis juste qu'on aurait pu rentrer un jour plus tôt. Il te suffisait de le dire…

Elle m'interrompit :

— Je n'en avais pas *envie*, Hartley. Je ne suis pas *fragile* !

Son expression me laissa sans voix. Elle avait l'air vulnérable et malheureuse de l'être.

— Ce n'est pas vrai, Callahan.

Je lui pris les mains et l'attirai près de moi, jusqu'à ce que nos genoux se touchent.

— La vérité, c'est que nous sommes *tous* fragiles. La plupart de nos amis ont juste la chance de ne pas encore le savoir.

Elle clignait des yeux pour lutter contre la fatigue et je me demandai si elle allait se mettre à pleurer. Mais pas Corey. Pas ma petite battante aux yeux bleus, la fille qui rêvait toutes les nuits de patiner, mais ne perdait jamais son optimisme. Il ne passait pas un jour sans qu'elle me donne une belle leçon d'humilité.

Je tirai de nouveau sur ses mains et me penchai en avant pour la prendre dans mes bras et la serrer maladroitement contre moi. J'ignorais si elle en avait besoin, mais moi, oui.

Le menton sur mon épaule, elle déglutit.

— Merci de m'avoir fait sortir de cette prison, Hartley.

— Quand tu veux, ma belle. Allez, rentrons maintenant.

# CHAPITRE 12
# DE LA GNÔLE PREMIÈRE CATÉGORIE

## COREY

C'ÉTAIT le premier jour de décembre. La neige tombait derrière les fenêtres tandis que je traversais le réfectoire sur mes béquilles. J'essayais de passer plus de temps debout, mais tout me paraissait difficile. Dana m'attendait au bout d'une longue table, où Hartley, Bridger, Fairfax et quelques autres mordaient dans leurs hamburgers. Lorsque je m'assis, elle me passa mon assiette.

— Merci, dis-je.

— De rien.

Elle mangea une frite.

— Comment se passent les révisions ?

Les cours étaient terminés et les examens étaient sur le point de commencer.

— Pas trop mal, répondis-je. J'ai trois devoirs à la maison et le partiel d'éco. Je crois que je m'en tire bien.

— Je m'inquiète pour le japonais, dit Dana en fronçant son joli petit nez.

— Mais Dana, tu *parles* japonais.

— Pas aussi bien que le croit le prof. Et il est vraiment lourd. Avec lui, tout paraît plus stressant qu'il ne le faudrait.

En bout de table, Bridger donna une pichenette à Hartley.

— Tu as raconté à Fairfax le cadeau d'anniversaire que tu as reçu aujourd'hui ?

— C'est cette semaine ? demanda Fairfax. Où a lieu la fête ? On doit te faire boire vingt-et-un shooters ?

Je levai la tête. C'était l'anniversaire d'Hartley cette semaine ? J'allais devoir lui trouver un cadeau. Bien sûr, il me serait impossible de surpasser le cadeau surprise qu'il m'avait offert. Le mien serait plus conventionnel.

— Je crois qu'aucun de nous ne sera invité à l'anniversaire d'Hartley, répondit Bridger. Dis-leur, mec.

Hartley secoua la tête.

— Le magasin d'alcool m'a livré une bouteille de champagne. Vous savez, ce genre de bouteille qui coûte le PIB d'un pays en développement !

— Alors Stacia est de retour en ville, en déduisit Fairfax.

Hartley tendit le doigt vers lui comme un pistolet.

— Bingo. Le message disait : *Cher Hartley, mets-la au frais, je serai là pour ton grand jour.*

Mon ventre se noua.

— Ton grand jour, fit Bridger en souriant. Mon pote, prépare-toi à une partie de jambes en l'air spectaculaire.

Hartley haussa les épaules.

— Si j'étais vous, je ne parierais rien. Elle est encore plus distante que d'habitude ces derniers temps.

— Elle viendra, affirma Bridger. Elle a envoyé le champagne.

— Dis-lui que tu le boiras, qu'elle se pointe ou non, suggéra Fairfax.

— *Bien sûr* que je le boirai, répondit Hartley. Ça va sans dire.


L'anniversaire d'Hartley tombait le samedi précédant le début des examens. Dana et moi passâmes la journée à réviser dans la charmante bibliothèque de Beaumont. Apparemment, l'université de Harkness avait un nombre incalculable de lieux où étudier. On pouvait visiter une bibliothèque différente chaque jour et ne pas fréquenter deux fois la même pendant plus d'un mois.

Aussi studieuse que je sois, je n'allais pourtant pas jusqu'à rouvrir mes manuels après le dîner.

— Qu'est-ce que tu fais ce soir ? demanda lentement Dana en piochant une paire de boucles d'oreilles dans sa boîte à bijoux.

— Euh, je regarde la télé.

Inutile de préciser que mon copain Hartley n'était pas disponible pour une partie de jeux vidéo. Mais je n'avais rien d'autre à faire. En période d'examens, les activités sociales étaient suspendues.

— Tu pourrais venir avec moi, proposa Dana.

Son invitation me fit rire. Dana s'apprêtait à aller écouter une partie de la lecture que donnait le département d'anglais. Cette nuit, ils lisaient *Ulysse*, de James Joyce. Voilà une parfaite démonstration de l'état d'esprit intello dans lequel l'université de Harkness était plongée pendant les examens !

— Mais je ne suis même pas ce cours ! Est-ce qu'ils vendent des gros autocollants en forme de L pour qu'on se les colle sur le front comme des losers ?

Elle leva les yeux au ciel.

— Ce n'est pas gentil, Corey. Je n'aime pas te savoir ici toute seule ce soir.

— Je sais, fis-je d'un ton boudeur. Je suis désolée.

De toute évidence, cela ne servait à rien de chercher à cacher mon cœur brisé à Dana. Je n'avais pas prévu de rester assise de l'autre côté du couloir pendant que l'amour de ma vie s'adonnait à « une partie de jambes en l'air spectaculaire ». C'était tombé comme ça.

Après son départ, j'augmentai le volume de la télévision en espérant ne rien entendre des joyeuses retrouvailles qui risquaient de résonner dans le couloir. Je zappai fébrilement pendant deux heures. Enfin, je fus récompensée en découvrant une rediffusion de *The Princess Bride*. C'était pile le film qu'il me fallait pour cette soirée pourrie. Je m'allongeai sur le sofa, mes attelles et mon fauteuil de côté, et me laissai emporter par cette histoire familière.

## HARTLEY

Quand mon téléphone sonna, je savais que c'était ma mère. Elle appelait toujours à vingt heures trente le jour de mon anniversaire. J'étais né le soir, en plein *Melrose Place*. Avant ma naissance, ma mère ne ratait jamais un épisode de ce feuilleton sentimental sur des enfants gâtés d'Hollywood.

Quand elle m'avait eu, elle était encore plus jeune que les acteurs de la série.

— Salut maman, dis-je en décrochant.

— Joyeux anniversaire, mon cœur. S'il te plaît, ne bois pas vingt-et-un verres ce soir.

J'éclatai de rire.

— Je te promets de ne pas boire vingt-et-un verres. Ni même vingt. Je m'en tiendrai sans doute à dix-neuf.

— Ce n'est pas drôle, Hartley. Tu pourrais mourir.

— Je ne boirai pas beaucoup. C'est promis.

Juste une demi-bouteille de champagne.

— Sois prudent, mon cœur. Moi aussi, j'ai été jeune.

— Tu l'es toujours, maman.

Elle aurait tout juste quarante ans au printemps. Ma remarque la fit rire.

— Je t'aime, Adam Hartley.

— Je t'aime aussi, maman.

Nous raccrochâmes et je consultai de nouveau l'horloge. Je commençais à me sentir impatient. Stacia m'avait vaguement donné son programme. Elle était arrivée à l'aéroport JFK dans l'après-midi, mais elle restait en ville pour boire quelques verres d'adieu avec ses camarades de classe. Je lui avais posé la question, mais elle ne m'avait pas dit quand elle comptait arriver.

Elle me faisait souvent le coup et je savais que c'était volontaire. C'était le genre de fille qui comprenait l'intérêt de se faire désirer. Bon sang, elle avait pratiquement inventé le concept elle-même. Le pire, c'était que ça *marchait*. Chaque fois que je l'attendais, j'en venais à me demander si elle voulait encore de moi. Quand on désirait Stacia, il fallait être conscient qu'elle restait toujours inaccessible. J'avais envie d'elle pour la même raison qu'elle avait envie de ces robes de créateur – parce qu'elles n'étaient vendues *qu'*en Italie, et nulle part ailleurs. Par conséquent, elle *devait* les posséder et parader ainsi vêtue devant tout le monde.

Et puis merde, peu importe ce que cette attitude révélait à *son* sujet. Qu'est-ce qu'elle révélait sur *moi* ?

Je me levai et me mis à faire les cent pas dans ma chambre, ce qui n'était pas évident avec le pied dans une attelle. Cling. Cling. Cling. Ce soir-là, je me sentais parfaitement ridicule.

Ce serait bizarre de revoir Stacia après des mois d'absence. Bien sûr, j'avais hâte, parce que la Stacia longue distance était loin d'être aussi attirante que la vraie, en chair et en os. Pour tout dire, j'appréhendais un peu de reprendre ma vie avec elle. C'était comme une chanson dont j'aurais oublié l'air. Il me fallait l'entendre pour me rappeler ce qui m'avait plu en elle.

Pourtant, avec les chansons, ce n'était jamais vraiment le cas. Même si on oubliait les paroles, la mélodie restait toujours gravée dans votre âme.

Bah, je réfléchissais trop. Beaucoup trop. Il n'y avait personne pour mettre un frein à mes élucubrations. La soirée avançait et mon attente impatiente commençait à se muer en déception. Stacia ne viendrait pas et, au fond, ça ne me surprenait pas vraiment. Le plus étrange, c'était que j'avais l'impression d'être un sale enfoiré. Comme si je me devais d'être surpris. Comme si je me devais de m'en soucier davantage.

Ainsi, quand le texto de Stacia arriva enfin, il me fit l'effet d'un pétard mouillé. *Désolée, Hartley. Je suis coincée ici ce soir…*

Bla, bla, bla.

Il me fallut à peu près trois secondes pour jeter le téléphone et me lever. De l'autre côté du couloir, il y avait quelqu'un que j'avais envie de voir – quelqu'un dont la présence était toujours agréable. Sans trop réfléchir, je pris la bouteille dans ma main et me dirigeai vers la porte.

## COREY

Alors que l'homme en noir s'asseyait avec Vizzini devant le vin empoisonné, j'entendis la porte de notre chambre s'ouvrir. Je m'attendais à entendre Dana lancer son salut habituel et je ne pris pas la peine de me redresser ni de me retourner. Mais au lieu de sa voix, je perçus le bruit caractéristique des béquilles sur les lattes du plancher. Il avançait lentement, c'était le bruit sourd et hésitant de quelqu'un qui boite, sans doute les bras trop chargés pour tenir correctement ses béquilles. Mon cœur bondit dans ma poitrine. Ma fée d'espoir revint à la vie et se mit à me chatouiller de ses petits pieds en dansant sur mon ventre.

— Bon sang, Callahan, tu pourrais m'aider !

Je gardai les yeux sur l'écran une demi-seconde de plus, comme si je n'avais pas déjà vu le film deux douzaines de fois. Lorsque je me redressai, je m'empressai de récupérer les deux verres suspendus au bout de ses doigts. Sous son autre bras était calée une élégante bouteille de champagne.

Hartley ne prononça pas un mot de plus. Il se contenta de s'avancer en clopinant comme si c'était tout naturel d'entrer dans ma chambre alors qu'il était censé être en train de s'envoyer en l'air avec Stacia pour rattraper le temps perdu. Il laissa glisser la bouteille près de moi sur le canapé. Puis il contourna la table basse pour venir s'asseoir de l'autre côté. Il se pencha vers moi, souleva l'une de mes jambes, puis l'autre, avant de passer les siennes en dessous pour reposer mes cuisses sur son genou. Il hissa sa jambe cassée sur la table et allongea le bras par-dessus mon corps pour récupérer la bouteille.

Tandis que je regardais l'homme en noir s'élancer à la recherche de sa princesse, Hartley se mit à tordre le fil de fer qui maintenait la bouteille fermée. Un instant plus tard, j'entendis la joyeuse détonation d'un bouchon expulsé avec doigté, suivie du crépitement du champagne dans les verres.

— Callahan, dit-il d'une voix grave et virile.

Je me redressai pour accepter son verre et posai les jambes sur la table basse à côté de la sienne.

— Tu mets ça quelque part ? demanda-t-il en me tendant la bouteille.

Sans lui répondre, je me penchai pour la poser par terre à côté de moi.

Lorsque je me remis en position, mes épaules rencontrèrent son bras, qu'il avait passé derrière moi sur le dossier. Il ne le retira pas et je m'adossai doucement contre lui. Hartley poussa un profond soupir, de défaite et de frustration mêlées.

— À la tienne, Callahan, dit-il.

Nous trinquâmes et j'évitai instinctivement son regard. Je ne voulais pas l'interroger sur ce brusque revirement de situation. Il était censé transpirer en compagnie de sa splendide petite amie, et au lieu de cela, il était assis avec moi devant un énième film.

*Mais c'est tellement agréable !* riait ma petite fée d'espoir, rayonnante, en tapant dans ses mains.

Je bus une gorgée de champagne.

— Waouh, m'exclamai-je.

C'était à la fois doux, piquant et délicieux. Si le luxe avait un goût, c'était celui-ci.

— C'est fin, n'est-ce pas ? fit-il d'un ton las.

— C'est délicieux, Hartley. Mais tu le trouves peut-être un peu… amer ?

Je le regardai alors dans les yeux pour la première fois et je lui fis un clin d'œil.

Il soupira.

— Le vin est bon, Callahan. C'est objectivement bon. Dans ma famille, on dirait que c'est de la gnôle de première catégorie. Chez Stacia, ils ont tout un dictionnaire de mots pour le décrire. Tu devrais entendre son père faire des discours sur les grands crus.

Hartley renifla.

— Ça m'a l'air passionnant, ricanai-je.

Soudain, je me sentis coupable de les critiquer sans même les avoir rencontrés et j'ajoutai :

— Quoi qu'il en soit, cette fille a décidément bon goût.

Mon commentaire était un peu trop audacieux, car il dévoilait mes sentiments pour Hartley.

— Désolée qu'elle t'ait posé un lapin.

Il secoua la tête, visiblement dégoûté.

— Elle se pointera demain, avec tout un tas d'excuses. Comme toujours.

Il but une autre gorgée et se tourna vers le film. Ensemble, nous regardâmes Wesley dévaler la colline en hurlant : « *Comme… vous… voudrez !* » à Bouton d'Or.

Bon sang, c'était le moment parfait de ce film parfait. Les petites fées d'espoir du monde entier se délectaient sans doute de cette scène comme d'un nectar. Appuyée contre le corps chaud d'Hartley, je sirotais mon champagne, plus rapidement que je ne l'aurais voulu. Mais c'était si bon que je ne pouvais m'en empêcher.

— Un autre ? demanda-t-il au bout d'un moment.

Je me penchai pour prendre la bouteille et la vidai en remplissant nos deux verres.

— Joyeux anniversaire, lui dis-je. Je ne pense pas te l'avoir souhaité.

Il fit tinter son verre contre le mien.

— Merci, Callahan.

— Je t'ai acheté un cadeau, lui annonçai-je. Ça craint si j'ai trop la flemme pour me lever et aller le chercher tout de suite ?

En guise de réponse, il m'attira un peu plus contre lui sur le canapé. Son contact me rendait folle. Dans mon dos, il jouait négligemment avec le bout de ma queue de cheval tout en regardant le film.

— J'adore ce passage, dit-il, le sourire dans la voix. Les Rongeurs de Taille Inhabituelle.

Alors que Bouton d'Or traversait en hurlant le marais de feu, la main d'Hartley vint se loger sur ma nuque. Ses doigts et son pouce me frottaient lentement le cou et la naissance de mes cheveux.

Oh, enfer et damnation.

En dépit de la scène délirante qui se déroulait à l'écran, je fermai les yeux et me laissai happer par la douceur de son toucher. J'aurais dû me détendre, mais son massage crânien produisait l'effet inverse. On aurait dit que la peau de ma nuque avait développé un nombre incalculable de terminaisons nerveuses. Partout où ses doigts se déplaçaient, une décharge électrique parcourait ma colonne et se propageait dans tout mon corps. J'avais une conscience aiguë de ma propre respiration. Mon deuxième verre de champagne coula dans ma gorge tandis que j'essayais de convaincre les battements de mon cœur de retrouver un rythme normal.

Puis, alors que je me reprochais ma stupidité, Hartley retira son pouce d'une zone particulièrement sensible derrière mon oreille. J'avais beau être légèrement éméchée, l'étonnement me saisit lorsqu'il se pencha vers moi et posa ses lèvres à l'endroit où son pouce se trouvait quelques instants plus tôt. La sensation de sa bouche contre mon cou manqua de me faire sauter au plafond. Ses lèvres humides se pressèrent contre mon corps. Lentement, son baiser dériva vers ma clavicule, sa langue me brûlant sur son passage.

Je voulais paraître détendue, mais je ne parvins qu'à me fondre contre son torse. Mon souffle m'échappa en un soupir tremblant.

Ce fut à ce moment que j'entendis son petit rire et je compris qu'Hartley avait parfaitement conscience de l'effet qu'il me faisait.

Même si mes seins se gonflaient de désir, je trouvai la force de parler :

— Bon sang, mais qu'est-ce que tu fais, Hartley ?

— L'idée m'a paru bonne sur le moment, me dit-il sans retirer ses lèvres de mon cou. Et c'est toujours le cas.

Je bus la dernière goutte de champagne pour essayer de gagner du temps tandis qu'entre mon cerveau et mon corps, le débat faisait rage.

Hartley me prit le verre des mains et le posa sur le coffre.

— Écoute, chuchota-t-il. Tu peux me gifler tout de suite et me dire que je suis un connard de venir te faire des avances alors que ma copine m'a planté. Et nous regarderons Billy Crystal ramener Wesley à la vie.

Il vida son propre verre d'un trait.

— Ou tu peux aussi m'embrasser, Callahan.

Sa voix était rauque et chaude. À ces mots, je tournai la tête vers lui. On décelait un certain amusement dans son regard, mais aussi une gravité que je lui avais toujours connue. C'était mon ami, peut-être mon ami le plus cher, et je ne pouvais pas avoir peur de lui.

— Pourquoi compliquer notre amitié ? murmurai-je.

— Tu la trouves simple, honnêtement ? répliqua-t-il.

Je ne comprenais pas ce qu'il voulait dire, mais mon cerveau était trop embrouillé pour s'y pencher. Hartley et moi nous dévisageâmes longuement sans parler. Puis il prit mon visage entre ses mains, m'effleurant si délicatement que mon cœur se serra à son contact. Enfin, les mois que j'avais passés à attendre qu'il m'embrasse me submergèrent. Je fermai les yeux et ses lèvres se posèrent sur les miennes. Elles étaient aussi douces que je les avais toujours imaginées – sa bouche parfaite pressée langoureusement contre la mienne. Ses lèvres s'écartèrent, m'entraînant dans leur mouvement, et je réprimai un cri de bonheur.

J'avais déjà été embrassée, du moins c'était ce que je croyais. Mais les baisers d'Hartley étaient d'un genre radicalement nouveau pour moi. Ses lèvres étaient à la fois tendres et avides. En glissant lentement contre la mienne, sa langue effaçait tout mon embarras. Bientôt, Hartley empoigna mon corps frémissant sous les bras et me hissa contre lui. Il posa sa jambe valide sur le canapé et appuya la tête contre l'accoudoir rembourré. Je sentais son corps sous le mien – ferme et chaud – et c'était divin. Ses grandes mains se refermèrent derrière ma tête pour prendre le contrôle de notre baiser. Il savourait ce moment, titillant ma lèvre inférieure du bout des dents tout en caressant lentement ma langue avec la sienne. Je ne voulais pas que notre étreinte se termine.

Jamais.

En fond sonore, l'action de *The Princess Bride* arrivait à son terme dans un bouquet final, mais je l'entendais à peine. Hartley avait un goût de champagne et de pure virilité. Ses baisers n'avaient rien à voir avec les plaquages mouillés que j'avais reçus au lycée.

— Callahan, dit-il enfin alors que je reprenais mon souffle, toute pantelante.

— Hmm ?

— Tu, euh… tu te frottes contre moi.

Mortifiée, je m'écartai.

— Désolée.

Il ajusta son cou sur l'accoudoir du canapé.

— En fait, j'adore. Mais je ne pense pas que tu le ferais si tu ne *sentais* rien.

— Oh, dis-je.

*Oh.*

Il me sourit, puis il fit courir une main le long de mon buste, entre nos deux corps, avant de la glisser sous la ceinture de mon pantalon de yoga.

— Hartley ! glapis-je en lui saisissant le poignet.

Il planta son regard dans le mien.

— Tu n'as pas envie de savoir ?

— C'est juste que…

Mon souffle était saccadé et j'avais la poitrine comprimée dans un étau. Je repoussai sa main et pris une profonde inspiration.

— Callahan, fit-il d'une voix grave et sérieuse. As-tu fait des... recherches sur le sujet ?

Je secouai la tête et il écarquilla les yeux.

— Mais tu t'inquiétais à ce propos justement. Peut-être pour rien, en plus !

Je posai ma tête contre son épaule et enfouis mon visage dans son cou. Son odeur me bouleversait, il sentait tellement Hartley... mais de plus près, cette fois.

Ses mains me caressaient les cheveux et ce simple geste me remplissait de joie.

— Aucune recherche ? demanda-t-il.

J'entendis ses paroles vibrer à travers son torse.

— Notre ami Digby n'a pas eu droit à un peu d'amour ?

Je souris, le visage dissimulé dans le col de son t-shirt. Je n'avais abordé ce sujet avec personne d'autre. Et c'était la chose la plus gênante du monde.

— Vraiment, Callahan ? insista-t-il, refusant de changer de sujet. Tu es intrépide sur tout le reste. Tu suis tes cours de rééducation comme un Marine de l'armée, tu envoies balader les infirmières à l'hôpital. Tu me mets en permanence le nez dans mes propres conneries. Et ce petit détail, tu es incapable de le tirer au clair...

Je levai la tête.

— Ce n'est pas un détail, rectifiai-je.

Il tourna le menton de quelques degrés dans ma direction et, une fois de plus, nos visages se retrouvèrent à un centimètre l'un de l'autre.

— Je te demande pardon, dit-il d'une voix grave.

Puis il colla ses lèvres contre les miennes et glissa sa langue dans ma bouche. Notre baiser fut long et tendre, et si j'avais pu sentir mes genoux, je me serais rendu compte qu'ils s'étaient complètement liquéfiés.

Soudain, des éclats de voix dans le couloir me ramenèrent à la réalité. Je me crispai en me sentant brusquement vulnérable, allongée dans les bras d'Hartley, mon ego fragile exposé aux yeux de tous.

— N'importe qui pourrait entrer, chuchotai-je.

— C'est vrai, répondit-il.

Hartley tendit un bras vers le plancher, où il trouva l'une des béquilles. Il bascula ses jambes sur le sol. Je commençai à glisser, mais son autre bras me rattrapa sous les fesses.

— Tiens-toi bien, dit-il.

Son torse se souleva et je compris qu'il ne plaisantait pas. Je m'accrochai à son cou lorsqu'il se leva, soutenant tout mon poids d'un seul bras. Avant que je comprenne ce qui se passait, Hartley me portait jusqu'à ma chambre, clopinant sur une béquille et une jambe.

Le lit ne se trouvait qu'à cinq mètres, mais le risque n'en était pas moins grand.

— Oh, mon Dieu, m'écriai-je. Nous allons mourir.

Hartley marqua un temps d'arrêt pour me remonter le long de son corps.

— Tu es la première fille à me dire une chose pareille sur le chemin de la chambre.

# CHAPITRE 13
# COMME SI C'ÉTAIT MAL

## COREY

OH, *bon sang, yes !* hurla ma fée d'espoir lorsqu'Hartley me déposa sur mon lit et referma la porte. J'avais beau l'entendre haleter, à bout de souffle, il ne s'accorda aucune pause avant de passer ses bras puissants autour de moi pour reprendre là où nous nous étions arrêtés. Son baiser fut intense et pressant.

Mon cœur fit une pirouette dans ma poitrine lorsqu'il glissa les mains sous mon t-shirt pour le faire passer par-dessus ma tête. Puis, avec la dextérité à laquelle je m'attendais de sa part, il décrocha mon soutien-gorge à une main.

Je reculai.

— Qu'est-ce que tu fais ? dis-je dans un souffle.

— Tu as une question qui exige des réponses, me dit-il. Et il n'y aura jamais de meilleur moment pour les découvrir.

Tandis que je réfléchissais à ses paroles, il me reposa délicatement sur le lit. *Il n'y aura jamais de meilleur moment*, avait-il dit. Était-ce parce que nous venions de boire toute une bouteille de champagne ? Ou parce que Stacia allait rentrer ?

J'avais peur de connaître la réponse.

— Et puis…

Les pouces d'Hartley effleurèrent mes seins et je retins ma respiration.

— Je suis un spécialiste en la matière, souffla-t-il.

Sa langue atterrit sur mon téton. Il décrivit un léger cercle avant de poser sa bouche chaude sur mon sein pour le sucer doucement.

Oh, Seigneur.

J'entendis un grognement s'échapper de mes lèvres, et ce qu'il me restait de raison s'envola par la fenêtre.

— C'est bien, dit-il.

Cette fois, quand sa main glissa le long de mon corps jusque dans ma culotte, j'oubliai de céder à la panique. Il m'embrassa avec fougue, tandis que ses doigts prenaient une direction rarement explorée. Quand vous passiez la majeure partie de votre année de terminale dans un hôpital, vous n'aviez guère de temps à consacrer aux sorties et aux rendez-vous galants. Sa main se courba pour s'installer entre mes jambes. Je notai la sensation de ses doigts.

Il émit un petit rire contre mes lèvres.

— Callahan, chuchota-t-il. Donne-moi ta main.

Il entraîna ma main le long de mon torse et la glissa dans mon pantalon. Ma culotte était humide, tout comme mon corps à l'endroit où sa main dirigea mes propres doigts.

— Que la partie commence, murmura-t-il.

Il retira alors nos mains de mes vêtements et j'expirai enfin l'air que je retenais.

— C'est… amorçai-je, le cerveau au point mort.

— C'est encourageant, conclut-il à ma place. Mais tu as besoin d'en savoir plus, n'est-ce pas ?

Sans attendre que je lui réponde, il tira d'un coup sec sur mon pantalon de yoga.

— Waouh, lui dis-je. Pas si vite.

Je roulai sur le côté pour m'éloigner de lui.

Il laissa aussitôt retomber ses mains, avant de s'exclamer :

— Quelle poule mouillée !

Je me redressai sur un coude.

— *Quoi* ? Parce que je ne veux pas me laisser tripoter, tu en déduis que je suis une *poule mouillée* ? Va te faire voir, Hartley. Ce n'est pas parce que personne d'*autre* ne t'a jamais dit non que ça ne peut pas arriver.

Ses yeux pétillèrent d'amusement et je décelai dans son regard quelque chose d'autre, que je ne parvins pas à déchiffrer.

— Très bien. Si tu peux me dire bien en face que tu ne veux pas que mes mains expertes te touchent, fit-il en caressant ma poitrine à deux doigts, alors je ne te traiterai pas de poule mouillée.

Il se rapprocha de moi et déposa un tendre baiser sur mes lèvres.

— Je retirerai ce que j'ai dit.

Un autre baiser.

— Je dirai même : *Callahan n'est pas une poule mouillée.*

Il ponctua sa déclaration par un baiser langoureux. Lorsqu'il titilla mon téton avec son pouce, je sentis ma tête tourner.

— Dis-le, chuchota-t-il entre deux baisers. Dis-moi que tu ne veux pas aller un peu plus loin. Au nom de la recherche.

Je laissai tomber ma tête sur l'oreiller en poussant un souffle tremblant.

— C'est la soirée la plus bizarre de ma vie.

Il ricana et je sentis une secousse, avant de découvrir ma culotte dans sa main.

— Tu dis ça comme si c'était mal.

Il la jeta par terre, réalisant le fantasme que j'entretenais à son sujet depuis le mois de septembre. Dans mon imagination, par contre, nous faisions l'amour passionnément – ce n'était pas un coup d'un soir, et encore moins une expérience scientifique.

Je sentis sa main se refermer sur ma hanche.

— Ça, tu le sens, Callahan ?

Je hochai la tête, la bouche sèche. Il fit glisser sa main le long de mon quadriceps, que je sentis jusqu'au niveau des genoux.

— Et maintenant ?

Je secouai la tête.

— Intéressant, dit-il.

Je m'attendais presque à ce qu'il sorte un calepin pour commencer à prendre des notes. À vrai dire, il parlait exactement comme les médecins que je voyais à chaque visite. *Sentez-vous ceci ? Et ceci ?*

Soudain, plus rien ne me plut. Je repoussai sa main.

— J'ai l'impression d'être un rat de laboratoire.

Il s'écarta.

— Désolé, c'était une mauvaise approche.

Il se pencha vers moi et prit mon visage entre ses mains pour m'embrasser. C'était mieux. Mais le rapport de forces était encore déséquilibré. Je ployais sous le poids de ma propre vulnérabilité. Si c'était un match de championnat au hockey, je saurais quoi faire. J'oserais une manœuvre entreprenante pour récupérer l'avantage.

Me sentant acculée, je tendis la main vers la fermeture éclair de son jogging, au niveau de la hanche. Je la tirai vers le bas, aussi loin que possible.

Il interrompit notre baiser pour baisser les yeux avant de me regarder.

— Qu'est-ce que tu fais, Callahan ?

— Pourquoi suis-je la seule à être toute nue ?

— Eh bien…

Il hésitait.

— Je ne voulais pas en arriver là, tu sais, pour prouver mes intentions honorables.

— Hartley, fis-je en le regardant dans les yeux. Qui croirait que tes intentions sont honorables ?

Une émotion singulière se dessina sur son beau visage, aussitôt remplacée par un sourire.

— Tu marques un point, Callahan. Et quand il s'agit de me déshabiller, pas besoin qu'on insiste beaucoup.

Il fit coulisser la fermeture de son pantalon du côté de sa jambe cassée, puis il se rassit pour s'en débarrasser, emportant son boxer au passage.

J'essayai de ne pas fixer mon regard sur son érection. Elle était épaisse et belle, et je n'y étais pas pour rien.

Je levai les yeux vers son visage.

— Enlève ton t-shirt.

Il sourit en se tortillant pour le retirer.

— Callahan ne fait pas les choses à moitié.

Et... *bon sang de bois !*

La chambre n'était éclairée que par la veilleuse que mes parents avaient tant insisté pour installer. Mais sa lueur tamisée accentuait les ombres de ses pectoraux musclés et le fléchissement de son biceps sur lequel il s'appuyait. Son torse sculpté s'affinait vers sa taille mince et ses hanches. Mon intention était seulement de mettre le compteur à égalité, pour partager un peu ma gêne d'être nue. Mais voilà que je subissais un brusque retour de bâton. À présent, j'avais devant moi, étendu sur mon lit, l'homme nu le plus magnifique qui soit, pas embarrassé le moins du monde par la situation.

— C'est mieux ?

Ses fossettes me taquinaient. J'étais incapable de répondre.

Il était splendide et j'avais envie de me lover contre lui sans jamais refaire surface pour reprendre ma respiration. En cet instant, je me sentais plus vulnérable que jamais. Parce que j'avais *envie* de lui – envie de ça – plus que toute autre chose au monde, et que je ne devais pas le lui montrer. Pour Hartley, c'était une expérience, une distraction d'un soir comme une autre avec sa voisine Callahan. Sans vêtements, cette fois. Mais pour moi, cela signifiait tout, et c'était terrifiant. J'espérais qu'il n'arrivait pas à interpréter mon visage. Mon cœur cognait à tout rompre.

*Waouh ! Tu es peut-être une poule mouillée, après tout.* Ma fée d'espoir était réapparue. Elle portait de la lingerie en dentelle noire et faisait la moue. *Ce n'est pas le moment de paniquer*, insista-t-elle. *Ça commençait à devenir intéressant.*

L'ancienne Corey avait toujours aimé prendre des risques, c'était un capitaine d'équipe et une fille intrépide. Je n'avais jamais paniqué, même lorsqu'il ne restait qu'une minute de jeu et que le score était toujours à égalité. J'avais besoin de retrouver cette Corey-là, et vite.

Avant de réfléchir à ce que je faisais sous le coup de l'impulsion, je me hissai sur mes deux mains et me penchai vers la taille d'Hartley. Je fis alors quelque chose qu'il ne s'attendait pas à me voir faire, quelque chose que je n'avais encore jamais fait à personne.

Je le léchai.

C'était un seul coup de langue, taquin et bref, mais il eut exactement l'effet escompté. Les muscles de son ventre se contractèrent et, stupéfait, il agrippa le lit. Je l'entendis retenir sa respiration.

Je basculai alors dans ma position initiale et le défiai du regard.

— C'est pour m'avoir traité de poule mouillée.

Il riva son regard étonné sur le mien et expira fortement.

— *Seigneur*, Callahan. Punis-moi encore.

Je secouai la tête d'un air méchant. Pendant une seconde, nous nous regardâmes sans rien faire. Puis il tendit les deux bras vers moi et me hissa contre sa poitrine, passant sa langue sur ma lèvre inférieure. Les minutes qui suivirent m'entraînèrent dans un abandon total. Je m'abreuvai de ses baisers et me laissai aller contre sa peau douce. C'était délicieux, mais je savais que j'étais fichue. Jamais je ne parviendrais à me sortir cette nuit de la tête. Les baisers que nous avions échangés sur le sofa m'avaient déjà anéantie. Je ne me souciais plus de rien.

— Où est-il, Callahan ?

Hartley me posait une question, mais j'étais trop ivre de désir pour me concentrer.

— Quoi ?

— Où est-il ? Où as-tu rangé Digby ?

Lorsque mon cerveau se fut suffisamment oxygéné pour enfin comprendre la question, je secouai la tête.

— Hors de question.

— Oh, mais si ! répondit Hartley.

Il se pencha sur moi et ouvrit le tiroir de ma table de chevet.

— Il est là-dedans ?

— Hartley !

Je lui attrapai le bras, mais il était trop tard. Il tenait déjà la petite boîte dans sa main.

— Repose ça, lui dis-je. C'est vraiment trop bizarre.

Il secoua la tête.

— Non, au contraire. C'est amusant.

Il avait posé la boîte et ôté le couvercle. Il s'en empara et me le montra.

— Je suppose que tu n'as jamais utilisé ce genre de choses.

Je secouai la tête.

— Pourquoi le ferais-je ?

— Pourquoi ne le ferais-tu *pas*, tu veux dire ! Les femmes adorent ça. Mais…

Son sourire s'effaça et il me regarda dans les yeux.

— Toi, en particulier, tu devrais essayer. J'ai lu cet article…

Ma mâchoire se décrocha.

— Tu as fait des recherches sur Google à propos de mon problème ?

Il eut l'air tout penaud.

— Quand j'étudie, je vise toujours un A, Callahan. Il y avait cet article sur les femmes paraplégiques…

Je fermai les yeux.

— Moi aussi, je l'ai lu.

Des médecins avaient découvert que les femmes paralysées éprouvaient souvent plus de sensations *à l'intérieur* qu'à l'extérieur. Et devinez ce qu'avaient utilisé les patientes soumises à l'expérience pour le découvrir ?

— Alors tu devrais avoir envie d'essayer. Et pourquoi pas à l'occasion de la nuit la plus bizarre de ta vie ?

— Oh, mon Dieu, fis-je dans un souffle lorsque l'objet se mit à vrombir silencieusement dans sa main.

— Et maintenant, tu pourrais répéter ça en hurlant, dit-il en arquant ses sourcils.

— C'est une *machine*, protestai-je.

— C'est un *jouet*, rectifia-t-il. Tu vois ?

Il le pressa délicatement contre ma poitrine et je sentis un léger bourdonnement qui n'était pas désagréable.

Je le lui pris des mains et le posai sur sa poitrine. Puis, tout en le regardant, je le fis glisser le long de son corps, centimètre après centimètre. J'observais les réactions de son visage. Lorsque j'approchai de sa taille, son sourire s'estompa. Et quand j'effleurai le bout de son pénis, il ferma les yeux et bougea les hanches. J'alignai le vibromasseur avec son érection et il expira de plaisir.

Un instant plus tard, il afficha un grand sourire en gémissant :

— Oh... Monsieur Digby.

Je lâchai le vibro en m'esclaffant. Ses yeux s'ouvrirent et il le récupéra sur le lit pour l'éteindre. Je ne parvenais pas à m'arrêter de rire. Quelque chose s'était débloqué dans ma poitrine et le nœud d'angoisse que j'avais apporté dans le lit avec moi se dissipa. Je roulai sur le dos et regardai le plafond en gloussant toujours.

Hartley se rapprocha alors de moi et posa son épaule sur la mienne. Sa bouche souriante se referma sur mes lèvres et mon rire s'interrompit. Il ne m'embrasserait jamais trop. Ce que j'avais de mieux à faire, c'était de mémoriser la forme de ses lèvres sur les miennes, la manière dont il suçait délicatement ma langue. J'avais du mal à me soucier de quoi que ce soit sous ses baisers. Cette fois, je me gardai de paniquer lorsque sa main glissa le long de mon corps. Je sentis ses doigts s'écarter entre mes jambes. Je les sentais *vraiment*. En en prenant conscience, j'eus envie de crier de joie.

— D'accord, dis-je en tremblant.

J'entendis alors le vrombissement paisible du jouet. Il le plaça contre mon corps. C'était différent de tout ce que j'avais ressenti auparavant. Comme une onde de plaisir.

— Oh, dis-je tandis que les muscles de mon ventre se contractaient.

— C'est ça... chuchota-t-il, tout près de moi.

Son érection effleura ma main et je refermai les doigts autour de lui. Cette initiative arracha à Hartley un grognement satisfait. Je commençai à le caresser. Son souffle resta suspendu et un râle monta du fond de sa gorge. C'était un bruit sourd très excitant.

Hartley n'était pas distrait au point d'en oublier sa mission. Le petit vibromasseur glissait toujours vers le bas. Je retenais ma respiration.

— D'accord ? demanda-t-il dans un souffle.

Je hochai la tête. J'étais d'accord. Un courant de sensations se mit à converger vers mon bas-ventre avant de se propager dans tout mon corps. Je me repliai derrière mes paupières closes. Au fur et à mesure qu'Hartley me touchait, le monde se réduisait à la taille de nos deux corps. Je continuai à titiller Hartley du bout des doigts et nos baisers se firent mouillés et négligents. Il y eut un petit déclic, un léger ajustement du jouet, et l'ondulation agréable entre mes jambes s'emballa.

— Oh, sursautai-je.

— Ce n'est pas trop fort ?

Je ne pus même pas lui répondre. La seule chose dont j'étais capable, c'était d'incliner mon corps encore plus près de ses mains.

— Oh, soufflai-je de nouveau.

Je commençais à voir de petits points devant mes yeux. Puis le fourmillement sembla s'épanouir et je sentis une explosion d'étoiles entre mes jambes. Quels que soient les bruits que je produisais en cet instant, je n'entendais rien.

— *Oh oui*, entendis-je Hartley haleter.

J'eus la présence d'esprit de resserrer plus fermement mes doigts paresseux autour de son sexe. Mes caresses s'accélérèrent et il émit un cri étouffé. Enfin, il murmura :

— Callahan, je…

L'instant d'après, un liquide chaud jaillit contre ma hanche et entre mes doigts. Je baissai une dernière fois ma main humide autour de lui et un tressautement satisfaisant secoua ses hanches.

Quelques secondes plus tard, le bruit du vibromasseur s'arrêta lorsqu'Hartley l'éteignit. Seules nos respirations essoufflées résonnèrent dans le silence. Hartley posa un bras délicieusement musclé sur ses yeux. Profitant qu'il ne pouvait pas surprendre mon regard, je contemplai son corps, son large torse qui se soulevait et s'abaissait, et son membre fléchissant incliné vers mes draps.

*Waouh.* Je prenais peu à peu la pleine mesure de ce que nous venions de faire. Les doigts tremblants, je pris un mouchoir sur la table de chevet et m'essuyai la hanche.

— Désolé pour ce bazar, dit-il d'une voix tendue.

Il se couvrait toujours les yeux.

— Ce n'est rien, murmurai-je.

Il ne me regardait pas et je commençais à me demander pourquoi. J'écartai son bras de son visage, mais il tourna le menton en direction du mur.

— Mais qu'est-ce que… ? C'est *maintenant* que tu éprouves des remords ?

Il eut un petit rire.

— Pas du tout, Callahan.

— Alors qu'est-ce qui se passe ?

En soupirant, il tendit les bras vers moi et attira mon corps contre le sien pour me serrer sur son torse. Lorsque je baissai les yeux, je fus étonnée de voir les siens briller. Il surprit mon regard et ferma aussitôt les paupières.

— C'est juste que… Je suis content pour toi, murmura-t-il. C'est un problème de moins.

Mon cœur était sur le point d'exploser, pour une dizaine de raisons contradictoires. Batifoler avec Hartley avait été un merveilleux moment, et Dieu sait que j'étais encore éblouie. Mais rester dans ses bras était la meilleure chose au monde et je ne pouvais pas le lui dire. *Je t'aime, Hartley.* J'avais les mots sur le bout de la langue, mais je les ravalai. Au lieu de cela, je me contentai de dire :

— Merci pour cette recherche totalement désintéressée que tu as menée pour moi.

Il s'éclaircit la voix.

— De rien. Et ma queue te remercie de l'avoir laissé jouer un peu.

Mon cœur se serra, car ce n'étaient pas les mots d'amour dont j'avais désespérément besoin. Je répondis par une plaisanterie, comme toujours quand la situation devenait trop sérieuse.

— Tous les hommes parlent-ils de leur queue à la troisième personne ?

Hartley leva ses beaux yeux vers le plafond d'un air pensif.

— Je crois, oui.

Nous restâmes allongés en silence tandis que nos cœurs retrouvaient leur rythme de croisière. Hartley caressait mes cheveux contre son torse et j'essayais de ne pas m'inquiéter pour la suite.

— J'aimerais te poser une question, dis-je.

À ces mots, son visage afficha un air méfiant et je m'empressai de poursuivre :

— Hartley, quels sont *tes* problèmes, au juste ? Parce que tu ne me l'as jamais dit.

Il ricana.

— Tu t'en es rendu compte ?

— Oui.

Il bougea pour se tourner précautionneusement sur le ventre, repliant les bras sous son menton. Nos peaux ne se touchaient plus.

— Le truc, Callahan, c'est que je ne crois pas pouvoir parler de ça ce soir.

— *Ah bon ?* fis-je en me couchant à mon tour sur le ventre. Alors tous *mes* problèmes sont exposés, mais pas les tiens ?

Ça ne me paraissait pas juste.

— Tu es fourré jusqu'au cou dans mes affaires… protestai-je.

Je plaquai brusquement ma main contre ma bouche, sans parvenir à étouffer mon éclat de rire.

— Quoi ?

J'enfouis mon visage dans mes mains.

— Je ne peux pas croire que je viens de dire : *tu es fourré jusqu'au cou dans mes affaires.*

Hartley pouffa. Bientôt, nous fûmes tous les deux pris de fou rire, l'un à côté de l'autre. On aurait dit l'une de nos nombreuses soirées en tête à tête, si ce n'est que nous étions nus.

Soudain, j'entendis Dana ouvrir la porte de l'appartement. Hartley et moi nous dévisageâmes, la main devant la bouche. Lorsque Dana traversa la salle commune et éteignit la télévision, un rire silencieux nous secoua. Enfin, nous entendîmes l'eau couler dans la salle de bain. Nous étions parvenus à nous calmer, mais nous cherchions toujours notre respiration en réprimant les derniers assauts d'une hilarité incontrôlable.

Bientôt, le silence retomba dans l'appartement. Dana était allée se coucher.

Hartley prit une profonde inspiration.

— Je crois que c'est à mon tour de filer, dit-il.

Lentement, il se redressa, trouva son boxer sur le sol et le passa en se tortillant.

*Non !* avais-je envie de lui crier. Mais je dus retenir ma langue. Je ramassai son t-shirt et le lui tendis, avant d'enfiler mon propre haut à la hâte. Je ne voulais pas qu'il me voie me rhabiller, car c'était un processus terriblement laborieux. Je tirai sur mon corps la couverture pliée au pied du lit.

— Avant de partir, tu pourrais, euh… ramener mon fauteuil dans ma chambre ? Sinon je suis un peu coincée.

Il ouvrit grand les yeux.

— Merde, je suis désolé.

Je lui adressai un sourire que je voulais assez serein pour être convaincant.

— Ce n'est rien. Je ne comptais aller nulle part, de toute manière.

Il poussa un soupir et je sentis que c'était précisément à cet instant que tout devenait bizarre.

Hartley sortit en clopinant dans le salon et récupéra sa seconde béquille avant de tirer mon fauteuil jusque dans ma chambre. Lorsqu'il m'eut rejoint, il s'assit au bord du lit.

— Bonne nuit, Callahan, dit-il en posant une main sur mon genou dissimulé sous la couverture.

Je ne sentis pas sa caresse, mais ce n'était pas faute d'en avoir envie.

— Bonne nuit, Hartley, murmurai-je.

Il se pencha vers moi et déposa un rapide baiser sur mon nez. Son visage était grave, presque triste.

— On se voit au petit déjeuner demain ?

— Oui, répondis-je lorsqu'il se leva pour partir.

*Et ça ne sera pas bizarre du tout.*

Une fois que la porte se fut refermée, je restai un moment allongée sans dormir. Il me manquait.

# CHAPITRE 14
# TU N'EMBRASSES PAS TA COPINE ?

## COREY

LE LENDEMAIN MATIN, on frappa de petits coups sur ma porte. La voix de Dana chuchota :

— Euh, Corey ? Je peux entrer ?

— Bien sûr, répondis-je en bâillant.

Il se faisait tard, mais je ne pouvais me résoudre à affronter la journée.

Elle entra dans ma chambre en regardant autour d'elle comme si elle s'attendait à découvrir autre chose.

— Alors… mais qu'est-ce qui s'est passé ?

*Oh, oh.*

— Passé ? demandai-je, le visage se fendant d'un sourire coupable que je n'arrivais pas à éviter.

Elle leva les yeux au ciel.

— Allez, crache le morceau. Parce que tu es grillée.

Dana se précipita vers moi et s'assit au pied du lit.

— Quand je suis rentrée hier soir, ton Cœur d'Hartichaud avait laissé l'une de ses béquilles sur le sol du salon, et maintenant elle a disparu. Il était *ici* ?

J'enfouis mon visage dans mes mains.

— Il n'est pas resté longtemps.

Dana me prit les poignets et les baissa.

— Sérieusement ? Sa copine l'a laissé en plan alors il traverse le couloir pour faire des galipettes avec toi ? Et où est-il maintenant ?

J'expirai. Dans sa bouche, notre soirée sonnait comme quelque chose de mal.

— Présenté comme ça…

— Y a-t-il une autre façon de le présenter ? Va-t-il rompre avec elle ou s'attend-il à ce que tu deviennes son plan cul ?

— Dana ! Ce n'est pas aussi terrible que ça en a l'air. Tu aimes bien Hartley.

Elle avait l'air triste.

— Je l'aime bien. Et je pense qu'il… commença-t-elle en s'installant plus confortablement. Je ne sais pas quoi penser. La manière dont il te regarde, parfois…

Elle secoua la tête.

— C'est juste que je ne lui fais pas confiance. On dirait qu'il y a un bon Hartley et un mauvais, et qu'ils sont toujours en conflit. Je ne veux pas que tu te retrouves prise entre deux feux.

— Oui, fis-je. Mais il y a un élément que tu ignores dans cette histoire.

Elle se redressa vivement.

— Quoi ?

— Eh bien, commençai-je avant d'avaler ma salive. Je lui avouai quelque chose il y a plusieurs semaines, et…

Elle me dévisagea d'un regard interrogateur.

— Qu'est-ce que c'est ?

Je pris une profonde inspiration et j'entrepris de le lui raconter. Du moins, une bonne partie.

— Dis donc… fit-elle en se frottant les tempes. C'est l'histoire la plus bizarre et la plus romantique que j'aie jamais entendue. Il t'a convaincue de faire des folies pour que tu puisses découvrir si tu es capable de… ?

J'acquiesçai.

— … et ça a fonctionné ?

Mon visage vira au rouge.

— Un peu, que ça a fonctionné !

Dana éclata de rire.

— Oh, mon Dieu. Et ensuite ?

Je pris une profonde inspiration.

— Ensuite, il a eu les larmes aux yeux. Et il est parti.

Elle ouvrait des yeux comme des soucoupes.

— Je ne sais pas du tout quelles conclusions en tirer. Mais ce que je sais, c'est que tu es dans de beaux draps.

— Pourquoi ? gémis-je, même si je connaissais déjà la réponse.

— Parce que tu viens d'échanger une peine de cœur contre une autre. Maintenant tu sais à quel point ça peut être bon, seulement il n'y a qu'avec *lui* que tu as envie de vivre ça. As-tu la moindre idée de ce qui va se passer à présent ?

C'était la question que je cherchais à éviter depuis que j'avais ouvert les yeux ce matin.

— Je crois qu'il ne va rien se passer du tout. Stacia va revenir et Hartley et moi, nous ferons semblant de ne jamais rien avoir fait ensemble.

Je déglutis.

— Ça va être l'horreur, n'est-ce pas ?

Dana hocha la tête.

— L'horreur puissance mille.

Elle regardait le plafond.

— Tu sais que sa mère m'a posé des questions sur vous deux ?

— *Sérieux* ?

Je me penchai en avant.

— Qu'a-t-elle dit ?

— Nous faisions la vaisselle et elle a voulu savoir si vous étiez… « un couple », fit-elle en esquissant des guillemets avec ses doigts. Quand je lui ai dit que non, elle a paru très déçue. Puis elle a ajouté : « Pour un garçon intelligent, il se comporte parfois comme un idiot. » Je ne suis pas la seule à penser qu'il y a quelque chose.

Je secouai la tête.

— Sa mère déteste vraiment Stacia, c'est tout. Ça ne veut rien dire.

— Si tu le dis.

Dana se leva.

— Allons prendre le petit déjeuner.

— Seulement si tu promets de ne pas sourire à Hartley. S'il croit que je raconte ma vie à tout le monde, je suis *foutue*.

— Ça ne va pas être facile. Mais pour toi, j'essaierai.

Nerveusement, je suivis Dana au réfectoire de la résidence Beaumont quarante minutes plus tard. Je m'étais attardée en espérant qu'il n'y serait plus. Nous arrivâmes en retard et Dana grommela en constatant qu'il n'y avait plus de saumon fumé pour nos bagels.

Je vous le donne en mille, j'aperçus tout de suite Hartley. Seule l'une des grandes tables était occupée par les joueurs de hockey. Hartley était assis au centre. Avant que je puisse détourner le regard, il m'adressa un petit clin d'œil.

— J'ai remarqué, chuchota Dana.

— Arrête, grognai-je. Allons nous asseoir près de la fenêtre.

Dana fit glisser notre plateau sur la table d'une banquette et j'ouvris devant moi les mots croisés d'un journal que j'avais eu la bonne idée d'apporter.

— Horizontalement, « demi-pinte », dis-je. J'aurais bien mis « tasse », mais c'est en quatre lettres.

— J'ai grandi avec le système métrique, se plaignit Dana. Quelle est la suivante ?

Elle mordit dans son bagel.

— Un résident actuel d'Elbe, dis-je. En six lettres.

— La Syrie ! annonça Dana.

— Syrien, rectifiai-je. C'est bien, on avance.

Je griffonnai notre indice. Lorsque je levai la tête vers Dana, je remarquai qu'elle tendait l'oreille.

— Quoi ? chuchotai-je.

Elle secoua la tête.

— Je me demande ce qu'il leur a raconté, fit-elle en désignant du menton la table d'Hartley. Quand ils lui ont demandé comment s'était passée sa soirée d'anniversaire. Tu ne crois pas qu'il leur a dit…

Je secouai la tête.

— Il ne s'en vanterait pas.

Dana acquiesça lentement.

— Tu as raison. Je ne comprends toujours pas ce qu'il y a entre vous deux, mais je ne l'imagine pas en train de colporter des ragots.

Elle sirotait son café.

— Il tient trop à toi.

*Pas nécessairement*, songeai-je en me remémorant la rapidité avec laquelle il avait filé, la veille au soir.

— Dana, dis-je à voix basse. Il ne le dira pas parce que personne ne se vante de s'être envoyé la fille en fauteuil roulant.

Elle reposa sa tasse.

— Corey ! Tu ne le penses pas.

Évidemment que je le pensais, à cent pour cent. Les types se vantaient d'avoir couché avec des filles qu'ils pouvaient brandir en trophées. Des filles comme Stacia. À l'instant où cette pensée se formait dans mon esprit, le visage de Stacia apparut sous l'arche de l'entrée. La stupéfaction devait se lire sur mes traits, car Dana se retourna pour regarder par-dessus son épaule.

Cette fille était encore plus splendide que dans mes souvenirs, si tant est que ce fût possible. Ses longs cheveux couleur miel tombaient en cascade sur ses épaules. Son visage parfait de mannequin arborait un maquillage tel qu'on n'en voyait jamais à la cafétéria un samedi matin pendant les examens de fin d'année. Elle portait un pull noir moulant à col roulé sur une jupe en laine à carreaux qui lui arrivait à mi-cuisse. Ses bottes en daim noires à talons hauts lui couvraient les genoux. Entre les bottes et la jupe, on apercevait quinze centimètres de jambes douces et lisses.

Ses foutues jambes parfaites.

Dès que Stacia eut repéré Hartley, son visage s'illumina et elle traversa la salle d'une démarche altière dans sa direction. Le silence se fit autour de la table et je fus incapable de détacher mon regard. Rayonnante, elle contourna sa chaise.

— Alors, tu n'embrasses pas ta copine, Hartley ? dit-elle d'une voix affectée.

Elle était au centre de l'attention, et elle le savait.

Dans le silence général, Hartley l'imita :

— *Tu n'embrasses pas ta copine, Hartley*. Ma copine, je ne sais pas, mais toi, je veux bien.

Ses amis éclatèrent de rire. Puis, sous les yeux de tout le monde, il repoussa sa chaise et se leva. Stacia prit son visage entre ses mains et l'embrassa à pleine bouche.

Il lui rendit son baiser.

Alors que ses amis les applaudissaient, il posa les mains de part et d'autre de son visage et ferma les yeux. Leur baiser s'éternisait.

Le monde se mit à tournoyer autour de moi jusqu'à ce que Dana me pince la main.

— Corey, dit-elle à voix basse. *Respire*.

C'était difficile, car j'avais l'impression qu'un étau me broyait la poitrine.

— Tu veux qu'on s'en aille ? demanda-t-elle.

Je m'efforçai de garder les yeux rivés sur Dana.

— Non.

Ce serait trop flagrant si je me levais et me ruais hors de la salle. Je regrettais que le sol ne s'ouvre pas sous mes pieds à cet instant.

Dana prit le journal et l'examina.

— Il nous faut un mot en neuf lettres pour un voyage en bateau. Ça commence par un T.

— Euh…

J'essayai de prendre une grande inspiration pour faire entrer de l'air dans mes poumons.

— Du tourisme. Non, une *traversée*.

— C'est ça, dit-elle. Et le A est la dernière lettre d'une spécialité libanaise.

— Pita, répondis-je du tac au tac.

— Tu assures, dis donc.

Je me cramponnais à ma tasse de café.

— Je ne pensais pas…

Ce que je voulais dire, c'était : *je ne pensais pas que ça ferait aussi mal.*

— Oh, ma chérie, dit-elle. Respire profondément.

Un peu plus loin, à la table d'Hartley, ils avaient trouvé une chaise pour Stacia. Je pouvais entendre sa voix de crécelle.

— Mais Hartley, tu as dit que tu m'emmènerais au bal de Noël.

— Et toi, tu as dit que tu me rejoindrais pour mon anniversaire, rétorqua-t-il avec humeur.

— … et il rêvait de te faire ta fête, glissa Bridger.

— Tu n'es pas obligé de danser, insista-t-elle. Tu dois juste être beau en costume.

— Eh bien, dans ce cas… dit-il d'une voix dans laquelle on percevait ce même sarcasme patient et amusé que le jour où j'avais emménagé, quand il lui parlait depuis le couloir.

Il s'adressait à elle sur le même ton qu'un père indulgent emploierait avec sa petite fille. Il n'avait pas du tout la même voix avec moi.

— Où étais-tu, d'abord ? lui demanda-t-il.

— Je serais bien venue, expliqua-t-elle, mais à New York, Marco avait des billets de théâtre.

— *Qui* ça ? intervint Bridger.

— Le garçon qui devait me ramener.

— … et qui rêvait de te faire ta fête, grommela Hartley. Mais tu sais, il existe quelque chose qu'on appelle le train…

— J'y ai pensé, soupira-t-elle. Mais j'avais *tellement* de bagages.

— *Là*, je veux bien te croire, fit Hartley en ricanant.

En face de moi, Dana secoua la tête.

— Ce sont toujours les méchants qui gagnent.

— C'est bon, fis-je en plaquant mes paumes contre le vieux bois de la table. Je suis prête à y aller maintenant.

# CHAPITRE 15
# CETTE ANNÉE DE MERDE

## COREY

QUAND JE DISAIS à Dana que j'étais prête à partir, je ne plaisantais pas. J'avais besoin de mettre une distance significative entre Hartley et mon cœur en miettes. Heureusement, les vacances de Noël allaient me fournir l'excuse parfaite.

Mais d'abord, les examens. Je n'avais pas fait des pieds et des mains pour intégrer Harkness et tout faire foirer dès le premier trimestre.

Pendant les deux jours qui suivirent, je m'abîmai dans le travail à la grande bibliothèque du campus. Au fond d'une cabine d'études entre deux étagères, je ne pouvais pas entendre la voix d'Hartley dans le couloir, ni me demander s'il allait venir disputer une partie de RealStix. Je mangeais des salades à emporter que j'achetais au café et révisais comme une forcenée.

Même ma fée d'espoir embrassa ma cause. Elle voletait entre les chapitres de mon manuel d'algèbre en récitant des théorèmes. Elle avait chaussé une petite paire de lunettes et se perchait sur le couvercle de ma tasse de voyage. Elle eut la décence de ne pas mentionner Cœur d'Hartichaut. Pas une seule fois.

Je rendis mes devoirs en avance et reportai ensuite mon attention sur l'économie. Lorsque commença le partiel au matin du dix décembre, je m'étais si bien préparée que la présence d'Hartley à mes côtés ne me troubla même pas. Je terminai avant la fin du temps imparti. Lorsque je sortis de la salle, sur mon fauteuil roulant, il leva la tête.

Je lui adressai un petit signe de la main, craignant de souffrir si je le regardais droit dans les yeux. Puis je m'en allai.

Il m'envoya un texto quinze minutes plus tard. *On fête ça à la cafét ? Je suis en route.* Au téléphone avec ma mère, je ne pris même pas la peine de lui répondre.

— Est-ce que tout va bien ? demanda-t-elle d'une voix tendue.

Non, pas vraiment. Mais je ne l'avouerais jamais.

— Ça va, mais comme j'ai terminé tôt, j'ai avancé mes billets d'avion.

— Et le bal de Noël ? Ton frère adorait toujours y aller.

— Eh bien, répondis-je. Tout le monde ne reste pas pour y assister.

— D'accord, ma puce.

Elle avait l'air inquiète. Elle nota mon nouveau numéro de vol et mon heure d'arrivée. Puis je rentrai dans ma chambre et préparai mes valises.

Lorsque le bal de Noël commença, j'étais déjà dans les airs au-dessus des Grands Lacs.

Les trois semaines que je passai chez moi furent ennuyeuses, mais l'ennui était exactement ce dont mon cœur brisé avait besoin.

Heureusement, ma mère ne me dorlota pas autant que l'été passé. Non seulement avais-je repris l'habitude de vaquer toute seule à mes occupations, mais de son côté, elle avait également passé plus de trois mois dans un nid vide.

Je m'efforçais de sourire et de raconter à mes parents à quel point tout se passait bien à Harkness. Je faisais tout pour ne pas broyer du noir. Je me portai même volontaire pour préparer les biscuits de Noël avec ma mère, profitant enfin de tous les aménagements que mes parents avaient pratiqués dans leur cuisine pour la rendre accessible après mon accident.

Mais quand je me retrouvais seule – allongée dans ma chambre du rez-de-chaussée ou derrière la vitre du côté passager de notre voiture –, mes pensées revenaient irrémédiablement à l'anniversaire d'Hartley. Je sentais de nouveau la douceur de ses lèvres sur les miennes et la caresse de sa langue. Quand il me touchait, tout mon corps le ressentait. Comment avait-il pu m'embrasser de la sorte sans avoir aussitôt envie de recommencer ?

De toute évidence, il n'avait rien ressenti et j'essayais désespérément de comprendre. Je rejouais la scène de l'arrivée de Stacia et me remémorais le baiser passionné qu'il lui avait donné. J'avais même calculé le temps qui s'était écoulé entre le moment où il avait gémi de plaisir dans mon lit et celui où il avait fourré sa langue dans sa bouche.

Quatorze heures. Plus ou moins.

Le mot *paralysie* tournait en boucle dans ma tête. Son cœur était comme mes orteils insensibles. Pourtant, si j'avais su ressentir sa caresse sur mon corps, lui en revanche n'avait rien éprouvé.

Pour Noël, mes parents m'offrirent un nouvel ordinateur portable – un modèle plus petit et plus léger – et je passai un bon moment à le paramétrer. Bien sûr, j'eus droit à un sermon de ma mère pour l'occasion.

— La physiothérapeute dit que tu as besoin de mettre plus souvent tes attelles. Nous pensions que celui-ci serait plus facile à porter quand tu marcheras.

— Merci, fis-je en soupirant.

— J'ai profité que tu reviennes à la maison pour réserver sept séances au River Center.

— Maman ! Je n'ai même pas le droit à des vacances ?

— Pas en ce qui concerne la physiothérapie, dit-elle. Mais si tu veux, tu peux faire tes exercices dans la piscine au lieu de la salle de gym. Pour changer un peu.

Je tapai du pied, métaphoriquement parlant.

— Non ! C'est… non et non.

— Corey, tu n'es pas raisonnable.

Je n'avais pas envie de me disputer avec elle et je roulai hors de la pièce.

Malheureusement, je n'eus guère plus de succès avec mon père. La saison de hockey, que j'avais suivie sur internet, battait son plein. Les filles s'en sortaient très bien cette année, mais il ne voulait pas en parler avec moi. Quand j'essayais de faire la conversation, je ne recevais que des réponses monosyllabiques.

— Papa, lui dis-je un soir alors que nous regardions tous la télé dans un silence de mort. Tu as déjà joué à RealStix ?

— Le jeu vidéo ? Non, répondit-il, surpris. Et toi ?

— C'est franchement très amusant. Mon voisin – le type à la jambe cassée –, c'est lui qui m'a appris à jouer.

— Adam Hartley ? demanda ma mère. Je me souviens de lui. Il est très charmant.

— Marion ! s'exclama mon père en riant.

— Je dis ce que je pense, c'est tout, répliqua ma mère.

J'éclatai de rire. Ce fut alors que je remarquai un détail important. Depuis la première fois depuis mon accident, ma mère n'avait pas l'air tendue.

— Bref, nous sommes amis, dis-je. Et nous jouons beaucoup au hockey sur l'écran. Puisqu'aucun de nous ne peut le faire en vrai.

Voilà. Je l'avais dit.

Mon père prit la télécommande et éteignit la télé. Il y eut un silence et il se tourna pour me dévisager.

— Et tu t'amuses ?

Je hochai la tête. Il hésita, puis se décida :

— Eh bien, où peut-on se le procurer ?

Nous achetâmes RealStix au magasin Best Buy le soir même, ce qui suffit à me prouver que la situation à la maison était très bizarre. Mes parents pourtant de nature économe jetaient l'argent par les fenêtres depuis mon accident. Ils avaient rénové la maison et m'achetaient tous les gadgets et les divertissements que je demandais. Ainsi, malgré les achats de Noël, mon père tendit sa carte de crédit pour une console de jeux vidéo.

L'entraîneur Callahan ne tarda pas à devenir lui aussi un fan de RealStix. Et quand mon frère Damien rentra à la maison pour le long week-end du jour de l'an, il se joignit à nos parties.

Mais je les battais à plate couture. Après tout, j'avais appris avec le maître.

Enfer et damnation. Je pensais *encore* à Hartley. Il fallait que ça cesse.

## HARTLEY

Je me réveillai la veille du jour de l'an, allongé nu sur une surface qui me fit l'effet d'un nuage. En réalité, je me trouvais dans une vaste chambre d'amis, dans l'aile est du manoir de Stacia. J'étais seul, car chaque fois que je séjournais à Greenwich, ils m'installaient dans une chambre à part. Ses parents n'étaient pas idiots – ils savaient probablement que nous couchions ensemble. Mais ils voulaient pouvoir le nier en toute crédibilité.

Je ne le prenais pas personnellement. S'ils voulaient faire semblant que leur petite fille chérie ne serait jamais capable de remplir le jacuzzi de sa salle de bain privée pour me faire un strip-tease, c'était le droit le plus absolu. Heureusement, ils n'étaient pas à la maison la veille au soir, invités à un dîner qui avait duré toute la soirée.

Les draps de la chambre d'amis étaient en coton d'une incroyable douceur. Un jour, j'avais entendu Stacia et sa mère se plaindre du nombre de fils avec lesquels un drap de mauvaise qualité était tissé. Étant donné que j'avais vingt-et-un ans et que je possédais un pénis, il était hors de question que je m'intéresse à ce genre de question. Mais chaque fois que je dormais chez les

Beacon, je devais admettre que leur obsession pour la literie européenne était justifiée.

Puisqu'on m'avait enfin retiré mon plâtre au lendemain de Noël, je me réveillai intégralement nu. Mon érection matinale effleurait les draps et mes pieds avaient toute la liberté de remuer.

Délicieux.

Mes pensées dérivèrent. J'étais presque remis de ma blessure à présent. Ma jambe était toujours douloureuse en fin de journée et ma démarche n'était pas encore parfaite, mais j'étais en net progrès. Je venais de recevoir un message de la régie des logements de l'université de Harkness m'informant qu'ils ne prendraient pas la peine de m'attribuer une chambre à Beaumont avant l'année prochaine. Je conserverais donc mon vaste appartement, avec sa salle de bain privée et son lit double.

Évoquer McHerrin me fit songer à Corey. Les fesses à l'air et le pavillon dressé, je pensai à elle. Malheureusement, ce n'était pas la première fois. Au cours des deux dernières semaines, je n'avais cessé de revenir à cette nuit-là dans son lit, à son corps contre le mien. Quand je l'avais touchée, elle avait poussé le soupir le plus érotique que j'aie jamais entendu *de toute ma vie*. C'était dur d'oublier un détail de ce genre.

Pour tout dire, c'était vraiment *dur*.

Et quand j'avais envie de me torturer, je pensais à ce moment intense ce même soir, quand elle s'était penchée devant moi et… Bon sang, jamais rien ne m'avait encore fait autant d'effet. *C'est pour m'avoir traitée de poule mouillée*, avait-elle dit. Le feu dans son regard lorsqu'elle avait prononcé ces mots aurait pu me rendre fou.

Pourquoi ne parvenais-je pas à penser à autre chose ?

Sérieusement, nous n'étions pas allés très loin. Ce n'était qu'un coup d'un soir. Les gens faisaient ça tout le temps, non ? Je devais l'avouer, ce n'était pas qu'une ivresse passagère entre deux amis chauds comme la braise. Je tenais beaucoup à Corey, mais ce n'était pas uniquement pour cette raison que j'avais initié un tel rapprochement. Plus que toute autre chose, j'avais envie qu'elle comprenne qu'elle était sexy à cent pour cent. Je pensais pouvoir le lui prouver, et c'était ce que j'avais fait.

Le souci, c'était que je me l'étais autant prouvé à moi-même qu'à elle.

À présent, j'étais allongé dans la maison de ma petite amie, dur comme le bois, en me remémorant les caresses d'une autre. Soudain – parce que la vie ne m'épargnait jamais – la porte de la chambre s'ouvrit et Stacia entra d'une démarche chaloupée. Elle était déjà habillée, un pantalon noir près du corps et un pull-over souple et sans doute hors de prix.

Je me raclai la gorge.

— Salut, beauté.

— Salut.

Elle ferma la porte derrière elle et se tourna vers moi, un sourire de velours sur les lèvres. Nous y voilà. Chaque fois que j'étais au bord de la luxure, prêt à basculer, et que la princesse de Greenwich me regardait comme si j'étais le plus savoureux des délices, j'étais comblé pour l'année. Ses yeux noisette me dévoraient, moi le minable venu du trou du cul de l'État, sans père sur mon certificat de naissance et avec un solde sur mon compte bancaire à peine suffisant pour me fournir en pizzas et en bières pour les cinq prochains mois.

L'attention que me portait Stacia signifiait quelque chose pour moi, mais je n'aimais pas en parler.

Ce qui tombait bien, car ce n'était pas pour philosopher que Stacia sortait avec moi. Elle se jeta sur le lit et baissa les yeux vers la tente dressée sous les draps.

— Tiens, bonjour, toi, murmura-t-elle, le regard pétillant de malice. Je ne pensais pas que tu serais déjà… *levé*.

Elle me planta un baiser sur l'épaule et entreprit aussitôt de descendre, entraînant le drap avec elle.

Mon corps réagit par automatisme.

Dix secondes plus tard, après avoir balayé de ses longs cheveux mon torse nu et mes abdominaux, elle atteignit la zone sensible. Sans préambule, elle ouvrit la bouche et me prit tout entier à l'intérieur. *Waouh*. J'inspirai une grande bouffée d'oxygène et m'enfonçai dans le matelas.

Je fermai les paupières, mais ce fut une erreur. Parce que mon cerveau reprit aussitôt le cours de mes pensées à l'endroit où je les avais laissées quand Stacia avait ouvert la porte de ma chambre. Ce fut le visage de quelqu'un d'autre qui apparut devant mes yeux alors même que ma copine s'occupait de moi.

*Merde !* Ce n'était pas sympa. Je ne pouvais pas être un *tel* connard. J'ouvris de nouveau les yeux et me dressai sur les coudes. C'était une vue parfaite, ma copine penchée sur moi ; ses cheveux étalés autour d'elle, la bouche affairée. Ou plutôt, cette vision *aurait dû* être parfaite. Mais sous cet angle, je pouvais voir que Stacia ne tarderait pas à retourner chez son coloriste. Les racines de ses cheveux avaient une teinte qu'elle n'assumait pas. Stacia se mit alors à gémir, ce qui en temps normal n'aurait pas manqué de me remettre en selle. Mais ses bruits étaient exagérés, comme dans un film porno.

C'étaient les mêmes gémissements que d'habitude. Ils ne m'avaient encore jamais fait hésiter. Seulement voilà, toute la personne de Stacia était soigneusement mesurée pour refléter une image – sa couleur de cheveux, sa lingerie, sa voix. On lui avait même appris à sourire quand elle disait « au revoir » à la fin d'une conversation téléphonique, car son interlocuteur entendait son sourire dans sa voix et se sentait approuvé.

Et c'était à ça que je pensais alors qu'elle avait ma queue dans sa bouche. À présent, j'étais distrait et je sentis qu'il allait me falloir un moment pour relancer la machine. L'envie pressante était passée et les mâchoires de Stacia allaient devoir s'y mettre sérieusement. Bon sang, j'étais un vrai connard.

Ce fut à cet instant que son téléphone sonna, diffusant la neuvième symphonie de Beethoven qui annonçait un appel de sa mère. Pendant un moment, je crus qu'elle allait l'ignorer, mais je pris doucement son visage entre mes mains et passai mes doigts dans ses cheveux soyeux.

— Tu ferais mieux de répondre, murmurai-je.

— Désolée, dit-elle en se redressant, avant de sortir son téléphone. Allô ? Je suis en haut, je réveille Hartley.

Elle me lança un regard plein de sous-entendus. (Oui, la maison de Stacia était gigantesque à ce point. Sa mère ne se donnait pas la peine de la chercher. C'était plus facile de l'appeler sur son téléphone.)

L'ambiance était définitivement retombée et ce n'était même pas de ma faute. Allez, debout. Stacia toujours au téléphone, j'en profitai pour me lever et me rendre dans la salle de bain. Je fermai la porte et fis couler l'eau de la douche.

Une minute plus tard, alors que l'eau chaude ruisselait le long de mon dos, Stacia entra.

— Les traiteurs sont déjà en bas, ma mère a besoin de mon aide pour décider comment agencer tout ça. Le petit déjeuner est servi dans la salle à manger aujourd'hui, parce que les meubles de la véranda ont été déplacés pour la fête.

Je sortis ma tête de la douche et lui souris.

— On se voit en bas ?

Je me penchai, lui pris une main et l'attirai pour un rapide baiser. Elle m'adressa l'un de ses sourires typiques avant de quitter précipitamment la salle de bain de peur que ses cheveux frisent avec la vapeur. (Pensez ce que vous voulez, mais je prêtais attention aux petites habitudes de ma copine. Bien plus qu'elle ne se souciait de moi.)

Après la douche la plus rapide du monde, je m'habillai. Stacia m'avait offert des habits pour Noël. Puisque les vêtements et les bijoux étaient les seules choses qui l'intéressaient, elle était particulièrement douée pour les choisir. La chemise que j'enfilais à ce moment-là était un article honteusement coûteux de chez Thomas Pink. Je retournai les manchettes pour avoir l'air détendu, c'était mon style. Mais cette fille avait vraiment bon goût. Le jean était d'une marque que je ne connaissais pas, elle l'avait sans doute acheté en France. Bref.

Vêtu de ma tenue approuvée par Stacia, je descendis dans la

salle à manger. Henry – son père – était assis seul au bout d'une immense table.

— Bonjour, Monsieur Beacon, lançai-je lorsqu'il leva les yeux.

Il avait trois journaux empilés devant lui. Quelqu'un avait pris le temps d'aligner parfaitement le bord des pages.

— Bonjour, fiston, dit-il.

J'éprouvais toujours un pincement au cœur quand Monsieur B. m'appelait ainsi. Aucun autre homme ne m'avait jamais donné ce surnom.

— Le café est chaud et je viens de demander à Anna de me cuisiner une omelette. Si tu la rattrapes, elle sera ravie de t'en préparer une.

Il fit glisser le journal du haut de la pile sur la surface en bois brillant.

— Bonne idée.

Je traversai la salle et entrai dans la cuisine, aussi spacieuse que celle d'un restaurant. Là, au milieu des meubles en bois aux reflets dorés et en acier inoxydable, la cuisinière privée faisait tournoyer un peu de beurre dans une poêle.

— Hola, Hartley ! lança Anna d'un ton guilleret. Qué quiere para el desayuno ?

Si j'avais essayé de lui répondre en espagnol, je me serais ridiculisé.

— J'aimerais beaucoup une omelette, si vous en servez aujourd'hui.

Elle passa à l'anglais en tendant le doigt vers moi.

— Fromage, oignon et jambon, bien cuite ?

— Vous vous en souvenez toujours.

Anna était épatante. J'espérais que les Beacon lui versaient un salaire généreux, parce qu'elle le méritait amplement.

— El café está allí, ajouta-t-elle.

— Gracias. Stacia a-t-elle déjà bu le sien ? demandai-je.

— Je ne l'ai pas vue.

Anna se pencha sur la planche à découper et se mit à tailler des morceaux d'oignon en un petit tas bien net.

— C'est mauvais signe, dis-je en me dirigeant vers le service à café. Nous ne pouvons pas nous permettre d'avoir une Stacia sous-caféinée.

— Vous savez ce qu'il vous reste à faire.

La phrase d'Anna fut ponctuée par le crépitement de mes oignons qui atterrissaient dans la poêle.

Je remplis deux tasses de café et me mis à la recherche de ma petite amie. En compagnie de sa mère, elle était en grande conversation avec une femme qui portait un tablier *Aux délices de Katie*. J'avais remarqué que les sociétés sophistiquées et bien en vue que les Beacon employaient pour travailler chez eux avaient toujours de charmants petits noms, simples et accueillants. *Les taxis Tommy. Chez Frankie, Paysagiste.* Mais ce n'était qu'un leurre. Il y avait sans doute dix-sept fourgons *Aux délices de Katie* qui sillonnaient le comté de Fairfield en ce moment même, aspirant l'argent des riches familles avec une lance d'incendie.

— Dieu merci, me chuchota Stacia à l'oreille lorsque je lui tendis la tasse.

Elle passa sa main dans mon dos. Tandis que sa mère et le traiteur parlaient sans discontinuer des plats au menu, Stacia me lança un sourire enjôleur par-dessus le bord de sa tasse. C'était un sourire sorti tout droit d'un catalogue de Victoria's Secret, et il m'était adressé à moi seul.

Et pourtant, je me sentais... *Bon sang*. Je ne savais même pas comment je me sentais. Son corps parfait était si familier sous mes caresses. Elle avait toutes les courbes là où il les fallait, une peau de pêche et des cheveux de rêve, mais je ne pouvais m'empêcher de voir les choses avec une distance toute nouvelle.

Peut-être était-ce ces derniers mois qu'elle avait passés de l'autre côté de l'océan, peut-être avais-je perdu l'habitude de sa présence. Mais soudain, je ressentais un manque que je n'avais encore jamais éprouvé auparavant. Mes aspirations profondes – mener la grande vie avec la plus belle fille du monde –, elle les avait toujours satisfaites jusqu'à présent. Pourtant, pour une raison que j'ignorais, un désir inhabituel m'avait pris aux tripes et je ne savais pas vraiment comment l'interpréter.

Peut-être avais-je juste besoin d'une bonne omelette.

Je déposai un baiser sur la joue de Stacia et laissai les femmes à leur organisation. Il était temps de prendre le petit déjeuner en écoutant M. Beacon me parler de mes cours d'éco. Et ce sujet me rappellerait sans doute Corey. Qui me rappellerait alors…

*Et merde.*

## COREY

Le soir du réveillon, mes parents se rendaient toujours chez les Friedberg à Madison pour accueillir la nouvelle année au champagne.

— Venez avec nous, les jeunes, nous dit ma mère.

Le champagne me voulait du mal.

— Je crois que je vais passer mon tour, dis-je.

— Moi, je vais rester avec Corey, ajouta Damien.

Après leur départ, Damien et moi nous préparâmes des sundaes à la crème glacée et parcourûmes les chaînes de télévision. Le réveillon en direct à Times Square n'était franchement pas intéressant et je choisis un vieux film à la place.

— Alors, dit mon frère une fois qu'il eut terminé sa glace. Comment se fait-il que tu ne traînes pas avec tes copines du lycée ?

Oh, oh. Si mon frère m'interrogeait, c'était sans doute parce que mes parents l'en avaient chargé.

— Tu n'étais pas là l'an dernier, mais ça n'a pas été facile. Beaucoup de copines m'ont lâchée, surtout les filles du hockey. Sauf Kristin, mais elle est aux îles Fidji avec ses parents.

— Zut, je suis désolé.

— Je m'en suis remise.

C'était la vérité.

— Mais je n'ai pas envie de faire d'efforts, tu sais ? Je retourne en cours dans quelques jours, de toute façon.

— Pas faux.

Mon frère me prit mon bol vide des mains.

— Maman et papa croient que tu déprimes. Que tu fais une dépression, carrément.

Merde. Alors ma mauvaise humeur avait été plus flagrante que je l'avais espéré.

— Non, sincèrement. Les cours se passent bien. J'aime être là-bas.

— Ta coloc a l'air géniale.

— C'est bien vrai !

Il me toisa de son regard bleu azur.

— Je leur ai dit qu'ils exagéraient. Mais tu as l'air tellement calme qu'il est difficile de leur donner tort.

— Je suis sûre qu'ils pensent que j'ai du mal à suivre en cours, quelque chose de ce genre. Alors qu'en réalité, c'est moins intéressant que ça. Des histoires de garçons, rien de plus…

À ces mots, Damien parut étonné.

— Euh, je ne sais pas si je devrais continuer à t'écouter. Le sexe, c'est vraiment la seule chose dont je ne peux pas discuter avec toi.

Je souris pour la première fois de la soirée. Toute ma vie, j'avais essayé de trouver des sujets qui le mettaient mal à l'aise. Il n'y en avait pas beaucoup.

— Tu ne veux pas entendre tous les détails salaces ?

Bien sûr, je bluffais totalement, je ne lui raconterais jamais rien.

Mais ma tactique fonctionna. Il avait l'air de plus en plus gêné à chaque instant.

— S'il te plaît, dis-moi que tu ne couches pas avec Hartley.

Ma réponse fut rapide et honnête :

— Je ne couche pas avec Hartley.

*Et c'est bien le problème.* Mon frère avait toujours l'air tendu.

— Ni personne d'autre, ajoutai-je.

Le soulagement se lut sur son visage.

— Alors qu'est-ce qui ne va pas ?

Il était évident que je ne lui expliquerais rien. Mais j'avais une question à lui poser.

— Damien, est-ce que tu pourrais trouver sexy une femme en fauteuil roulant ?

Son front se plissa.

— Bien sûr. Mais je n'ai encore jamais rencontré de femme en fauteuil, à part toi forcément. Et tu ne peux pas être sexy, parce que tu es ma petite sœur.

Je soufflai.

— Malheureusement, le reste du monde semble d'accord avec toi. Quand les garçons me regardent, je crois qu'ils ne voient que le fauteuil. Comme si je ne comptais pas vraiment en tant que membre du sexe opposé.

— Écoute, Corey, me dit-il en posant son menton sur sa main. Si Sofia Vergara passait à côté de moi dans la rue sur un fauteuil roulant, je la suivrais quand même sur le trottoir.

— Alors si j'avais d'énormes seins et un rôle dans une série télé…

Il éclata de rire.

— N'oublie pas l'accent chantant. Elle déchire.

Autant dire que je n'avais vraiment aucun espoir.

À la fin de notre film, Damien et moi disputâmes une autre partie de RealStix. Mon frère prit la malheureuse décision de jouer avec les Red Wings et je l'écrasai sans difficulté.

— Merci de m'avoir ménagée, plaisantai-je après-coup.

Il leva les yeux au ciel et alla chercher une bière dans la cuisine.

Ce fut à ce moment que le téléphone sonna. Je le pris sur la table basse et aperçus le numéro d'Hartley. Mon cœur se serra et, sortie de nulle part, ma fée d'espoir réapparut. *Décroche !* Elle portait une robe de soirée étincelante pour le réveillon du Nouvel An.

Une fille plus intelligente ne l'aurait pas écoutée. Une fille plus intelligente aurait laissé le répondeur prendre son message.

Mais moi, bien sûr, je répondis. Soudain, sa voix rauque résonna à mon oreille.

— Bonne année, Callahan.

— Salut, dis-je dans un souffle.

Je déglutis et tentai de me ressaisir.

— Où es-tu ? demandai-je.

Où qu'il soit, c'était bruyant.

— À une fête franchement barbante à Greenwich, dans le Connecticut. Mais je pensais à toi.

— Vraiment ?

Je ne voulais pas lui poser cette question, mais je me demandais souvent ce qu'Hartley pensait de moi.

— Bien sûr, dit-il.

Sa voix était chaude et grave.

— Je me suis dit que toi, plus que quiconque, tu mourais sans doute d'envie de voir cette année de merde se terminer.

Je dus marquer une pause pour y réfléchir un instant. L'année de mon accident était officiellement terminée. J'avais toutes les raisons de vouloir fêter ça, et il était normal qu'un ami proche ait cette pensée pour moi le soir du jour de l'an.

— C'est vrai, répondis-je. Merci, Hartley.

— J'espère juste que la suivante sera plus douce avec toi. Tu le mérites.

Ses mots restèrent en suspens. Ils étaient attentionnés, mais je ne pouvais m'empêcher de les interpréter comme un rejet.

— Merci, dis-je d'une voix calme. Je suis sûre qu'elle sera meilleure. La tienne aussi.

— On ne sait jamais, dit-il.

Sa voix me parut s'éteindre un instant.

— Regarde l'horloge, Callahan. Bonne année !

Je jetai un œil à l'heure qu'affichait le boîtier du câble, à l'instant où elle basculait de 23 h 59 à 00 h 00.

— Bonne année, Hartley.

Je déglutis. Soudain, sans pouvoir me retenir, je lui dis la première chose qui me passait par la tête :

— Tu n'as pas quelqu'un à aller embrasser ?

Il ricana.

— Ah, ça se voit que tu vis dans le Midwest. Ici, la nouvelle année, c'était il y a une heure.

Enfer et damnation. J'avais oublié le décalage horaire et je me sentis soudain triste. Bien sûr, je n'occupais pas la première place dans le cœur d'Hartley, j'étais la personne qu'il appelait une fois que le moment important était passé.

— Je dois y aller.

— Prends soin de toi, Callahan. On se voit la semaine prochaine.


Même ces deux minutes au téléphone avec Hartley avaient été éprouvantes. J'avais beau savoir que c'était ridicule, je passai la journée qui suivit à analyser ce que j'aurais dû dire ou ne pas dire, et ce que j'aurais pu faire différemment.

Bientôt, Damien retourna à New York et je ne pus même plus compter sur lui pour me divertir. Je devais cesser de penser à Hartley, mais mon esprit n'arrêtait pas de me ramener à son sourire et ses fossettes.

Dans mes rêveries, Hartley se faufilait dans ma chambre la nuit, tirait les couvertures et se glissait dans mon lit. Nous échangions peu de mots, dans mon imagination. En fait, il n'y en avait que trois : « Je suis désolé », chuchotait Hartley. Après quoi, nous ne faisions que nous embrasser et nos habits ne tardaient pas à voler. Et puis...

C'était absurde.

Chacun de mes fantasmes, c'était avec Stacia qu'il le réalisait, et non pas avec moi. Et quand j'essayais de comprendre pourquoi, mon cœur se brisait en mille petits morceaux.

Je ne trouvais aucune logique à tout cela, parce que cette fille était insupportable. Belle, mais insupportable. Bien sûr, je comprenais son envie de déshabiller son corps de mannequin pour maillots de bain, mais qu'il soit investi dans leur relation m'étonnait. Même lors de notre bref échange du jour de l'an, il m'avait avoué s'ennuyer à sa fête. Pourquoi y assister, dans ce cas ? La seule conclusion logique qui s'imposait à moi, c'était que son anatomie de rêve compensait largement les efforts douloureux que passer du temps avec elle requérait.

Seulement je n'arrivais pas à m'y faire. Certes, Hartley était canon, mais je n'avais pas uniquement envie de son corps. Nous nous amusions beaucoup ensemble. Nous chahutions et nous plaisantions. Je savais qu'il appréciait ma compagnie, je n'en doutais pas un instant.

Pourtant, de toute évidence, ce n'était pas suffisant. *Je* n'étais pas suffisante. Et je ne pouvais m'empêcher d'accuser mon handicap. Une Corey Callahan *entière* – avec deux jambes valides et aucun fardeau psychologique à traîner à cause de l'accident – aurait peut-être suffi à me faire glisser de la catégorie des filles qu'il voulait avoir pour amies à celle des filles qu'il voulait mettre dans son lit.

Malheureusement, j'étais coincée dans cette position. Il était avec elle et j'étais toute seule. Très, très seule. Je devais commencer à vivre, et le faire vite. J'avais passé de merveilleux moments avec Hartley, mais à cause de notre relation, je n'avais aucun autre ami.

Et maintenant, je comprenais que c'était une grosse erreur.

Quand j'étais partie à Harkness en septembre, j'avais laissé le Guide des activités universitaires sur mon bureau. L'été passé, ces listes de loisirs m'avaient semblé déprimantes. Rien ne pouvait remplacer le hockey dans ma vie et je n'avais jamais envisagé qu'une autre activité de cette brochure puisse avoir un quelconque attrait.

Mais à présent, je la parcourais avec intérêt. J'avais besoin d'une nouvelle passion et de nouveaux visages dans ma vie. C'était le seul moyen de me remettre d'Hartley. Finies les soirées du vendredi à lui sourire de l'autre côté du canapé. Désormais, Stacia le mènerait à la baguette et lui imposerait des bals et des soirées, et lui, il la suivrait. Bientôt, sa jambe serait complètement guérie et il n'aurait même plus à se soucier de l'étage de la fête. Il ne serait plus infirme, plus du tout, et même ce petit lien entre nous serait rompu.

C'était affreusement déprimant.

Plus je cherchais quel serait mon nouveau loisir, plus mon exemplaire du livret d'activités universitaires devenait corné comme la bible d'une vieille dame. Inutile de préciser que les clubs de débat ou de politique ne présentaient pas le moindre intérêt à mes yeux. La musique, ce n'était pas mon truc, et les groupes étaient déjà constitués. Le théâtre ? Bien sûr. La prochaine grande représentation au théâtre de l'université serait *Songe d'une nuit d'été*. J'imaginais mal Titania ou les fées juchées sur des béquilles.

Je pris à peine le temps de survoler la section des sports en interne. À Harkness, les résidences étaient en compétition les unes contre les autres et accumulaient des points. Exactement comme dans *Harry Potter*, si ce n'est qu'au lieu du Quidditch, on retrouvait les éternels sports de Moldus : foot en salle, basket et squash. Rien d'intéressant pour moi. Je m'attardai sur le billard, mais mon fauteuil ne me permettrait pas de me hisser suffisamment haut pour me pencher sur la table. Et dans tous les cas, j'étais déjà nulle au billard quand j'avais encore l'usage de mes jambes.

Lorsque je l'aperçus enfin au bas de la dernière page, j'éclatai de rire. Voilà, j'avais trouvé un sport pour moi. Ce n'était pas parfait. En fait, c'était même un peu ridicule. Mais j'estimais néanmoins que ça pourrait fonctionner.

— Maman ?

Je la retrouvai dans la buanderie en train de plier les sous-vêtements de mon père.

— Oui, ma puce ?

— Je veux bien suivre ces séances dans la piscine thérapeutique. Mais pas la gym, par contre.

Son visage s'illumina.

— Formidable ! Allons chercher ton maillot de bain.

— Tu crois que je pourrais commencer demain ?

Elle s'élança vers le téléphone.

La thérapeute de la piscine était une Amazone blonde qui s'appelait Heather. Elle avait quelques années de plus que moi et elle rencontrait sans doute un vif succès auprès des patients masculins du centre. Ils devaient se bousculer pour décrocher une séance avec Heather et son maillot une pièce rouge vif.

Après une demi-heure en sa compagnie, je me tenais au bord du bassin, essoufflée. Figurez-vous que nager uniquement avec les bras est épuisant.

— Sincèrement, Corey, dit Heather. La plupart des patients se servent de la ceinture flottante, au moins au début. Ça ne fait pas de vous une petite nature.

— Mais nous n'avons pas beaucoup de temps, lui expliquai-je.

— Qu'attendez-vous précisément de nos séances ? me demanda Heather en inclinant son menton parfait dans ma direction.

— Je veux nager aussi vigoureusement que possible. Et aussi, j'aimerais trouver un moyen de monter dans une bouée, les fesses au centre.

— Parce que vous avez l'intention de descendre une rivière sur une bouée ? demanda-t-elle.

— Pas exactement, répondis-je.

Une fois que je lui eus exposé mon plan, elle éclata de rire.

— Je trouverai une bouée, dans ce cas. Ce sera amusant.

# CHAPITRE 16
# C'EST MON TRUC

## COREY

JE NE VIS pas Hartley le soir de mon retour. Je m'en tins à mon nouveau plan et dînai avec Dana et l'une de ses copines de chant à la cafétéria de la résidence Trindle. Lorsque nous rentrâmes chez nous, il faisait noir sous sa porte. *Ça va aller*, me dis-je. Hartley partagerait sans doute son temps entre sa propre chambre et celle où vivait Stacia – sans doute à Beaumont. Ainsi nous nous tiendrions à distance et je pourrais essayer de passer à autre chose.

L'Opération Oublier Hartley était lancée. O.O.H., en abrégé.

Une fois dans ma chambre, je passai un coup de téléphone important. Deux étudiants figuraient sur la liste des responsables de l'équipe que je voulais intégrer : le capitaine et sa suppléante. Le nom de la suppléante me paraissait plus sympathique et je cherchai dans le répertoire du campus son numéro, que je m'empressai de composer avant de perdre toute ma contenance. Allison Li répondit à la première sonnerie.

— Allô, Allison ? demandai-je d'une voix qui tremblait à peine. Je m'appelle Corey, je suis en première année, et je me suis renseignée pendant les vacances au sujet de l'équipe de water-polo sur bouées…

— Salut, Corey ! dit-elle. Nous aimerions beaucoup t'avoir dans l'équipe. Et tu tombes bien. Nous avons un entraînement demain soir.

— Eh bien… répondis-je d'une voix aiguë. Je voudrais m'assurer que vous êtes sérieux quand vous dites qu'aucune expérience n'est nécessaire.

— Corey, si je peux me permettre, il suffit que tu aies un *pouls* pour être accueillie à bras ouverts. Surtout en tant que fille. Les règles exigent que nous ayons toujours trois femmes dans l'eau à tout moment. L'an dernier, nous avons dû déclarer forfait à quelques occasions, car notre équipe n'était pas au complet. Il y a un total de onze matchs – un contre chaque résidence.

Ça m'avait l'air encourageant.

— Super, répondis-je. Ma dernière question, tu ne l'as sans doute pas souvent entendue. Sais-tu si la piscine est accessible aux fauteuils roulants ?

Les béquilles sur un sol de piscine glissant ne me semblaient pas une brillante idée.

Elle eut le mérite de ne pas réfléchir longtemps avant de répondre :

— Je crois que oui. Oui, c'est sûr. Je sais que des séances de thérapie s'y déroulent.

— Allison, ajoutai-je. Je te promets que je nage mieux que ce que je marche.

Elle se mit à rire, ce qui me rassura.

— D'accord, Corey. On se voit demain soir ? Nous commençons à dix-neuf heures.

— Je serai là.

Lorsque je raccrochai, j'éprouvai un puissant sentiment de victoire.


— Callahan.

Je fus lentement tirée du sommeil en entendant quelqu'un chuchoter dans mon oreille.

— Callahan, vise-moi ça.

J'ouvris les paupières avant de me réveiller brutalement. Hartley se tenait près de mon lit en short et en t-shirt. Mon cœur se serra lorsque je l'aperçus. Ces yeux marron et ce sourire en coin étaient encore plus touchants que dans mes souvenirs.

*Ressaisis-toi*, m'ordonnai-je.

— Regarde.

Il souriait en me montrant sa jambe.

Je compris alors ce qu'il voulait dire. Hartley était debout devant moi sans plâtre sur la jambe, le pied posé au sol. Pas même une attelle.

— Waouh, m'exclamai-je.

Je me redressai sur les coudes, prête à m'asseoir, avant de me hisser totalement.

— Bien joué.

Il me tapa dans la main.

— Merci. On se voit en éco.

Il sortit en boitillant légèrement, s'appuyant sur une canne que je n'avais encore jamais vue.

Lorsque la porte se referma derrière lui, j'expirai enfin. L'Opération Oublier Hartley s'annonçait difficile. Mais je mènerais le combat.

Après mon premier cours magistral du nouveau trimestre – un cours d'histoire de l'art à la Renaissance – je me dirigeai vers l'amphi d'économie et adossai mon fauteuil contre le mur, comme à l'accoutumée. Une minute plus tard, Hartley fit son apparition. Je perçus sa présence plus que je ne le vis entrer. Il glissa sa canne sous son siège et s'installa sur la chaise voisine.

— Quoi de neuf ? demanda-t-il d'un ton chaleureux.

Je levai les yeux et fus instantanément happée par son regard brun. Mon estomac se noua et je sentis mon cou devenir brûlant. Mon rythme cardiaque s'accéléra.

Enfer et damnation.

Il attendait toujours que je lui réponde.

— Pas grand-chose, finis-je par bredouiller.

Pourquoi était-ce soudain si difficile ?

*Parle-lui du water-polo !* Ma petite fée d'espoir était revenue et tournoyait autour de ma tête comme un halo vacillant.

Non.

Je ne comptais pas le lui dire. L'ancienne Corey se serait exclamée qu'elle angoissait à la perspective d'y aller, qu'elle craignait de se rendre ridicule. Si je lui en parlais, Hartley m'écouterait. Il me regarderait dans les yeux et aurait les mots justes. Mais je ne voulais plus me confier à lui. Parce que je finirais encore le cœur brisé.

— Le prof d'éco de ce semestre est censé être plus sympa, déclara Hartley. Mais apparemment le contenu du cours est plus complexe.

Je pris une profonde inspiration et ouvris mon manuel sur mes genoux.

— Ça m'a l'air assez rébarbatif, en effet, acquiesçai-je. La balance commerciale et l'échange de devises ? On ne peut pas dire que ça me passionne.

Le professeur entra à cet instant et tapota le micro sur le pupitre. Enfin, j'étais sauvée. Je reportai mon attention sur le tableau. Bientôt, je me laissai emporter par les paroles du prof, qui commençait à nous expliquer le concept de déficit budgétaire.

Pourquoi étais-je là, d'abord ? En ce moment même, Dana était assise dans un autre amphi en train de suivre son premier cours sur Shakespeare. Elle m'avait proposé de m'y inscrire avec elle, mais j'avais refusé. À présent, je prenais conscience que je poursuivais uniquement les cours d'économie pour tenter de retenir une petite partie d'Hartley et du temps passé avec lui. Dans une matière qui ne m'intéressait même pas.

C'était franchement pathétique.

. . .

Après les cours, Hartley et moi quittâmes la salle et nous dirigeâmes comme d'habitude vers le réfectoire.

— Comment va Dana ? demanda Hartley. Je ne l'ai pas vue.

— Elle s'est acheté un demi-kilo de café en grain au chocolat pour se remettre de son décalage horaire. Apparemment, les vacances ont duré juste assez longtemps pour lui permettre de s'adapter à l'heure japonaise, avant que vienne le moment de rentrer.

— C'est rude, compatit Hartley.

Ce fut à ce moment-là que j'aperçus Stacia.

— Eh ! lança-t-elle.

On aurait pu croire que le geste qu'elle nous adressait de l'autre côté de la rue m'englobait, mais c'était une question de point de vue.

Lorsque nous la rejoignîmes, elle s'empressa de se greffer aux lèvres d'Hartley. Et ce ne fut pas une petite bise discrète, au contraire ! Elle s'approcha de lui, passa les mains autour de ses épaules d'athlète et s'accapara sa bouche. Pendant une longue minute gênante, je restai immobile en me demandant ce que j'étais censée faire en attendant que leur baiser se termine.

Alors que l'embarras menaçait de me faire imploser, elle s'exclama :

— Allons déjeuner Aux délices de Katie.

— Quoi ? fit Hartley en décollant sa jambe endolorie du trottoir comme un flamant rose. C'est à deux rues d'ici. Et puis, Callahan et moi allons toujours à la cafétéria après le cours d'éco. Non seulement c'est plus près, mais c'est inclus dans nos frais de scolarité.

— Mais, gémit-elle. Ça fait quatre mois que je meurs d'envie de manger un roulé à l'aubergine.

Je levai une main pour couper court à leur hésitation.

— Bah, allez-y tous les deux. De toute façon, je dois essayer de voir le doyen entre deux cours. Alors je vous retrouve plus tard, les amis.

Je pivotai sur mes roues en direction de College Street pour rebrousser chemin jusqu'à la résidence Beaumont. En m'éloignant, je regardai par-dessus mon épaule et agitai la main.

Hartley me lança un regard noir et je ressentis une légère excitation. L'O.O.H. était en marche.

Je me rendis au bureau du doyen, à la résidence Beaumont, comme je l'avais annoncé. Malheureusement, je découvris trois marches en marbre et une porte étroite qui devait dater d'un siècle, sous l'une des somptueuses arches en granit de Beaumont. Avec les béquilles, je les aurais franchies sans problèmes, mais je n'étais pas passée chez moi. Je me garai donc devant la porte et appelai le bureau sur mon portable. J'entendis le téléphone sonner à l'intérieur et la secrétaire répondit :

— Allô ?

— Bonjour, dis-je. C'est Corey Callahan, et je suis juste devant, mais en fauteuil roulant…

— Bien sûr, Corey, dit la femme d'une voix amicale. Voulez-vous parler au doyen ? Je vous l'envoie tout de suite.

À peine trente secondes plus tard, il émergea, une feuille et un porte-documents à la main. Le doyen Darling avait une barbe et portait un blazer en velours côtelé orné de renforts aux coudes, accessoire indispensable de tout universitaire qui se respecte. On aurait dit qu'il était né en ces lieux, au sein des bibliothèques poussiéreuses et des façades en granit.

— Je suis vraiment désolé, ma chère, dit-il avec un fort accent britannique. Ces anciens bâtiments…

— J'adore ces anciens bâtiments, intervins-je.

Il s'assit sur le perron de son bureau.

— Bon, alors. Est-ce un sujet dont vous pouvez discuter dans la cour, ou voulez-vous que nous trouvions une salle de conférence quelque part ?

Je secouai la tête.

— Ce n'est rien. J'aimerais juste échanger un cours contre un autre, mais j'ai déjà rendu mon planning.

— Aucun souci, s'exclama-t-il en souriant, tout en ôtant le capuchon de son stylo doré. Que choisissez-vous, Mademoiselle Callahan ?

— Lundi, mercredi et vendredi à dix heures trente, commençai-je. J'abandonne le cours d'économie pour suivre le cours sur Shakespeare à la place – Histoires et Tragédies.

— Ah, excellent choix, je connais bien ce cours, dit-il en inscrivant ma requête. Je suis sûr que vous le trouverez absolument exquis.

— Je n'en doute pas.

— Comment vous en sortez-vous, Corey ? demanda alors le doyen en inclinant la tête. Vos notes préliminaires sont formidables.

— Vraiment ?

Je ne pus m'empêcher de sourire.

Nous n'étions pas censés recevoir nos notes avant une semaine, mais j'espérais m'en être bien tirée.

Il hocha la tête.

— Bravo, dit-il. Comment vivez-vous l'université ? Vous avez été affectée au bâtiment McHerrin, je présume ? J'ai visité la chambre moi-même après avoir discuté avec vos parents cet été.

— Elle est parfaite, dis-je. Et ma colocataire est géniale.

Il dodelina de la tête.

— Bien, bien. Bon, je suppose que vous allez déjeuner.

Levant les yeux en direction de la salle à manger, il fit brusquement la grimace.

— Les escaliers ! Oh, juste ciel.

Il se leva d'un bond.

— J'étais si concentré sur votre appartement... pourquoi vous a-t-on affectée à la résidence Beaumont ?

— C'est moi qui ai demandé Beaumont. C'est là qu'était mon frère.

Il avait toujours l'air chiffonné.

— Mais... où mangez-vous le soir, quand le réfectoire principal est fermé ?

— Ici, dis-je en désignant la cour. Adam Hartley et moi avons découvert le monte-charge des livraisons en début d'année.

— Oh ! fit le doyen, troublé. Dans la cuisine ?

Je hochai la tête.

— Maintenant, ils ont l'habitude de nous voir.

Son visage s'empourpra.

— Je suis très embarrassé. Vous devriez être réaffectée dans une autre résidence, accessible aux personnes à mobilité réduite, avec une cafétéria au rez-de-chaussée.

C'était hors de question, car je ne voulais pas perdre ma colocataire Dana.

— Ça va, je vous le promets. S'il vous plaît, ne me changez pas de bâtiment. J'y suis habituée. Et puis, je suis censée m'entraîner à monter les escaliers avec mes béquilles. J'ai fait la paresseuse ces derniers temps.

Il hésita.

— Si vous en êtes certaine, Mademoiselle Callahan.

Il se racla la gorge.

— Si vous remarquez une autre négligence de notre part, pourrez-vous m'en avertir ? N'importe quoi.

— Promis.

— Corey.

Il me tendit la main, que je lui serrai.

— Je dis toujours que j'apprends au quotidien au contact des étudiants. Et voilà que vous me donnez une leçon avant même l'heure du thé.

— Le plaisir est pour moi, dis-je en souriant.


Ce soir-là, j'enfilai mon maillot de bain sous un pantalon de jogging facile à retirer et je me dirigeai vers le gymnase quinze minutes avant le début de l'entraînement de water-polo. Je n'avais pas envie que mes coéquipiers me voient passer du fauteuil au bassin. Je bloquai mes roues, retirai mon pantalon et effectuai une manœuvre rapide pour me laisser glisser au sol. Là, j'enlevai mon t-shirt et rangeai mes vêtements dans mon sac. Puis je desserrai les freins du fauteuil et le poussai légèrement vers le mur.

Je rejoignais le bord du bassin sur les fesses lorsque j'entendis une voix derrière moi.

— Tu dois être Corey ?

Je levai les yeux pour découvrir un visage amical qui me regardait.

— Allison ?

Elle s'approcha et je lui serrai la main. Elle s'agenouilla au bord de la piscine à côté de moi.

— Tu as déjà joué ? demanda-t-elle.

Je secouai la tête.

— Mais j'ai fait beaucoup de natation pendant les vacances.

Je m'éclaircis la voix.

— En fait, avant, je jouais tout le temps au hockey sur glace. Alors j'aime tous les sports d'équipe tant qu'il s'agit de marquer des buts.

Elle ouvrit de grands yeux.

— Formidable !

— Je peux passer à l'eau ?

— Bien sûr, dit-elle en souriant. Nous commencerons dans cinq minutes.

— C'est bon à savoir, dis-je.

Je penchai les épaules vers l'eau, rentrai la tête et me laissai rouler en avant, dans le bassin.

Lorsque je revins à la surface, je découvris le reste de l'équipe de water-polo de Beaumont – une demi-douzaine – qui rejoignait la piscine. Allison et un autre garçon que j'avais déjà vu au réfectoire de la résidence Beaumont tendirent un cordon en travers de la piscine pour la diviser en deux couloirs.

— Nous allons prendre ce côté, déclara le garçon avec un accent britannique agréable.

Je nageai sous la corde et réapparus de l'autre côté, près du bord où il se tenait.

— Pour ceux qui ne me connaissent pas, je m'appelle Daniel.

Et comme nous sommes une équipe sacrément bien organisée, ajouta-t-il en déclenchant l'hilarité générale, je vais récapituler les règles pendant une ou deux minutes. Puis nous nous entraînerons à la mêlée. Tout le monde, à vos bouées... dit-il en désignant un tas dans le coin de la salle. Et à l'eau !

Tous se dirigèrent vers la pile de bouées et mes battements de cœur s'accélérèrent. Elles se trouvaient à environ trois mètres du bord. Ce serait encore l'un de ces moments gênants où j'allais devoir demander l'aide de quelqu'un.

J'avais horreur de ça.

Coincée sur le côté, je vis tout le monde attraper une bouée et revenir vers le bord de la piscine. Personne ne semblait m'avoir remarquée, ce qui, en règle générale, me convenait parfaitement. Allison et Daniel furent les deux derniers à rester hors de l'eau et je posai les yeux sur elle en espérant qu'elle tournerait la tête dans ma direction.

Heureusement, elle s'arrêta avant d'atteindre la piscine et me sourit. Elle désigna la bouée dans sa main, puis inclina le doigt vers moi. Je hochai la tête avec reconnaissance et elle me la lança. Alors que je rattrapai la bouée, je surpris le regard de Daniel. Il fronça les sourcils et regarda autour de lui avant de repérer mon fauteuil roulant contre le mur.

Daniel se gratta l'oreille d'un air pensif. Il s'agenouilla au bord du bassin.

— Tu sais, par moments, c'est un peu violent. C'est difficile de rester sur la bouée.

Mon visage vira au rouge.

— C'est bon, lui dis-je. Je suis une bonne nageuse.

Comme si une journée type ne m'offrait pas assez d'occasions de me ridiculiser, j'éprouvai quelques difficultés à monter dans la bouée. Elle était plus grande que celles avec lesquelles la thérapeute Heather m'avait entraînée. Il me fallut trois essais avant de me hisser dessus. Les règles, que Daniel s'était mis à lire à haute voix, exigeaient que chaque joueur ait les fesses bien au centre de la bouée avant de prendre possession de la balle. Par ailleurs, il était autorisé de faire tomber le joueur qui avait le ballon, le forçant ainsi à l'abandonner.

— Bon, mélangeons-nous, s'écria Daniel. Nous allons pratiquer la mêlée, par périodes de sept minutes.

Il tira d'un sac plusieurs dossards et les lança à quatre joueurs.

Je n'en avais reçu aucun, ce qui signifiait que je faisais partie de l'équipe de Daniel. Allison était dans le camp adverse. Je reconnaissais la plupart de mes coéquipiers, car ils dînaient souvent au réfectoire de la résidence, mais je ne connaissais pas leurs noms. Daniel souffla dans son sifflet et la partie commença.

L'autre équipe obtint la balle et exécuta quelques passes. Je compris comment me propulser en me servant de mes mains comme nageoires. Je remarquai que seules deux personnes utilisaient aussi leurs jambes. Il fallait être assez grand – avec de longues jambes qui dépassaient de la bouée – pour donner des coups de pieds efficaces. Pour une fois, ne pas avoir l'usage du bas de mon corps ne présenterait pas de réel désavantage. Nous nous ébattions comme des poissons en essayant de manœuvrer nos sièges flottants. L'effort que cela requérait provoqua quelques rires parmi les participants.

Le water-polo sur bouées n'était pas un sport qui se prenait trop au sérieux.

Un type efflanqué du nom de Mike intercepta la balle et fit une passe à Daniel. Je tournai sur moi-même et me plaçai en position devant le filet.

— Là ! m'exclamai-je en levant les bras.

Mais Daniel passa le ballon à une autre coéquipière, plus éloignée des cages. Elle tira et manqua le but.

Ensuite, le même scénario se répéta à plusieurs reprises.

Lorsque Daniel donna le coup de sifflet final, je devenais folle. Je savais que mes coéquipiers ne craignaient pas que je perde la balle, puisque cela se produisait tout le temps. Le problème, c'était que mes coéquipiers de la résidence Beaumont – tous ceux qui m'avaient vue en béquilles ou en fauteuil roulant dans le réfectoire – me croyaient trop fragile. Ils avaient peur de me mettre dans une position susceptible de me faire tomber de ma bouée. C'était ridicule. J'étais tellement frustrée que j'avais envie de cracher.

— Eh, Daniel ! lança une voix de l'autre côté de la piscine, où une équipe différente menait son propre entraînement. Ça vous dit une *bagarre* ?

Daniel se tourna vers eux.

— Si *bagarre* est l'argot américain pour *mêlée*, alors avec plaisir.

— Bien sûr ! renchérit Allison. Nous allons montrer à la résidence Turner qui commande ici.

Le capitaine de Turner, un garçon maigre en petit maillot Speedo, nous rejoignit, accompagné par son équipe.

— Nous ne sommes que six ce soir. On joue six contre six, ou vous préférez nous envoyer l'un de vos gars ? Ou de vos filles ?

— Je viens ! lançai-je en levant la main.

Le type de Turner hocha la tête.

— Super. Qui surveille le temps ?

Je passai du côté de l'équipe de Turner, ramant avec mes mains vers les visages qui m'étaient inconnus. Lorsque le coup de sifflet retentit, je sautai en plein cœur de l'action. Il ne fallut qu'une minute avant que l'un de mes nouveaux coéquipiers de Turner s'aperçoive que j'étais démarquée et me lance la balle. Je la rattrapai – Dieu merci – et fis une passe à quelqu'un d'autre. Quelques minutes plus tard, on m'envoya le ballon alors que je me trouvais encore plus près du but.

Notre gardien de l'équipe de Beaumont était un grand barbu que l'on surnommait « Nounours ». De toute évidence, il avait été choisi davantage pour sa corpulence que pour ses compétences. Je fis une feinte sur la gauche et il se fit avoir en beauté. Chaque fois que j'avais le ballon, aucun membre de l'équipe de Beaumont ne tentait de me l'enlever. J'aurais pu le garder toute la soirée, mais je n'en fis rien. D'un geste vif et déterminé, je lançai la balle dans le coin supérieur droit du filet.

Mes coéquipiers d'adoption m'applaudirent. Je commençais enfin à m'amuser.

Je me contentai de faire quelques passes par la suite, préférant jouer la sécurité. Mais lorsqu'une autre ouverture se présenta, je tentai la même tactique. Le seul à avoir retenu la leçon, c'était le gardien – ce coup-ci, il se révéla un peu plus difficile à berner. Mais je réussis néanmoins. Encore une fois, l'équipe de Beaumont resta en retrait tout le temps où j'avais le ballon.

Idiots. Je marquai encore à deux reprises avant qu'ils commencent à en avoir assez.

Lorsque je récupérai le ballon la fois suivante, Allison fonça. Je m'apprêtais à tirer lorsqu'elle se rua sur ma bouée et me fit basculer. J'eus le temps de faire une passe par-dessus sa tête avant qu'elle ne parvienne à me retourner. J'atterris dans une gerbe d'éclaboussures. Lorsque j'émergeai à la surface, tous éclatèrent de rire, moi la première.

À partir de ce moment-là, tous les coups furent permis. L'équipe de Beaumont cessa de me craindre et je dus faire plus de passes que je ne tentais de buts. Enfin, juste avant le coup de sifflet final, le capitaine de Turner me lança la balle alors que je me tenais devant le filet. Ma petite fée d'espoir en bikini bondit en agitant ses pompons et je précipitai le ballon dans la lucarne avant que le lourdaud comprenne ce qui se passait.

Game over. Avantage pour Turner.

À la fin de la séance, j'étais détrempée et haletante. Je me hissai sur le bord du bassin et me retournai pour m'asseoir. Le capitaine de Turner jaillit de l'eau à côté de moi.

— Salut, merci d'avoir joué dans notre camp. Je crois que tu nous as sauvé la mise.

Je souris.

— C'est gentil de ta part, mais je bénéficiais d'un curieux avantage au début de la partie.

Il haussa un sourcil.

— J'ai remarqué. En quel honneur ?

J'inclinai la tête vers le fond de la salle.

— En fait, j'aurais bien besoin d'un coup de main. Ce fauteuil contre le mur m'appartient. Tu veux bien le faire rouler jusqu'ici ?

Il regarda de l'autre côté de la salle avant de poser de nouveau les yeux sur moi, puis il se mit à rire.

— D'accord, je comprends mieux.

Je hochai la tête.

— Ça part d'une bonne intention, mais parfois les gens ont besoin qu'on leur enseigne une petite leçon. Désolée si j'ai monopolisé la balle.

Il se leva en secouant la tête pour se sécher les cheveux.

— Honnêtement, c'était amusant à regarder, dit-il avant d'aller me chercher mon fauteuil.

Après m'être essuyée et avoir passé la tête sous le séchoir pour ne pas attraper froid dans le vent de janvier, je remontai la fermeture de mon blouson et engageai mon fauteuil hors du vestiaire des femmes. Le capitaine Daniel attendait près de l'ascenseur, appuyé contre le mur. Lorsqu'il m'aperçut, il se redressa.

— Corey, dit-il.

Son accent rendait mon nom beaucoup plus cassant.

— Je suis affreusement désolé.

Je haussai les épaules et enfonçai le bouton de l'ascenseur.

— Ce n'est rien, ça m'arrive en permanence.

Il secoua la tête.

— Non, vraiment, j'ai l'impression d'être un sale con.

L'accent avec lequel il avait prononcé « sale con » donnait l'impression qu'il s'agissait d'un seul et même mot : *salcon*. Nous montâmes ensemble dans l'ascenseur.

— J'espère que tu seras là au match de vendredi, dit-il. Nous avons besoin de toi.

Je lui adressai un sourire sournois.

— Tu me paies combien ?

Voilà que je *flirtais* ouvertement avec lui. Je ne savais pas exactement pourquoi, mais c'était plutôt distrayant.

— Eh bien, dit-il en se grattant le menton. Je t'offre une glace sur le chemin du retour. J'ai une petite addiction au parfum Chunky Monkey et j'ai besoin de ma dose.

Je fus la première surprise lorsque j'acceptai sa proposition.

— Philosophie ? Ça m'a l'air compliqué.

Je grignotai le bout de mon cône.

— Oh, non, pas vraiment, insista Daniel. On passe chaque heure cours à débattre et à argumenter. Que choisiras-tu comme matière principale en master ?

— Je n'ai pas encore décidé, lui dis-je. En fait, je n'ai pas encore réfléchi à tout ça.

— Eh bien, dit-il. Concentre-toi sur les sports aquatiques. L'inspiration finira par venir.

— C'est exactement ma stratégie.

— Tu as bien réussi à berner notre gardien de but, Corey. Avec un peu de chance, tu réitéreras l'exploit avec celui de Turner vendredi.

— Le gardien de Turner a de bons réflexes, mais il reste trop en avant par rapport au filet.

Daniel émit un rire bref très agréable.

— C'est un niveau d'analyse très élevé pour du water-polo sur bouée. Tu es un peu effrayante, Corey. Enfin, pour l'autre équipe, s'entend.

Il plissait les yeux lorsqu'il souriait.

— Avant, je jouais au hockey. Observer le gardien de but, c'est mon truc.

— Alors j'ai hâte d'être à vendredi.

Il repoussa sa chaise.

Nous sortîmes de la boutique du glacier et Daniel me tint la porte ouverte. Le sol était légèrement incliné à l'extérieur. Je n'avais pas anticipé ce détail et je dérapai dans l'obscurité. Dans mon élan, je manquai de renverser Hartley, qui recula d'un bond.

— Oups, m'exclamai-je en attrapant mes roues.

— Bon sang, Callahan, se récria Hartley. Tu essaies de me tuer ?

Daniel s'avança à côté de moi.

— Si elle essayait de te tuer, tu serais déjà mort. C'est quelque chose que j'ai appris au sujet de Corey.

J'éclatai de rire et le regard d'Hartley alterna entre Daniel et moi. Il avait la bouche pincée.

— C'est juste.

— Je suis désolée, Hartley, sincèrement.

À ce moment, Stacia sortit en se déhanchant du renfoncement voisin où se trouvaient les distributeurs de billets.

— Bonsoir, Daniel, dit-elle.

Puis elle prit Hartley par la main et l'entraîna vers la bibliothèque. Sans m'adresser un mot, bien évidemment.

— Salut, leur lança Daniel.

Nous prîmes ensemble le chemin de la résidence.

— Je suis invisible, dis-je dans un souffle.

— Oh, celle-là, elle snobe presque tout le monde. Tu n'es pas la seule.

— C'est bon à savoir, dis-je en soupirant.

Si Hartley était amoureux d'une personne gentille, je crois que je serais capable de le supporter. Mais c'était un monstre et il ne semblait pas s'en formaliser, ce qui avait le don de me rendre folle.

— Elle snobe principalement les femmes, ajouta Daniel. Surtout les jolies filles.

Je me demandai si c'était un compliment.

— La majeure partie des hommes ne sont pas assez bien pour elle, non plus. Elle est sympa avec moi parce que je suis européen. Sa connaissance des accents britanniques n'est pas assez subtile pour lui permettre de deviner que je ne viens pas des beaux quartiers de Londres.

— Tu as plein de théories intéressantes, Daniel.

— C'est mon truc, répondit-il.

Nous nous arrêtâmes devant la résidence Beaumont.

— Promets-moi que je te verrai vendredi ?

Je tendis la main pour taper dans la sienne.

— Je serai là. Et merci pour la glace.

— Tout le plaisir est pour moi, répondit-il en me baisant la main.

Une heure plus tard, je me couchai avec une impression de victoire. Cette journée avait été la plus courageuse pour moi depuis mon arrivée à Harkness. Elle n'était pas aussi spéciale que la nuit la plus bizarre de ma vie, mais pour la première fois, je sentais que je pouvais avancer.

Je fermai les yeux. Juste avant de trouver le sommeil, j'entendis une petite voix de fée murmurer à mon oreille. *Hartley n'a pas aimé te voir en compagnie de Daniel.*

En pensée, j'arrachai un minuscule bout de ruban adhésif pour le coller sur ses petites lèvres. Puis je m'endormis.

# CHAPITRE 17
# CE N'EST PAS UN SEX-TOY

## COREY

JE REÇUS un texto environ dix minutes après le début de mon premier cours sur Shakespeare. *Ça va, Callahan ?*

Ce n'était pas très bien vu de sortir son téléphone en pleine classe, mais comme Hartley m'avait envoyé un deuxième message inquiet pour demander de mes nouvelles, je le dissimulai sur mes genoux pour lui répondre.

*Ça va ! Désolée ! Je t'appellerai. J'ai changé de classe. À plus ?*

À midi, alors que Dana et moi nous demandions dans quelle cafétéria nous prendrions notre déjeuner, mon téléphone sonna, affichant le numéro d'Hartley.

— Callahan ! tonna-t-il dans mon oreille. Comment ça, tu as changé de classe ?

— Désolée, Hartley.

Je lui servis un petit mensonge innocent.

— Quand je suis allée acheter le manuel, c'était comme tu le disais. Taux de change et politique budgétaire. Le livre devrait être vendu avec du café en quantité suffisante pour tenir le trimestre. Je n'ai pas pu.

Il y eut un silence à l'autre bout de la ligne.

— Alors tu as abandonné ?

— Quoi, tu n'as jamais abandonné un cours, toi ?

Une autre pause.

— Mais tu viens déjeuner avec moi au moins ?

J'entendis alors la voix de quelqu'un, étouffée par le téléphone, qui l'appelait de loin. Une voix stridente.

— Hartley !

— Je crois que tu as de la compagnie pour le déjeuner, non ? fis-je.

— Oui, bien sûr, mais…

Je ne l'avais encore jamais entendu chercher ses mots.

— On se voit au dîner peut-être, lui dis-je. Ou passe plus tard dans la soirée. On jouera un peu au hockey.

Quand je raccrochai, les yeux de Dana pétillaient.

— Tu t'es vraiment détachée de lui, n'est-ce pas ?

— Je crois bien.

— Tu joues les inaccessibles ? demanda-t-elle.

Je secouai la tête.

— C'est juste une question de survie, lui expliquai-je. Et franchement, ce n'est pas aussi difficile que je l'aurais cru.

## HARTLEY

*Allô, Houston, on a un problème.*

Allongé sur mon lit, je regardais le plafond qui s'obscurcissait lentement. Les cours de la journée étaient finis et c'était le début du semestre, cette période si agréable où seuls les perfectionnistes avaient commencé à se pencher sur leurs devoirs. J'avais tout le temps du monde pour analyser sous tous les angles le comportement de ma voisine.

Ce n'était pas si étrange que Corey ne m'ait pas appelé pendant les vacances. Le téléphone n'avait jamais eu sa place dans notre amitié. Mais quand elle était revenue, elle n'était pas passée me saluer. Puis elle avait esquivé le déjeuner, et voilà qu'elle lâchait le cours d'économie ? Ce ne pouvait pas être des coïncidences.

Corey m'évitait.

*Pourquoi compliques-tu notre amitié ?* m'avait-elle demandé. Je lui avais répondu par une pirouette. Pourtant, si j'avais su qu'elle me jetterait comme un palet, je ne me serais pas aventuré sur ce terrain avec elle.

Je n'aurais jamais dû m'y aventurer.

Tandis que j'étais allongé à me tourmenter à ce sujet, la nuit noire succéda au crépuscule. Mon téléphone illumina le lit lorsque je reçus un texto de Stacia.

*Dîner ?*

Il était dix-sept heures trente et mon estomac criait déjà famine. Mais je ne lui répondis pas, car je devais d'abord tirer quelque chose au clair. Je me levai et enfilai un manteau. Puis je traversai le couloir et ouvris la porte. Dana et Corey étaient assises côte à côte sur le sofa, devant un ordinateur portable. Apparemment, elles regardaient des vidéos de chats sur YouTube.

— À la bouffe, les filles, lançai-je. On se bouge les fesses, c'est soirée pâtes à la cafét.

— On se bouge les fesses ? demanda Corey. C'est pour moi que tu dis ça ?

— C'était ironique, Callahan. Sérieusement, venez. La file d'attente est toujours trop longue. C'est difficile pour un infirme.

Dana et Corey échangèrent un regard que je ne parvins pas à interpréter. Corey haussa les épaules et Dana referma son ordinateur.

— D'accord, ça marche.

Elle lança son manteau à Corey et enfila le sien.

Ensemble, nous sortîmes dans le froid mordant de janvier. Après tout, peut-être ne m'évitait-elle pas.

— J'ai entendu dire qu'il allait neiger, fit Corey.

— Voilà qui va pimenter le trajet du matin, geignis-je.

C'était agréable de ne plus porter de plâtre, mais je ne m'étais pas encore remis à cent pour cent.

— Oh, ça vaut la peine, déclara Corey. J'adore la neige.

— J'ai hâte, acquiesça Dana.

— Je ne sais pas ce que vous prenez, toutes les deux, mais c'est de la bonne, lançai-je en traînant ma canne entre deux pas.

En fin de journée, j'avais toujours mal à la jambe.

— Mettez-m'en un peu de côté.

— Nous sommes juste droguées à la vie, dit Corey.

Dana lui lança un regard amusé.

Lorsque nous arrivâmes à Beaumont, Corey et moi empruntâmes le monte-charge de service, tandis que Dana nous réservait une place dans la queue.

— Tu sais, dit Corey lorsque le vieil ascenseur se mit à bouger. Le bon vieux grincement de ces boulons m'avait manqué.

— À moi aussi.

Tout avait l'air comme avant et je commençai à me détendre.

Jusqu'à l'arrivée de Stacia.

Nous étions assis et nous picorions nos pâtes lorsque ma petite amie se laissa tomber à côté de moi. Sans adresser la parole à Dana ni à Corey, elle ouvrit le bureau des plaintes.

— Hartley, tu n'as pas répondu à mon texto.

Je lui adressai un regard innocent.

— Désolé, ma belle. Qu'est-ce que tu voulais ?

Elle rejeta ses cheveux en arrière.

— Eh bien, l'équipe de hockey est libre vendredi et Fairfax organise une petite fête. Je lui ai dit que nous y serions.

Dana et Corey échangèrent un autre regard lourd de sous-entendus. Je ne pouvais pas leur en vouloir. Stacia n'était pas la créature la plus chaleureuse du monde. Je m'essuyai la bouche et réfléchis à ma réponse. Je préférais ne pas me disputer avec elle devant mes amies, mais la fête de Fairfax ne m'intéressait pas plus que ça.

— Je ne suis pas sûr pour vendredi, Stacia. Peut-être pas cette fois.

Ses sourcils parfaitement entretenus se froncèrent, alarmés.

— Mais nous *devons* y aller. Tu peux monter les escaliers lentement. Je t'attendrai.

Même si j'étais content que Stacia ait enfin décidé de se souvenir de ma blessure à présent que j'étais presque guéri, ce n'était pas le problème.

— C'est gentil, mais j'ai dit à Bridger que je l'accompagnerais au match de basket. Bien sûr, tu peux venir si ça te dit. Vous aussi, les filles, dis-je en levant mon verre de soda vers Corey et Dana.

Stacia fit la moue.

— Un match de basket ? Et Fairfax ?

Je n'avais pas envie d'y aller, mais elle ne semblait pas vouloir lâcher l'affaire.

— Quoi, Fairfax ? Cette année, ça n'a pas vraiment été un ami modèle, si tu veux tout savoir. Bon sang, même mes coéquipiers virtuels sur RealStix ont été plus sympas.

— Oh ! s'exclama Corey en frappant la table avant de se tourner pour fouiller dans son sac, sur le dossier de son fauteuil. Hartley, tu viens de m'y faire penser. Je transporte ça dans mon sac à dos depuis bien avant les vacances.

Elle sortit un petit paquet sur lequel était écrit *Joyeux anniversaire*.

— Il se trouve je n'ai pas pu te le donner le jour de ton anniversaire. Je ne me rappelle pas pourquoi.

À cet instant, elle croisa mon regard et constata que je me figeais. Bon sang, je ne m'attendais pas à cela. Mon cou devint rouge lorsque je pris le paquet dans ses mains.

— Merci, Callahan. Tu n'aurais pas dû.

Je le posai sur la table et portai mon verre à mes lèvres.

— Tu ne l'ouvres pas ? demanda-t-elle. Ce n'est pas un sex-toy, tu sais, ni rien de ce genre.

Je m'étranglai en avalant mon soda de travers – mais c'était ce genre d'étourderies qui faisait mon charme.

— Seigneur, est-ce que ça va ? demanda Stacia en me donnant une tape dans le dos.

C'était le seul être humain capable de se fâcher parce que son petit ami n'arrivait plus à respirer.

— C'est passé par le mauvais tuyau ? demanda Corey.

Je hochai la tête en toussant.

— Je déteste quand ça m'arrive, dit Dana.

Quelque chose dans le ton de sa voix m'indiquait que la situation l'amusait, bien au contraire.

Je m'étais fourré dans une sacrée galère. Et c'était uniquement de ma faute.

Je me ressaisis et glissai le pouce sous le rabat du papier cadeau. Lorsque je le déchirai, je levai de nouveau les yeux vers elle.

— Waouh, tu m'as acheté le nouveau RealStix ?

— Eh *oui* !

Cette fois, son sourire était authentique. En fait, c'était le premier sourire que j'obtenais de Corey depuis la nuit la plus bizarre de sa vie.

— C'est un peu comme l'ancienne version, mais avec tous les transferts récents.

Je frottai mes mains l'une contre l'autre.

— Je vais être imbattable.

— *Bien sûr*, fit-elle. Genre !

Ses yeux pétillèrent, comme ils n'auraient jamais dû cesser de pétiller.

Stacia regardait son assiette, la mine renfrognée, et ne prononça pas un mot.

## COREY

— Oh, mon *Dieu*, s'exclama Dana une fois que nous fûmes rentrées chez nous, d'une voix basse pour ne pas être entendue depuis le couloir. C'était de la folie !

Je me jetai du fauteuil roulant sur le canapé.

— J'avoue que c'était amusant.

— Tu es une rude compétitrice. Je ne le soupçonnais pas.

— Ce n'est pas la question, répliquai-je.

Si je devais rejouer la scène, je n'aurais pas apporté le jeu pour Hartley. L'inviter à disputer d'autres parties avec moi entrait en conflit avec les objectifs de l'Opération Oublier Hartley.

— Bah, dans ce cas, ton timing a le sens de l'ironie, gloussa Dana. Et tu as *vu* la tête de la fille quand il a dit qu'il n'irait pas à la soirée ? Elle a piqué une crise.

— Je sais, murmurai-je avant de secouer la tête. Et pourtant, il est toujours avec elle.

Nous gardâmes le silence pendant une minute. Dana se rapprocha et s'assit à côté de moi, repliant ses jambes en tailleur comme je le faisais souvent avant mon accident.

— Tu sais quoi ? Je crois que tout ira bien, quoi qu'il arrive.

— Comment cela ?

— Eh bien, soit Hartley se rend compte qu'il est ridicule de rester avec elle, même si elle est physiquement magnifique. Personnellement, c'est ce que j'espère.

— Ou ?

— Ou tu finiras par t'en désintéresser. Parce que, honnêtement, elle le rend moins intéressant. Avant, vous n'arrêtiez pas de parler pendant tout le dîner. Et maintenant, vous ne discutez plus, parce que c'est elle qui lui rebat les oreilles. Pendant ce temps, un autre gars attirera ton attention, quelqu'un qui sait écouter son cœur.

— Ce serait bien, dis-je.

— Quelle éventualité ? demanda-t-elle en arquant un sourcil.

— La première, évidemment.

## CHAPITRE 18
# QUELLE QUESTION !

**COREY**

QUELQUES SOIRS PLUS TARD, j'étais assise devant mon bureau, dans ma chambre, en train de rédiger l'ébauche d'un devoir pour mon cours sur Shakespeare.

— Callahan ? demanda Hartley en apparaissant dans l'encadrement de la porte.

En entendant sa voix, mon menton se tourna automatiquement dans sa direction.

— Qu'est-ce qu'il y a, Hartley ?

J'entendis le ton chaleureux de ma voix et je sentis mon corps se pencher en avant.

*Enfer et damnation.* Combien de temps cela prendrait-il avant qu'il cesse de m'affecter de la sorte ?

Hartley entra dans ma chambre en se frottant les mains.

— Tu veux bien m'accompagner quelque part vendredi soir ? Juste tous les deux.

Mon cœur bondit de joie, mais je m'empressai de le ramener à la réalité. Je me tournai vers mon écran d'ordinateur.

— Désolée, je ne peux pas. J'ai un match.

— Un quoi ?

Il traversa toute la chambre et vint se planter entre mon fauteuil et le lit.

— Un match, répétai-je. Du water-polo sur bouée. C'est un sport qui oppose les résidences de l'université.

Hartley attrapa le dossier de mon fauteuil et le fit pivoter vers lui. Il s'assit sur le lit de sorte que nos yeux se retrouvèrent au même niveau.

— Tu t'es inscrite ?

Son visage afficha alors le plus beau des sourires.

— C'est génial.

Je me mordis la lèvre en déployant tous mes efforts pour ne pas craquer devant un tel sourire.

— En fait, c'est un peu nul, répondis-je. Mais je me suis dit que j'allais essayer.

Il ne détachait pas ses yeux des miens.

— Callahan, tu es formidable.

— Ah bon ?

Je levai les yeux au ciel.

— Je tombe en permanence de ma bouée.

— Tu…

Il baissa les yeux et secoua la tête. Puis il esquissa un autre sourire qui creusa ses fossettes, et j'eus l'impression de recevoir un coup de poing en plein cœur.

— Tu te soucies vraiment du regard des autres, n'est-ce pas ? Et puis, d'un coup, tu te dis : « Oh, et merde. Je vais pratiquer un sport qui me demande de porter un *maillot de bain* et de me faire renverser chaque fois que je suis en possession de la balle. »

Il se laissa tomber sur le lit et éclata de rire.

— L'autre équipe ferait mieux de s'inquiéter. Ils *ignorent* à qui ils ont affaire. Tu me tues, Callahan.

— Mouais, répondis-je.

Je commençai à pivoter pour me tourner vers mon ordinateur, mais Hartley se redressa et me prit la main pour m'arrêter.

— Attends, et si on se voyait samedi au lieu de vendredi, ça irait ?

Son regard était grave, il attendait ma réponse.

— Je dois vérifier un truc d'abord…

Soudain, je n'étais que trop consciente de notre proximité et de sa main sur la mienne. L'air sembla s'épaissir entre nous et son regard demeura rivé sur le mien, comme si nous étions seuls au monde.

L'ennui, c'était que nous n'étions pas seuls.

Quelle que soit l'activité qu'Hartley ait prévue, je savais qu'elle n'allait pas résoudre mon casse-tête. *Rien que nous deux*, avait-il promis. Mais ce n'était qu'une illusion, n'est-ce pas ?

Lentement, je retirai ma main. Je secouai la tête et la magie de l'instant fut brisée.

— Quoi ? Callahan, pourquoi non ?

Je poussai un souffle tremblant et optai pour la vérité, si gênante qu'elle soit.

— Je ne peux pas, c'est tout, murmurai-je. Je suis peut-être une idiote, mais j'ai vraiment du mal à être ton amie en ce moment.

Je m'adossai contre mon fauteuil.

Hartley contracta plusieurs fois sa mâchoire avant de dire :

— D'accord, je vois.

Puis il se leva et sortit de la chambre.

Le bruit de la porte qui se refermait me percuta aussi violemment qu'une gifle. Mes yeux s'embuèrent et je dus me retenir pour ne pas l'appeler, lui demander de revenir et lui dire que j'étais prête à aller n'importe où avec lui.

Ma petite fée d'espoir se jeta face contre mon bureau et abattit ses minuscules poings sur la table, frustrée.

Pendant une longue minute, je fus du même avis qu'elle.

J'avais l'impression que je venais de commettre une énorme erreur en repoussant Hartley. Il avait toujours été un bon ami et le rejeter de la sorte me semblait inconsidéré.

Sauf que ça ne l'était pas.

Je pris une profonde inspiration. La vérité, c'était que suivre Hartley comme un chiot transi d'amour m'empêchait de me faire d'autres amis. Et aussi génial que soit Hartley, je ne voulais pas passer le reste de l'année à mendier les miettes que Stacia avait laissées, le temps qu'elle finisse de s'appliquer une nouvelle couche de rouge à lèvres.

Bon sang, pourquoi était-elle revenue ?

Non, ce n'était même pas le fond du problème.

Bon sang, pourquoi l'aimait-il ?

Je retournai à mon devoir, mais les mots se brouillaient sur la page.

Le vendredi soir, j'enfilai de nouveau mon maillot de bain et orientai mon fauteuil vers le chemin de la piscine. Cette fois, je n'oubliai pas de récupérer une bouée avant de descendre dans l'eau.

Au fond de moi, je ne pouvais m'empêcher de me demander si Hartley viendrait assister à mon match. Les compétitions internes à l'université n'attiraient que peu de spectateurs. Mais l'espoir était trompeur. Il avait le chic pour vous surprendre dans des endroits que vous ne soupçonniez même pas.

Bien sûr, Hartley ne vint pas.

La partie était ardue, car l'équipe Turner comptait un septième joueur qui n'était pas mauvais du tout. Grand et rapide, il semblait toujours se trouver pile au bon endroit pour intercepter nos passes. Et il n'avait absolument aucun scrupule à me renverser de ma bouée quand j'étais en possession du ballon.

*L'enfoiré*, songeai-je lorsqu'il me coula pour la quatrième fois. Puis j'éclatai de rire devant ma propre hypocrisie.

Heureusement, le gardien de but des Turner n'était pas dans sa meilleure forme. Alors qu'il ne restait plus qu'une minute de jeu, je marquai un but de loin, égalisant le score à 3 contre 3. Quand le coup de sifflet retentit, Daniel déclara la rencontre terminée.

— Quoi ? Pas de prolongations ? m'exclamai-je.

— Quelqu'un d'autre a réservé la piscine, dit-il. Nous jouerons les prolongations devant nos pintes. J'ai un fût de bière qui refroidit sur le rebord de ma fenêtre. On se rhabille, tout le monde.

Alors que je traversais la cour Beaumont en compagnie des joueurs, je pris conscience que je n'avais pas fait partie d'une équipe depuis bien longtemps, aussi décalée soit-elle. Et ça m'avait beaucoup manqué.

— C'est un excellent début de saison, dit Allison en sautillant à mes côtés. Turner est toujours difficile à battre. Nous avons perdu contre eux deux années consécutives.

— Qui affrontons-nous ensuite ? demandai-je, comme si cela avait une quelconque importance.

— Dimanche, nous jouons contre la résidence Ashforth. Ils déclareront sans doute forfait, parce que leur capitaine est un porc et qu'aucune femme d'Ashforth ne veut descendre dans la piscine avec lui.

— C'est dégueu, m'exclamai-je.

— Tu l'as dit.

Le groupe s'arrêta devant une entrée et je sus précisément ce qui allait se passer ensuite. Daniel présenta sa carte magnétique devant le lecteur et ouvrit la porte. J'entendis quelqu'un crier : « C'est au troisième ». Et voilà comment s'achevait mon vendredi soir. Certes, je pouvais toujours rentrer à McHerrin et troquer mon fauteuil contre mes béquilles avant de revenir m'attaquer aux escaliers, mais je me connaissais. Une fois que je serais dans ma chambre, je trouverais une excuse pour m'asseoir et regarder un film au lieu d'escalader ces marches dangereuses.

Mes coéquipiers entrèrent en file indienne et je tournai les roues de mon fauteuil pour rebrousser chemin.

— Tu ne viens pas, Corey ? lança Dan.

Je regardai par-dessus mon épaule.

— Peut-être la prochaine fois, répondis-je.

— Tu veux un coup de main ?

Nounours se penchait sur moi.

— Je crois que je peux te porter sur mon dos.

J'ouvris la bouche pour refuser, mais me ravisai. C'était exactement le genre d'attention gênante que je cherchais toujours à
éviter.

— Je sais que tu as envie de jouer les prolongations, dit Daniel
en ouvrant grand la porte. Nous garerons ton fauteuil dans l'entrée du bâtiment.

— Merci, répondis-je en sentant mes joues s'empourprer. Pourquoi pas ?

Pendant un instant, je trouvai cette idée plutôt bonne.

Notre gardien de but me porta jusqu'en haut des trois volées
de marches en soixante secondes chrono, avant de me déposer sur
le sofa dans la salle commune de Daniel. Allison m'apporta une
bière, que je bus. Elle était froide, c'était parfait, sans compter
qu'elle était servie dans une véritable pinte en verre. Daniel ne
plaisantait pas quand il avait dit : « Un peu d'Angleterre au cœur
de Harkness. »

J'avais réussi. Je m'étais entourée de nouveaux visages et avais
trouvé une activité du vendredi soir qui n'impliquait ni désir
refoulé ni coéquipiers virtuels.

L'ennui, c'était que j'étais à présent coincée sur le canapé de
Daniel. Je parlais à tous ceux qui venaient s'asseoir à côté de moi
ou qui se tenaient debout près du sofa, mais sans mes béquilles ni
mon fauteuil, j'avais la mobilité d'une plante verte. Bien sûr, j'aurais pu me déplacer sur le sol, mais je serais vraiment passée pour
une bête de foire.

Daniel venait souvent me voir et remplissait mon verre chaque
fois que le niveau de bière baissait. Malheureusement, son rôle
d'hôte l'occupait et il ne s'attardait jamais bien longtemps. Pire
encore, la bière commençait à faire son effet. Non seulement j'étais
pompette, mais en plus j'avais envie d'aller aux toilettes. Une
envie pressante.

Je n'avais aucune stratégie de repli.

De l'autre côté de la salle, Nounours bavardait avec Allison, les yeux vitreux. Quand j'envisageai de grimper sur son dos pour descendre les trois paliers, cette idée me sembla à peu près aussi raisonnable que monter dans la voiture d'un ivrogne. Sans ceinture de sécurité.

Je dressai la liste de mes options, qui s'étiolaient au fur et à mesure que le temps passait. Je pouvais me traîner sur les fesses hors de la salle et descendre un à un les escaliers. Cela me prendrait une quinzaine de minutes et nul doute qu'une dizaine de personnes s'arrêteraient pour assister à mon humiliation.

Je me tournai vers la porte pour évaluer la distance qui me séparait de la sortie.

Soudain, je tressaillis en apercevant Hartley sur le seuil. Il me renvoyait mon regard.

— Tu es là, dit-il, la mine sombre. Pourquoi ton fauteuil est-il en bas ?

— On m'a aidée à monter, répondis-je en refoulant un rot.

— Pas de béquilles ?

Je baissai les yeux sur mes mains.

— Non.

— Attends, tu es *saoule*, Callahan ?

Il entra et se pencha pour rapprocher son visage du mien.

— Tu dis ça comme si c'était grave, gémis-je en faisant traîner ma phrase.

— Seigneur, il est grand temps d'y aller.

— *Non.*

Il avait l'air exaspéré.

— Je ne te laisserai pas ici, Callahan. Comment vas-tu descendre les escaliers ?

— Je n'en *sais* rien. Quelqu'un m'aidera.

*Quelqu'un d'autre que toi. N'importe qui sauf toi.*

Il se grattait le menton.

— Je pourrais rentrer pour aller te chercher tes béquilles. Mais je ne pense pas que ce soit le bon moment pour t'entraîner à descendre les marches.

Hartley se pencha et posa les mains sur mes hanches.

— *Non*, Hartley.

Il me lâcha, mais ses yeux marron exprimaient la contrariété. Je ne dupais personne, j'étais complètement coincée et il n'avait pas d'autre choix que de me secourir.

— C'est mieux sur le dos, dis-je alors d'une petite voix.

Sans un mot, il se retourna et s'agenouilla devant moi, pliant son genou valide. J'enroulai mes bras autour de son torse et il passa les mains sous mes genoux. Aussitôt, je fus soulevée sur son dos et il rejoignit la porte en boitillant. La pièce tournoyait légèrement et je compris que j'étais plus éméchée que je ne le pensais.

— Bon, dit-il. En s'appuyant contre la rampe et en y allant lentement, on va y arriver.

En y allant lentement. À cause de son genou encore convalescent. Très lentement.

*Bon sang.*

— Hartley ?

Je frémis lorsque son dos comprima ma vessie.

— Je dois vraiment aller aux toilettes.

— Sérieux ?

— Est-ce que je mentirais pour un truc pareil ?

Il s'interrompit, à mi-chemin entre la porte de Daniel et celle du voisin d'en face. Entre les deux appartements s'ouvraient des toilettes communes. Hartley posa une main sur la porte.

Avant que nous entrions, la porte voisine s'ouvrit, révélant Stacia vêtue d'une nuisette en soie affriolante. Pas étonnant qu'il ait vu mon fauteuil au rez-de-chaussée, c'était la voisine de Daniel.

— Hartley ? Mais qu'est-ce qui se passe ? Tu as dit que tu allais juste te brosser les dents. Tu ne viens pas te coucher ?

— Visiblement pas, dit-il. Excuse-nous.

Lorsqu'il ouvrit la porte de la salle d'eau, les lampes s'allumèrent automatiquement, aveuglantes.

— Pose-moi juste sur les toilettes, dis-je d'une petite voix. S'il te plaît.

*Et ensuite, tue-moi, parce que c'est horriblement gênant.*

Il me fit descendre délicatement avant de me tourner le dos pour reculer de quelques pas.

— Euh, Hartley ? Tu peux sortir ?

— Je ne regarde pas.

— *S'il te plaît.*

— Pour l'amour du ciel, Callahan, dit-il.

Je sentis tout le poids du monde dans sa phrase.

— Ne tombe pas dans le trou.

Que quelqu'un m'achève.

J'attendis qu'il ait quitté la pièce pour baisser mon pantalon en toute hâte. Je tirai sur l'élastique en me déhanchant pour m'en débarrasser, espérant que mon corps se montrerait coopératif et se retiendrait pendant quelques secondes, tandis que je me tortillais comme un serpent qui s'extrait de sa mue. Dieu bénisse les ceintures élastiques.

Dans le couloir, Stacia et Hartley se disputaient.

— Mon amie a besoin d'aide, Stass. C'est comme ça.

— Je ne vois pas pourquoi… commença-t-elle.

— Tu ne vois *pas* pourquoi, l'interrompit Hartley, parce qu'aider les gens, ce n'est pas ton genre.

— Nous étions censés passer toute la nuit ensemble, dit-elle.

— Vraiment ? Que veux-tu que je te dise ?

— Dis-moi que tu rentres tout de suite.

— Écoute, fit-il. Laisse ta porte ouverte. De toute façon, il faut qu'on parle.

— On va bien s'amuser, apparemment, répliqua-t-elle d'un ton sec.

La porte se referma en claquant.

J'urinai pendant ce qui me sembla durer une dizaine de minutes. Puis je remontai mon pantalon en me dépêchant tout en tâchant de ne pas glisser dans la cuvette. Lorsque je tirai la chasse, on frappa à la porte.

— C'est bon.

Hartley entra et s'agenouilla devant les toilettes, avant de me hisser de nouveau sur son dos. La porte de Stacia était fermée et il s'engagea dans les escaliers sans prononcer un mot. Mais la descente fut laborieuse. Pour s'agripper à la rampe, il devait lâcher ma jambe droite. Je contractai mes quadriceps pour essayer de la remonter, mais elle pendait inexorablement.

Depuis mon perchoir sur son dos, j'avais le nez à quelques centimètres de son cou. Cette même nuque que j'avais caressée du bout des doigts lorsque nous nous étions embrassés.

Enfer et damnation.

Lorsque nous atteignîmes le palier intermédiaire, Hartley me posa au sol en soupirant.

— Petite pause à mi-parcours, dit-il en s'asseyant à côté de moi avant d'enfoncer ses pouces sur les muscles de sa jambe blessée.

— Le poids supplémentaire est difficile à supporter, n'est-ce pas ? demandai-je.

Une autre soirée, un autre fiasco. Tout ce que je voulais, c'était partager une bière avec l'équipe, mais j'avais tout fait foirer.

— J'avais déjà mal, dit-il.

— Menteur.

J'attrapai mon propre mollet et le déposai sur une marche en contrebas, puis je répétai la manœuvre avec mon autre jambe. J'appuyai alors sur mes bras et fis glisser mes fesses. Je recommençai l'opération – une jambe après l'autre pour descendre une marche à la fois. Et ainsi de suite.

Je progressais rapidement, ne marquant une pause que lorsqu'un groupe de filles ouvrit la porte d'entrée pour se ruer dans les escaliers.

— Salut, Hartley ! claironnèrent-elles en passant.

— Bonsoir, Mesdemoiselles.

Sa voix était chaleureuse et désinvolte, comme si sa place était tout naturellement dans cette cage d'escalier crasseuse, assis en compagnie de son amie éclopée.

Une fois qu'elles eurent disparu, je me laissai glisser en bas.

— Finalement, dit-il en me contournant pour aller chercher

mon fauteuil et le rapprocher de la dernière marche, on aurait dit que c'était facile.

— Super, lâchai-je en essuyant mes mains sales contre mon pantalon. Mais je déteste…

Je ne parvins même pas à terminer ma phrase de peur d'éclater en sanglots. Je *détestais* être cette fille qui s'échappe en douce de la fête. Je *détestais* être la fille qui avait besoin qu'on l'aide. Je *détestais* être la pote handicapée d'Hartley. J'aimais encore mieux regarder *The Princess Bride* en boucle que devoir subir ce genre d'humiliations.

— Je sais, dit-il dans un souffle.

Il se pencha pour me soulever, mais je le repoussai. J'exécutai une manœuvre dont Pat aurait été fière, me hissant sur mon fauteuil d'un seul geste habile.

Hartley tourna mon fauteuil vers la porte et avança.

— Nous devons descendre les marches du perron à l'envers, lui rappelai-je.

— Nous faisons tout à l'envers, Callahan, dit-il.

Je n'avais pas la moindre idée de ce qu'il sous-entendait et je ne lui posai pas la question.

## HARTLEY

Lorsque nous atteignîmes le chemin dallé de la cour Beaumont, Corey essaya de se débarrasser de moi.

— Tu peux remonter, dit-elle.

— Tu as bu, Callahan. Je vais te raccompagner.

— Tu me traites comme un bébé, gémit-elle.

— Bah, alors on peut dire que j'ai traité comme un bébé chacun de mes amis, à un moment ou à un autre, et que presque tous m'ont vomi dessus. Bridger le fait toutes les semaines.

Nous continuâmes en silence pendant plusieurs minutes, avant que je finisse par demander :

— Mais à quoi *pensais*-tu, Callahan ?

— Je n'ai pas réfléchi, d'accord ? Je voulais juste participer à une fête, pour une fois. Pourquoi faudrait-il que je planifie chaque minute de ma vie des heures à l'avance ? Personne d'autre ne le fait.

La cour était si paisible que sa voix résonnait sur les murs.

— Bon sang, voilà que je me plains maintenant.

— Tout le monde a ses problèmes, grommelai-je. Comment s'est passé le match, au fait ?

— Bien. Égalité. 3-3.

— Tu as marqué ?

— Bien sûr, voyons…

J'éclatai de rire.

— Évidemment, quelle question !

— *Franchement*, renchérit Corey qui peinait à bien articuler.

Une fois que je l'eus ramenée à sa chambre, je m'attardai dans l'encadrement de la porte. Elle entra dans la salle commune et tourna son fauteuil vers moi.

Le silence entre nous n'était pas naturel. Je n'avais jamais vu son joli visage aussi triste. Je réprimai l'envie de traverser la pièce et de… je ne sais quoi. Le besoin irrépressible de prendre soin d'elle faillit me submerger. Je n'avais envie que d'une chose, la prendre dans mes bras et la serrer contre moi. Je trouvais injuste que la meilleure personne que je connaisse se retrouve seule et toute triste un vendredi soir.

Elle inclina la tête sur le côté, révélant son cou d'un blanc laiteux.

— Je suis désolée d'avoir gâché ta soirée.

— Tu n'y es pour rien.

Sans réfléchir, je fis deux pas dans la pièce. Bon sang, ce que j'avais envie de passer mes doigts dans ses cheveux et de l'embrasser juste derrière la mâchoire… et à une dizaine d'autres endroits.

*Putain de merde.*

Au lieu de cela, je me contentai de déposer un baiser sur le sommet de son crâne. Elle dégageait une odeur de fraise et de chlore.

— Bonne nuit, Callahan, dis-je d'une voix rauque.

Enfin, je fis ce que je devais faire. Je tournai les talons et me dirigeai vers la porte.

— Hartley ?

Je ne me retournai qu'une fois en sécurité sur le seuil.

— Oui, ma belle ?

Elle avait posé sa joue lisse sur sa main.

— Pourquoi m'appelles-tu toujours Callahan ?

Cette question m'arrêta net, car je ne voulais pas vraiment réfléchir à la réponse.

— Et toi, pourquoi m'appelles-tu toujours Hartley ? répliquai-je.

— Tout le monde t'appelle Hartley. Mais tu es le seul à m'appeler Callahan.

Quelle poisse, apparemment elle pouvait être à la fois ivre et lucide. La raison était simple, mais je ne voulais pas la dire. Je l'appelais Callahan pour me donner l'impression qu'elle faisait partie de ma bande de copains. Je le faisais pour donner le ton à notre amitié. Mais ce n'était qu'un mensonge de plus dont je me persuadais. Je commençais à me rendre compte que je m'en étais raconté un certain nombre.

— Parce que c'est ton nom.

Je me raclai la gorge.

— Si tu veux bien m'excuser, j'ai quelques problèmes à régler.

Sur ces mots, je tournai les talons une bonne fois pour toutes et m'en allai sans demander mon reste.

# CHAPITRE 19
# TU M'AS FEINTÉ

## COREY

— OH, ma *tête*, gémis-je le lendemain matin en clopinant sur mes béquilles vers la salle du petit déjeuner.

— Tu aurais dû prendre quelques Advil avant de te coucher, remarqua Dana.

— Si je pouvais revenir en arrière et revivre cette soirée, ce serait loin d'être ma priorité.

— À ce point ?

— C'était trop gênant. Il a fallu que quelqu'un me vienne en aide. Et il a *fallu* que ce soit Hartley.

Dana sourit.

— Toi qui adores qu'on te vienne en aide…

— Surtout quand c'est lui ! Ensuite j'ai entendu Stacia se plaindre et je suis presque certaine qu'il est retourné chez elle pour danser le mambo horizontal.

J'avais passé la nuit allongée dans mon lit à regarder le plafond osciller, en essayant de ne pas imaginer ses grandes mains en train de retirer son élégante nuisette.

— Regarde le bon côté des choses, dit Dana tandis que nous

approchions des grilles de Beaumont. Aujourd'hui, c'est le jour des gaufres. On se retrouve là-haut ?

Je secouai la tête.

— Non, je vais prendre les escaliers. Je dois vraiment m'entraîner.

Dix minutes plus tard, tout allait déjà mieux. J'avais gravi les marches sans trébucher ni paniquer. Et Dana et moi nous étions installées à notre table préférée non loin de la porte. Je terminais tout juste ma gaufre quand Daniel posa son plateau à côté du mien.

— Bonjour, Mesdemoiselles, dit-il. Je peux m'asseoir ?

— Bien sûr, répondis-je. Dana, je te présente Daniel. C'est le capitaine de notre équipe de water-polo. Daniel, voici ma colocataire, Dana.

— C'est un plaisir de faire ta connaissance, dit Daniel. Et le plaisir serait encore plus grand si tu intégrais notre équipe.

Dana éclata de rire.

— Le sport et moi, ça fait deux.

— Le water-polo sur bouée, ce n'est pas un sport, c'est une vocation.

Il adressa à Dana un grand sourire en plissant les yeux, et je crus la voir rougir. Dana avait un faible pour les accents britanniques.

— Nous faisons des fêtes sympas après les matchs, ajouta-t-il avant de se tourner vers moi. Tu as disparu, hier soir, Corey.

— Ah bon ?

J'étais étonnée de constater qu'il n'avait pas remarqué mon départ. Je croyais toujours que mes entrées et mes sorties maladroites se voyaient comme le nez au milieu de la figure.

— Es-tu partie avant ou après les feux d'artifice ? demanda Daniel.

— Quels feux d'artifice ?

— Ah...

Son expression affichait le plaisir du complot. Il se retourna pour regarder par-dessus ses épaules avant de reprendre :

— Ton ami Hartley et sa reine des neiges se sont accrochés dans le couloir. C'était une sacrée engueulade. Très dramatique.

Dana se pencha en avant sur sa chaise.

— Que s'est-il passé ?

— Eh bien…

À ce moment, Allison posa son plateau en face de Daniel.

— Bonjour !

— Merci bien, dit-il poliment. J'étais en train de raconter à Corey notre querelle de voisinage. Elle l'a ratée.

Il se pencha.

— Tout a commencé quand Stacia a crié : « Personne ne me quitte, Hartley ! » devant tout le monde.

Je sentis mon cœur manquer un battement et Dana sursauta :

— Il l'a plaquée ?

Allison tapa dans ses mains, tout excitée.

— Oui. Mais avant, elle lui a sorti le grand jeu en lui disant qu'elle l'aimait. Et il a répliqué que si elle l'aimait, elle n'aurait pas passé son temps à baiser son…

À ces mots, elle gloussa.

— … son « étalon italien » à travers toute l'Europe.

Je restai assise, stupéfaite, tandis que ma petite fée d'espoir franchissait la porte en trombe, aux prises avec le ruban adhésif que je lui avais collé sur les lèvres.

— Waouh, s'exclama Dana. Stacia doit être folle furieuse.

— Tu l'as dit, acquiesça Allison. Elle est passée de « je t'aime » à « tu n'es qu'une erreur de parcours ». Puis il a dit : « J'en ai terminé avec toi », et il est parti.

— Ensuite, nous avons tous ouvert les paris, expliqua Daniel en pliant une tranche de bacon dans sa bouche.

— Des paris à quel sujet ? demandai-je.

— Pour savoir lequel des deux se remettrait en couple le premier, dit Allison. J'ai parié sur Stacia, parce que seule son image

compte et qu'il lui faut absolument un homme trophée à son bras.
Mais la liste des prétendantes d'Hartley est plutôt longue. Cela dit,
je ne pense pas qu'il la remplace tout de suite. Du moins, je ne l'espère pas. J'ai besoin d'un peu de temps pour marquer des points.

Elle fit mine de lancer un ballon dans un filet.

— On peut toujours rêver, non ?

À cet instant, Hartley entra dans la salle du réfectoire et nous
levâmes les yeux en même temps. Ce fut bref, mais il était évident
que nous étions en train de parler de lui. Mon estomac se serra
lorsque je regardai Hartley, fraîchement célibataire.

*Du calme*, me dis-je en guise d'avertissement. *Il n'y a aucune
raison de s'enflammer.*

Mais ma petite fée d'espoir arracha son bâillon et se mit à
hurler : *mais si, il y a toutes les raisons, au contraire !*

Daniel s'essuya la bouche.

— Ça n'a pas l'air d'aller, vieux.

Il avait raison. Les yeux d'Hartley étaient rouges et fatigués.

— J'ai peut-être un peu bu hier soir.

Il contourna la table en clopinant et passa derrière Daniel et
Dana pour venir se placer à côté de moi. Il sortit un petit flacon de
pilules de sa poche et versa quelques comprimés dans sa paume.
Il les enfourna alors dans sa bouche et prit mon verre de jus de
fruits pour les faire passer.

— Eh ! protestai-je pour la forme.

— Mauvaise nuit ? demanda Daniel.

Hartley secoua la tête.

— Plutôt bonne, au contraire. Mais tous ceux à qui j'avais
envie de parler dormaient déjà, sauf Bridger et sa bouteille de
Bourbon. Je reviens.

Il emporta mon verre au distributeur de jus et me le remplit.
Lorsqu'il revint, je constatai qu'il boitait plus que d'habitude.
C'était sans doute ma faute.

— Ton genou, lui dis-je.

Hartley haussa les épaules.

— Il est juste un peu raide. Quand je me suis réveillé ce matin, j'étais à plat ventre sur le sol de chez Bridger. Une bonne soirée.

Puis il posa les doigts sous mon menton et inclina mon visage vers le haut avant de froncer les sourcils. Il sortit le flacon de sa poche et déposa quelques comprimés sur mon plateau.

— Débarrasse-toi de cette gueule de bois, Callahan. Nous avons des projets pour ce soir.

Les battements de mon cœur redoublèrent.

— Depuis quand ?

Hartley posa ses deux mains sur la table et se pencha pour mettre son visage au même niveau que le mien.

— Depuis maintenant.

Avant que je puisse exprimer ma surprise, il avait posé ses lèvres sur les miennes. Son baiser était délicat et se termina bien trop vite. Il se redressa et me laissa toute tremblante.

— Ne m'oblige pas à te supplier, Callahan. J'ai mal au genou.

Puis il s'éloigna en direction de la cuisine.

Un long silence s'ensuivit à notre table, ponctué par un cri de Dana. Je sentis mes joues virer au rouge pivoine.

— Déjà ? s'exclama Allison.

Daniel ricana.

— On dirait que Corey a marqué un but avant même que l'arbitre siffle le début de la rencontre.


C'était bien du genre d'Hartley de me planter un baiser sur les lèvres sans s'embarrasser des détails. J'avais envie de hurler à pleins poumons : « Qu'est-ce que ça veut dire, bon sang ? » Mais comme j'étais lâche, je me contentai de lui demander par texto :

*Hartley ?*

*Oui, ma belle ?*

*On va où ce soir ?*

*Tu verras bien*, répondit-il. *Habille-toi très confortablement. Prends tes béquilles, pas ton fauteuil. Nous prendrons le minibus. Retrouve-moi à 20 h devant la grille de Beaumont.*

Pendant toute la journée, un essaim de papillons voleta dans mon ventre.

— D'après toi, qu'est-ce que vous allez faire ? me demanda Dana pour la dixième fois.

Elle me passait du vernis à ongles rose sur les orteils.

— Je n'en sais *rien* ! m'exclamai-je.

Et ce n'était même pas la question la plus importante à mes yeux.

Qu'est-ce que cela *signifiait* ?

Dana sembla lire dans mes pensées, ce qui n'était sans doute pas très difficile.

— Il l'a larguée pour toi. C'est la *vérité*, Corey. Il s'est comporté en homme et il l'a fait.

Mon estomac se serra de nouveau. J'avais tellement envie que ce soit vrai. Mais depuis quand mes vœux étaient-ils exaucés ?


— Pourquoi refuses-tu de me dire où nous allons ? demandai-je alors que nous attendions la navette pour les étudiants à mobilité réduite.

Je me sentais totalement fébrile, debout près d'Hartley, prête à m'embarquer dans sa curieuse petite aventure.

Mais il se contenta de m'adresser un sourire énigmatique. Lorsque le minibus fit son apparition, il demanda au chauffeur de nous déposer à l'intersection de Sachem et Dixwell. Comme je ne connaissais pas bien les rues de la ville, il m'était impossible de deviner ce qui s'y trouvait.

À ma plus grande surprise, le minibus s'arrêta devant l'arène de hockey.

— Vraiment ? demandai-je en descendant de la marche rabaissée pour poser le pied sur le trottoir. Je n'entrerai pas là-dedans, dis-je en entendant la détresse dans ma propre voix.

La navette s'éloigna et je me rendis compte du silence qui régnait. Il n'y avait aucun match de hockey ce soir-là. Il n'y avait personne ici à part Hartley et moi.

— Je le sais bien, dit-il en se rapprochant. Mais j'aimerais que tu viennes avec moi, juste pour cette fois.

— Mais *pourquoi* ?

Il se contenta de secouer la tête.

— Si ça ne te plaît pas, je ne te demanderai jamais de revenir.

Il se baissa, et dans la lueur orangée des lampadaires, il m'offrit un tendre baiser.

Mon cœur se contracta dans ma poitrine. J'étais prête à beaucoup de concessions pour obtenir d'autres baisers comme celui-ci, mais Hartley ignorait que je n'avais jamais remis les pieds dans une patinoire depuis mon accident. Je n'avais pas peur d'y retourner – je n'en avais tout simplement pas *envie*. J'avais vécu trop de moments de bonheur sur la glace, et maintenant, toute cette partie de ma vie était derrière moi.

— Je t'en supplie ! implora-t-il.

Il passa ses bras autour de moi et déposa un baiser sur ma tête.

— S'il te plaît.

Comment refuser ?

Hartley m'accompagna au bas de la pente, sur le côté du bâtiment. Il sortit un trousseau de sa poche et ouvrit la porte qui donnait au niveau de la glace.

À l'intérieur, les sensations familières m'envahirent immédiatement. Chaque patinoire que je connaissais avait la même odeur – la fraîcheur de la glace, mélangée aux effluves corporels et aux arômes de bretzels salés. Je pris une grande inspiration et mon ventre se noua un peu plus.

— Viens avec moi, dit Hartley.

Il me conduisit au bas des gradins, à l'endroit où les joueurs entraient sur la patinoire en début de match.

La glace brillait à quelques pas de moi. Sa surface fraîchement damée était lisse. Je regardai le seuil, entre le tapis de caoutchouc et la bordure nette de la patinoire. Le souvenir du patin que l'on posait sur le bord avant de s'élancer et la sensation de voler qui s'ensuivait étaient encore vifs. Le nœud dans ma gorge s'épaissit.

— Tu as déjà vu ça ?

Je baissai les yeux. Hartley s'était agenouillé devant deux... luges ? Chacune supportait un siège en plastique en forme de louche. Lorsqu'Hartley pencha l'engin sur le côté, j'aperçus deux lames en dessous. Un support en bois s'étendait en avant du siège, vers un repose-pied muni d'une boule métallique.

Je secouai la tête en me raclant la gorge.

— Qu'est-ce que c'est ? demandai-je d'une voix rauque. Encore une invention idiote adaptée aux handicapés.

Il leva vers moi des yeux inquiets.

— Ce sont... c'est *amusant*, Callahan. Je les ai déjà testés. On peut aller assez vite.

Il avança l'un des engins près de mes pieds.

— On fait juste un petit essai. Si tu n'aimes pas, on rentre.

J'hésitais toujours. Combien de fois m'étais-je préparée à entrer en jeu tout près de la glace, prête à m'y engager, sans me douter que c'était un privilège ? Un millier de fois ? Plus encore ? Autrefois, j'ignorais que j'avais tout à perdre, que ma vie pouvait basculer en quelques minutes.

Hartley se leva et me contourna pour se positionner derrière moi. Il passa ses mains sous mes bras.

— Penche-toi en avant, je vais t'installer dessus.

En soupirant, je m'exécutai.

Comme d'habitude, il me fallut une éternité pour retirer mes attelles, me harnacher et me préparer. Hartley me tendit alors non pas une, mais deux petites crosses de hockey.

— Fais attention aux bouts, précisa-t-il.

Lorsque je les examinai, je constatai que l'extrémité supérieure de chaque crosse présentait trois petites pointes métalliques.

— C'est comme ça qu'on se propulse, dit-il. Tu verras.

Puis il traîna ma luge sur le bord et me poussa sur la glace. Je glissai sur une dizaine de mètres avant de m'arrêter. Je levai le menton et regardai les projecteurs du stade, plusieurs étages au-dessus de ma tête. La patinoire de Harkness était magnifique. J'avais vu mon frère y disputer des matchs. Et après avoir reçu ma lettre d'admission, j'avais cru qu'un jour, moi aussi je jouerais au hockey dans cette même arène.

Hartley se lança sur la glace et me rejoignit.

— Viens, Callahan. En avant.

Je me tournai pour le regarder, mais ses yeux ne reflétaient pas son sourire. Il attendait, tandis que je me débattais avec mes démons invisibles.

— D'accord, lui dis-je enfin.

Un bâton dans chaque main, je me baissai pour enfoncer les piques dans la glace. Ma luge glissa un mètre plus loin. Sans doute les lames sous mon siège avaient-elles été correctement affutées.

— Ah, voilà, dit-il.

Hartley se propulsa à son tour et fila en direction de la ligne bleue. Je le vis prendre de la vitesse. La piste de glace me paraissait immense de là où je me tenais. J'enfonçai mes crosses et poussai. Il avait raison, on pouvait facilement accélérer. Mais lorsque j'inclinai mon corps pour faire tourner la luge, je perdis aussitôt ma vitesse. Un vrai patineur tourne sur une seule lame. La luge était moins pratique.

Et pourtant, elle fonctionnait bien.

Je pris plusieurs inspirations profondes, laissant l'air de la patinoire emplir mes poumons. Puis je me tournai et patinai vers Hartley.

— Ça te plaît ? demanda-t-il en glissant la main à l'intérieur de sa veste.

Il en sortit un palet, qu'il jeta sur la glace.

— Ce n'est pas très maniable, dis-je. Comment vais-je pouvoir te doubler si je ne peux pas tourner ?

Je m'élançai et frappai le palet avec le bout d'une de mes crosses.

Il sourit.

— En fait, on peut rapprocher les lames. Mais on tangue beaucoup, c'est un peu comme faire du kayak.

Je m'arrêtai net.

— Hartley, tu es en train de me dire que j'ai l'équivalent des roulettes pour enfants ?

Il leva ses deux crosses comme pour se défendre.

— Du calme, c'était juste pour te donner un aperçu.

Il se rapprocha de moi.

— Penche-toi une seconde.

Je m'inclinai sur le côté et il se baissa pour ajuster la luge.

— Essaie, maintenant.

Je me redressai et tombai aussitôt de l'autre côté.

— Attends…

Je me remis en position et commençai à donner des coups de crosse frénétiques. Je fusai alors sur la glace, me penchai et exécutai un virage en arc de cercle. Lorsque je me tournai pour regarder Hartley, il était à genoux sur la glace en train de bricoler la lame sous sa propre luge. Je récupérai le palet tandis qu'il remontait en selle.

— Un petit match ?

— Vas-y, dit-il en se dirigeant vers le centre.

Je lançai le palet dans les airs et il atterrit à son avantage. Hartley le récupéra du bout de sa crosse et parvint à le maintenir hors d'atteinte, avant de s'emmêler les pinceaux en essayant d'utiliser le mauvais côté du bâton pour se propulser. Je m'élançai et repris la main, filant à coups de crosse vers les cages. Brusquement, la luge d'Hartley me dépassa. Il fit volte-face et se plaça en position de défense. Une crosse dans chaque main et ses longs bras tendus, il occupait une grande partie du filet. Je m'apprêtais à effectuer un tir décentré lorsque je vis Hartley s'élancer pour l'intercepter. À la dernière seconde, je retournai ma crosse et lançai le palet d'un revers, directement dans l'espace étroit entre sa luge et son bâton. Le palet s'enfonça dans le filet.

La surprise qui s'afficha sur son visage était inestimable.

— Tu m'as feinté ?

Je me mis à rire et ma luge bascula sur le côté. Les avant-bras sur la glace, j'étais secouée d'éclats de rire. Mais la joie déclencha quelque chose d'autre dans ma poitrine et mes yeux me piquèrent aussitôt. Il y avait trop de fantômes sur la glace avec moi – de petites versions toutes transpirantes de celle que j'avais été, filant sur leurs patins affutés, marquant des buts sans hésitation. Mon cœur se serra et mon souffle se mua en sanglots déchirants. Les larmes se mirent à couler sur mon visage avant de goutter sur la glace en dessous.

Quelques instants plus tard, Hartley arriva près de moi. Il me souleva délicatement et me serra contre son corps. Il chuchota doucement à mon oreille, mais je ne l'entendais pas. Prise de tremblements, je me laissai aller à pleurer dans le col de sa veste.

— Là, disait-il. Là.

— C'est… hoquetai-je. J'étais…

Il me serra encore plus fort.

— C'était une erreur, murmura-t-il.

Je secouai la tête.

— Non, c'est *bien*, m'exclamai-je. Sincèrement. Mais *avant*…

Je frissonnai.

— C'est si dur… à *accepter*.

— Je suis désolé, dit Hartley dont la voix se brisait à son tour. Je suis tellement désolé.

— J'étais *parfaite*, dis-je. Et je ne le savais même pas.

— Non, murmura-t-il à mon oreille. Non, non. La perfection n'est pas réelle.

Je pris une profonde inspiration tremblotante et acceptai de me laisser bercer par son étreinte solide.

— Ne cherchons plus à être parfaits, Callahan. Contentons-nous d'être sacrément bons.

# CHAPITRE 20
# JE PLEURERAIS COMME UNE FILLETTE

## COREY

JE SÉCHAI ENFIN MES LARMES. Quand Hartley consulta sa montre, il dit :

— Il reste vingt minutes avant que le minibus vienne nous récupérer.

Mon visage était en vrac et j'essuyai mes yeux contre ma veste.

— Alors tu ferais mieux d'aller chercher ce palet dans les cages, m'exclamai-je. J'ai encore le temps d'en marquer quelques-uns. Entre deux crises de larmes.

— C'est ce que nous allons voir, Callahan.

Je parvins à rentrer le palet dans le filet une fois de plus, contre trois succès du côté d'Hartley. Lorsque nous remontâmes dans le minibus, je ruisselais de sueur.

— Nous n'étions pas bien équipés, déclarai-je. La prochaine fois, j'enlèverai ma veste. Mais des gants et des coudières seraient utiles.

Hartley me fit un clin d'œil.

— La prochaine fois.

J'étais épuisée. Toute la journée, j'avais eu envie de questionner Hartley sur la suite. J'avais voulu savoir où nous en étions, même si c'était difficile de le lui demander. Mais en cet instant, le souvenir de la glace blanche étincelante qui dansait devant mes yeux me suffisait. Je posai la tête sur son épaule et il passa un bras autour de moi. Nous n'échangeâmes que quelques mots avant que le bus nous dépose sur College Street.

— D'où venaient les luges ? demandai-je en manœuvrant pour sortir du minibus.

— Je les ai vues dans un local de rangement l'an dernier, il y en avait une douzaine. Alors j'ai demandé au gérant si on pouvait s'en servir.

— Et l'accès à la patinoire ? Ça n'a pas dû être facile.

— C'est grâce à Bridger. L'entraîneur est toujours fâché contre moi.

— Tu remercieras Bridger de ma part ? demandai-je d'une voix calme.

— Bien sûr.

Lorsque nous approchâmes de la porte d'entrée du bâtiment McHerrin, Dana nous rattrapa.

— Salut.

Elle me regarda en plissant les paupières. Je devais ressembler à un épouvantail, les yeux rouges et le front luisant.

— Tout va bien ?

— Oui, très bien, répondis-je. Mais j'ai besoin d'une bonne douche. Tu rentres tôt.

— Les filles du groupe sortaient dans un bar, mais comme ma fausse carte d'identité est mauvaise…

Elle haussa les épaules.

— Je vais faire un peu de thé.

Elle passa sa carte magnétique devant le lecteur pour ouvrir la porte d'entrée.

J'avais envie de remercier à nouveau Hartley, mais son téléphone sonna. Il y jeta un œil et répondit :

— Salut, maman, dit-il en calant le téléphone sous son menton. Oui, je t'ai appelée. J'ai quelque chose à te dire, et tu vas adorer.

Il entra dans sa chambre, mais je l'entendis ajouter :

— J'en ai fini avec Greenwich, Connecticut.

J'abandonnai Hartley à sa discussion et j'allai prendre une douche.

La raison pourrait paraître ridicule, mais je remontai mes cheveux avant de me glisser sous le jet. L'odeur de glace de la patinoire s'attardait dans mes cheveux et je n'étais pas prête à l'effacer. J'étais en train de rincer joyeusement la transpiration sur mon corps lorsque Dana entra dans la salle de bain.

— Corey ? lança-t-elle.

Je passai la tête derrière le rideau de douche.

— Tu es censée frapper !

Dana savait que j'étais une maniaque de l'intimité.

— *Désolée.*

Un sourire taquin aux lèvres, elle referma la porte derrière elle.

— Mais Hartley vient de passer te chercher. Il a dit : « Dis à Callahan que *je l'attends.* »

Elle gloussa.

— Je te jure que j'ai gardé mon sérieux. Presque.

— Waouh. D'accord.

— Alors…

Elle me lança un regard diabolique.

— Je suis venue ici pour te l'annoncer, au cas où tu t'apprêterais à raser quoi que ce soit…

Je fermai le rideau de douche.

— Oh, mon Dieu. Tu me donnes des complexes.

— Pourquoi ?

— Je parie que Stacia faisait entretenir son jardin par des professionnels.

Dana s'exclama :

— Mais c'est de l'histoire ancienne, Corey. Les poils nickel et tout le reste.

Je l'entendis quitter la salle de bain en ricanant.

Après m'être séchée, je m'enveloppai dans la serviette et passai sur mon fauteuil. Alors que je roulais près de Dana dans la salle commune, elle me demanda :

— Que comptes-tu porter ?

— Excellente question. Voyons…

Je passai les tiroirs de ma commode en revue, prenant plus de temps que d'habitude, avant de jeter mon dévolu sur un débardeur près du corps et un pantalon de yoga.

— *Parfait*, dit Dana lorsque je sortis de ma chambre pour lui demander son avis. Sexy, sans donner l'impression que tu essaies de l'être.

— Dana ? Tu vas un peu loin en suppositions, je trouve.

Elle secoua la tête.

— J'ai vu la mine qu'il faisait. Je crois qu'il a un peu bavé sur notre tapis. Tu as mis des sous-vêtements coquins ?

— Je n'en ai pas, alors je n'ai rien mis, dis-je en passant une brosse dans mes cheveux.

Elle poussa un cri.

— Dans ce cas, j'imagine que tu n'as pas besoin de mon aide.

— Bien sûr que si. Décision importante : les béquilles ou le fauteuil ?

En matière de style, c'était toujours ma grande question.

Dana réfléchit.

— Le fauteuil. C'est évident, le fauteuil. Comme ça, ce sera plus facile de te déshabiller.

Je me tournai vers la porte.

— Et là je suis censée dire : « Ne m'attends pas » ?

Elle haussa les sourcils.

— J'exige un rapport détaillé.


Je frappai deux coups sur la porte d'Hartley, terriblement gênée. Les cognements graves d'une musique house me parvenaient depuis l'intérieur de sa chambre et j'ouvris la porte. À l'intérieur, au milieu de la pièce, Hartley tenait un ballon de basket à la main. Il portait un jean pour seuls vêtements. Devant ce spectacle, ma bouche devint sèche. Même si la lumière était faible, je pouvais voir les muscles parfaits de son torse et la fine ligne de poils bruns sous son nombril, qui allaient se perdre sous la ceinture de son jean. Il se retourna et lança le ballon sur le côté, puis il s'approcha de moi.

De *moi*.

Ce n'est pas facile de se rapprocher de quelqu'un en fauteuil roulant. Ainsi, quand il se pencha, je passai mes bras autour de son cou. Sa peau était douce comme du velours sous mes paumes. Hartley posa ses mains sur mes hanches et me souleva de mon fauteuil, me hissant contre sa poitrine. Il passa un bras sous mes fesses et me maintint contre lui, nez à nez. Il me dévisageait de ses grands yeux marron et graves.

— Callahan, chuchota-t-il.

— Quoi ?

Sa réponse fut un long et tendre baiser. J'en avais tellement envie. Pourtant, à ce moment-là, malgré les battements effrénés de mon cœur, je me demandais dans quelle histoire je m'engageais. Je m'écartai juste assez de lui pour le regarder dans les yeux.

— Hartley ? Je… je ne peux pas être un plan cul. Peut-être que ça convient à certaines filles, mais…

Il posa deux doigts sur mes lèvres.

— Je suis tout à toi, Callahan.

Sa main glissa contre ma joue et je me penchai dans sa chaleur.

— Tu es la première personne à qui je veux parler le matin et la dernière que je veux voir le soir.

Mon cri de joie fut étouffé par ses lèvres contre les miennes. Délicatement, il m'assit sur son lit tout en écartant mes cheveux de mon visage du bout du pouce. Il approfondit son baiser. Alors que nos bouches s'unissaient, un gémissement monta du fond de sa gorge, se réverbérant le long de ma colonne vertébrale.

Lorsque sa langue caressa la mienne, je la ressentis partout à la fois.

Hartley glissa sa bouche vers mon oreille et murmura :

— Désolé d'avoir mis aussi longtemps.

Puis ses lèvres effleurèrent ma joue tandis que ses mains faisaient le tour de mon corps pour me plaquer contre son torse nu. Bientôt, nous nous embrassions en roulant sur son lit comme deux pauvres affamés devant un banquet inespéré. Je laissai ma main courir le long de sa peau. Maintenant que je n'avais plus aucune raison de ne pas le caresser, j'étais frustrée de ne pas pouvoir le toucher partout en même temps. Tandis que mes doigts exploraient les muscles fermes de son torse, Hartley déposa tout un chapelet de baisers dans mon cou. Il descendit le long de mon corps et souleva le bord de mon débardeur pour effleurer mon ventre. Lorsque ses lèvres glissèrent dans la ceinture élastique de mon pantalon de yoga, ma respiration s'accéléra.

Il leva le menton.

— Nous devrions peut-être aller chercher notre ami Digby.

— Non, fis-je en secouant la tête.

Les muscles d'Hartley saillirent lorsqu'il remonta contre mon corps, venant suspendre son visage au-dessus du mien.

— Tu dois me dire ce que tu veux, murmura-t-il en glissant une mèche de mes cheveux derrière mon oreille. Je ne sais pas ce que tu es prête à faire.

Je croyais déjà connaître toute la gamme de regards que pouvaient poser sur moi ses grands yeux marron, mais je me trompais. À présent, ils brillaient d'une telle ardeur et d'un tel désir que j'avais du mal à le croire : j'étais bel et bien dans son lit, et ce n'était pas un malentendu.

— Je veux que tu…

Je laissai ma phrase en suspens. C'était si difficile à formuler.

— Je veux tout. Je veux que tu sois avec moi comme tu étais avec les autres filles.

Son regard était aussi intense qu'un laser.

— Mais ce n'est *pas* pareil avec toi.

Mon cœur s'emballa.

— *Pourquoi* ?

— Parce que, Callahan.

Ses yeux se rapprochèrent des miens.

— Je n'ai jamais aimé quelqu'un comme toi.

Le baiser qui suivit fut long et appuyé, rempli de promesses.

Lorsque nous retrouvâmes notre respiration, je pris l'initiative de chercher la fermeture de son pantalon. Hartley rougit en me regardant. Je baissai alors la braguette de son jean et lorsque je glissai la main dans son boxer pour la refermer autour de lui, il poussa un gémissement.

Remontant ses doigts le long de mon débardeur, il le fit passer par-dessus ma tête. Puis il posa les mains sur l'élastique de mon pantalon de yoga.

— C'est bon ? demanda-t-il, d'une voix rauque.

Il me regardait comme un homme regarde une femme qu'il est en train de déshabiller – avec gravité et désir.

Je hochai la tête.

Il retira mon pantalon avant de se débarrasser du sien. Lorsqu'il s'allongea sur moi, nous nous retrouvâmes enfin peau contre peau. L'ambiance était très différente de celle de notre nuit la plus bizarre. Nos baisers étaient intenses et profonds, et nos corps bougeaient l'un contre l'autre avec une douceur et une chaleur telles que j'éprouvai un picotement au coin des yeux.

— Hartley, dis-je dans un souffle. Fais-moi l'amour.

— Tu en es sûre ? haleta-t-il. Tu m'as attendu. Je peux t'attendre.

Il était juste au-dessus de moi, son nez à un centimètre du mien.

Mais je ne voulais plus attendre. Je n'avais jamais clairement dit à Hartley que j'étais vierge et je ne comptais pas m'interrompre pour avoir cette conversation avec lui. Je posai deux doigts sur ses lèvres.

— Ne me traite pas comme un bébé, Hartley.

Les muscles de ses épaules se fléchirent lorsqu'il secoua la tête pour écarter mes doigts de sa bouche. Puis il plaqua ses lèvres contre les miennes avec une telle fougue que nous en perdîmes notre respiration.

— Je ne te traiterais jamais comme un bébé, Callahan. Tu es la personne la plus coriace que je connaisse.

Il ouvrit le tiroir de sa table de chevet et en sortit un petit paquet argenté. Il le déchira avec les dents, puis passa une main entre nos deux corps pour enfiler le préservatif.

J'étais nerveuse et mon cœur se mit à battre plus fort. Mais Hartley ralentit et se cala sur un coude. Il caressa ma joue de sa main libre, me dévorant des yeux avec une telle férocité que j'avais le corps en feu.

— J'ai toujours eu envie de toi, Callahan.

Ses doigts glissèrent le long de mon cou et sur mon épaule, traçant une ligne incertaine jusqu'au bout de mon bras. Il porta ma main à ses lèvres et déposa un baiser sur ma paume.

— J'étais juste trop stupide pour l'avouer.

Troublée, je sentis mes yeux me piquer.

— Je ne peux pas croire… commençai-je en inspirant par le nez pour tenter de retenir mes larmes.

— Quoi ?

— … Que nous en soyons enfin arrivés là, dis-je. J'ai essayé si fort de ne pas m'attacher.

Il ramena ma main sur son torse et l'appuya contre son cœur.

— C'est de ma faute. Mais je peux commencer à me rattraper dès maintenant.

Sa main quitta alors la mienne et descendit le long de mon corps, me faisant frissonner sur son passage. Lorsque ses doigts effleurèrent ma zone sensible, je retins mon souffle.

Hartley prit le temps de m'attiser par ses caresses, tandis que ses baisers successifs me rendaient folle. Je fermai les yeux et m'abandonnai aux sensations. Je ne m'étais jamais sentie aussi chanceuse qu'en cet instant. Malgré tout ce qui avait mal tourné par le passé, rien n'était terminé pour moi. Tout ne faisait que commencer.

— Regarde-moi, me demanda Hartley, penché au-dessus de moi.

J'ouvris les yeux pour découvrir son regard brun pétillant.

— Je t'aime, Corey, dit-il.

Je sentis alors une pression entre mes jambes, suivie d'un tiraillement aigu.

— Oh, me récriai-je, surprise par la sensation inhabituelle que j'éprouvais.

— Je te fais mal ? demanda-t-il en pinçant les lèvres.

Je fis glisser mes mains sur ses hanches bien dessinées.

— J'arrive à te sentir et j'ai *envie* de te sentir. Mais va doucement.

Ses yeux empreints de tendresse étaient tout près des miens et son expression s'apaisa. Avec mille précautions, il recula et je soupirai lorsqu'il se détacha de mon corps. Il entra de nouveau en moi et je retrouvai cette magnifique sensation de plénitude, puis il m'embrassa en se retirant. Je commençais à craindre qu'il reste ainsi plus longtemps lorsqu'il revint délicatement pour me faire tressaillir de désir.

Hartley se pencha et approcha ses lèvres de mes oreilles.

— Tu ne sais pas à quel point tu me rends heureux, chuchota-t-il.

Puis il se mit à onduler avec souplesse, ses baisers et son corps en parfaite synchronisation. Lorsqu'il donna un coup de hanches, je m'entendis gémir.

Je ne ressentais plus la moindre douleur, juste une délicieuse contraction de tous mes sens. Le goût de sa bouche et la chaleur de sa peau étaient tout pour moi. J'enfonçai mes doigts dans son épaisse chevelure. Plus que toute autre chose, c'étaient les bruits qu'il produisait qui me faisaient vibrer. D'abord, ce fut un ronronnement de plaisir à mon oreille, puis il inspira très profondément avant de se mettre à gémir. Alors que nous bougions l'un avec l'autre, sa respiration changea de rythme et se fit plus brève et saccadée.

Tout dans ce moment était beau.

## HARTLEY

*Il. Faut. Ralentir.*

Faire l'amour à la meilleure fille du monde n'était pas une mince affaire. Je m'étais longtemps voilé la face à propos de mon désir, et lorsque j'avais enfin réussi à libérer toute cette tension, ma maîtrise de moi en avait pris un sacré coup. J'étais un fil sous tension. Un cerf-volant dans la tempête. Un sismographe dont l'aiguille frémissait à l'approche du tremblement de terre.

J'allais sans doute me couvrir de honte.

Les bras serrés autour de Corey, je nous fis rouler sur le côté et posai ma tête contre l'oreiller.

— Pause, fis-je, haletant. Je me laisse emporter.

Elle était étendue, la tête contre mon torse, les joues rouges et ses lèvres roses gonflées par nos baisers.

— J'aime, dit-elle dans un souffle.

Ses mains caressaient mes pectoraux et ses ongles éraflaient mes tétons. *Putain...* Cette fille voulait ma mort.

Je pris ses deux mains dans les miennes en essayant de ne pas regarder ses seins, tout proches de mon visage.

— Mais ça, tu aimeras aussi.

En lui souriant, je la pris par les bras et la hissai jusqu'à ce que ses coudes viennent de poser de part et d'autre de mon corps. Je posai ensuite mes mains sur ses hanches et l'aidai à décrire des mouvements de va-et-vient contre moi.

À ce moment-là, ses yeux s'agrandirent. C'était nouveau pour elle, et je ne voulais surtout pas lui faire peur. Mais connaissant Corey, je savais que si quelque chose n'allait pas, elle le dirait. Son visage en cet instant – une part d'émerveillement, une part de courage et un soupçon de *oh, mon Dieu* – m'électrisa. Corey était toujours authentique à cent pour cent, il n'y avait chez elle aucun artifice et aucune prétention. Quand j'étais avec elle, je pouvais être moi-même. Pas besoin de me cacher. Elle me voulait tout entier, quoi qu'il arrive.

Et à présent, je pouvais enfin me donner à elle.

En se mordant la lèvre, elle se mit à bouger, d'abord tout doucement. Mais son corps savait ce qu'il voulait et ne tarda pas à prendre le contrôle. Je regardais son visage tandis qu'elle découvrait ce qu'elle cherchait. Elle ferma les yeux et émit à nouveau ce bruit, un soupir si profond et parfait que je le ressentis jusque dans mes orteils. Ensuite, elle poussa un petit gémissement léger.

*Oh, bon sang.*

— J'aime ce bruit, dis-je dans un souffle.

Tout s'enchaîna très vite. Je me redressai pour prendre sa bouche contre la mienne. Elle pinça les lèvres dans un abandon de pur érotisme tandis que mes mains guidaient ses jambes, accentuant son mouvement contre moi. Ma vision s'obscurcit et je sentis mon corps s'interrompre, comme s'apaise l'air juste avant un orage. Puis je poussai un grondement qui ébranla nos deux êtres. Corey tressaillit lorsque je décollai mes hanches du lit. Les sensations déferlèrent en moi et je me laissai aller au plaisir. Seuls ma propre jouissance et le délice qu'elle exprimait comptaient encore à mes yeux.

— *Corey*

Nous étions allongés l'un à côté de l'autre, à bout de souffle. Les cuisses musclées d'Hartley étaient mêlées aux miennes. Il me caressait la poitrine et ses lèvres effleuraient mes sourcils.

*Waouh*, songeai-je. À moins que je ne l'aie prononcé tout haut. Je n'en étais pas certaine, car mon cerveau avait été victime d'un court-circuit.

Hartley m'attira contre son torse et je m'y reposai.

— Bon sang. Moi qui voulais y aller lentement, dit-il en haletant. J'attendais ça depuis si longtemps.

Il m'embrassa le front et je souris comme une idiote.

Sous ma paume, je sentais les battements rapides de son cœur contre ma main. Ce moment était merveilleux – nos caresses maladroites, le ralentissement progressif de notre respiration. Voilà une activité – les câlins après l'amour – pour laquelle mon handicap ne me handicapait pas. Je souris contre son épaule.

— Qu'y a-t-il de drôle ? demanda-t-il tout bas.

— Je me disais juste qu'il n'est pas nécessaire d'avoir deux jambes valides pour ça. Nous sommes comme deux personnes normales.

Hartley inclina son front contre le mien pour me regarder dans les yeux.

— Nous *sommes* deux personnes normales, espèce d'andouille.

Il m'embrassa furtivement.

— Simplement plus beaux que la normale. Avec des résultats scolaires supérieurs à la moyenne.

— Et humbles, qui plus est.

— C'est vrai.

Ses yeux marron rayonnaient d'amour et je me sentis mélancolique.

— J'aurais juste aimé pouvoir te donner la version originale de moi-même. Pas la copie cassée.

Il ferma les yeux et secoua la tête.

— Il n'y a qu'une seule Callahan, celle qui m'a ouvert les yeux. Et tu me l'as déjà donnée.

— Hartley, tu regrettes *forcément* que je ne puisse pas te suivre partout. Au patin, à la course. Comment peux-tu ne pas avoir envie de ça ?

Il resserra ses bras autour de moi.

— Il y a beaucoup de choses que je veux. Je veux deux millions de dollars. Je veux un père qui connaisse mon prénom et je veux que les Bruins remportent la Coupe Stanley. Mais je suis franchement heureux maintenant, sans aucune de ces choses-là. Ça ne servirait à rien de se plaindre.

J'enfouis mon visage dans son cou, où je voulais rester pour l'éternité.

— Je me plains parfois, tu sais.

Il lissait mes cheveux sous sa main et baissa la voix lorsqu'il reprit la parole.

— Comprends-moi bien. Si jamais je voyais une vidéo de toi en train de filer sur la glace pour marquer dans une échappée, je pleurerais comme une fillette.

Ses lèvres frôlèrent mon visage.

— Mais il me suffirait alors de retirer tes vêtements pour me rappeler que la vie est belle.

Même si c'était la plus jolie chose qu'Hartley m'ait jamais dite, un doute s'insinua dans mon esprit.

— Hartley ?

— Oui, ma belle ?

— Et si je ne pouvais pas… être avec toi ? Et en profiter.

Son bras se resserra autour de moi.

— Tu le peux.

— Oui, mais si je ne le pouvais pas ?

— Bon. Et si je m'étais fracassé le crâne au lieu de la jambe ? Nous pouvons passer notre temps à imaginer les pires éventualités. Ou nous pouvons choisir de nous peloter encore un peu plus.

— C'est juste que…

Je pris une profonde inspiration.

— Je t'aime, Hartley, c'est tout.

— Je sais, ma belle.

Il m'embrassa de nouveau.


Plus tard, je me levai et dirigeai mon fauteuil vers les toilettes d'Hartley, comme le médecin des urgences me l'avait conseillé. J'empruntai sa brosse à dents en me disant que ça ne le dérangerait pas. Puis je rejoignis son lit.

Il dormait déjà.

Je grimpai à côté de lui et tirai sur nous le drap et la couverture. Avant de fermer les yeux, je déposai un baiser sur son épaule. Parce que désormais, je pouvais le faire.

# CHAPITRE 21
# CES VIEUX GARS

## COREY

LORSQUE J'OUVRIS les yeux le lendemain matin, Hartley me tenait la main et son pouce caressait doucement ma paume. Je tournai la tête pour contempler son beau visage et le trouvai serein, les yeux clos. Comme il ne me regardait pas, je laissai mon grand sourire béat s'attarder sur lui.

— Il n'y a rien de mieux que ça, dit-il d'un ton ensommeillé. Se réveiller avec toi dans mon lit. Il faut croire que j'ai enfin réussi quelque chose.

Nous paressâmes un moment en silence. Après tout, c'était dimanche. Je ne devais être nulle part ailleurs qu'ici même, près de lui. Je portai sa main à mes lèvres pour l'embrasser.

— Hartley, murmurai-je. L'autre soir, quand j'avais bu, tu as dit que tu avais des problèmes à régler.

— Oui, et je les ai réglés, dit-il.

— Qu'est-ce que c'était ?

Il tourna la tête et ouvrit les yeux pour me regarder.

— Je n'ai pas envie de parler d'elle alors que je suis ici, allongé avec toi.

— Elle. Vraiment ? Qu'est-ce que Stacia a à voir là-dedans ?

— Beaucoup de choses, dit-il. Et elle ne le sait même pas.

*Quoi ?*

— Bon, eh bien, maintenant tu *dois* me le dire.

Il roula sur le ventre et posa son menton dans le creux de son coude.

— Personne ne le sait, en réalité. Absolument personne.

Ses longs cils clignèrent lorsqu'il me regarda. Je me rapprochai de lui et posai ma main derrière son cou. Il ferma de nouveau les yeux.

— Tu as sans doute remarqué qu'il n'y avait pas de père chez moi.

— Bien sûr, dis-je d'une voix douce en lui caressant la nuque.

J'aurais pu passer la journée à le toucher.

— Il a mis ma mère enceinte quand ils avaient tous les deux dix-huit ans. Elle était serveuse dans son club privé.

Il ouvrit les yeux et me regarda brusquement.

— L'histoire de ma mère m'a rendu extrêmement prudent, d'ailleurs. La prochaine fois que tu verras un médecin, tu pourras lui demander… ?

La pilule contraceptive.

— D'accord.

Ce serait peut-être délicat, cela dit, et on risquait de ne pas me la prescrire à cause de ma tendance aux caillots sanguins, mais je poserais tout de même la question.

Hartley ferma les yeux avant de continuer.

— Quand j'étais petit, les parents de mon père nous envoyaient de l'argent tous les mois. Mais quand j'ai eu six ans, ils ont arrêté, car c'était à son tour de prendre le relais. Pourtant, il ne nous a jamais envoyé un centime.

— Quelle classe, dis-je. Et ta mère ne s'en est pas prise à lui ?

Il secoua la tête.

— Elle a dit qu'elle ne voulait pas l'humilier publiquement. Peu importe qu'elle, en revanche, soit humiliée à jamais. Pas d'argent, pas de père pour m'apprendre à lacer mes patins de hockey…

Il se tut et je me penchai pour embrasser le velours de son épaule.

— Hmm, fit-il en souriant. Qu'est-ce que je disais ?

J'interrompis mes baisers.

— Ton enfoiré de père.

— C'est vrai. Et maintenant j'évolue entre les vénérables murs de Harkness et je bosse d'arrache-pied. J'ai appris à l'oublier, sauf quand je lis son nom dans le journal.

— Ah bon ?

Il hocha la tête.

— C'est un producteur de cinéma, très populaire. Parmi les plus renommés. Et ça m'a complètement bousillé. Je n'arrêtais pas de me dire que si j'avais du succès, alors peut-être me reconnaîtrait-il. J'ai même choisi cette école à cause de lui.

— Mais cette école est géniale.

— Elle est super, sauf si tu détestes les riches. Accepter une bourse dans le Michigan ou ailleurs, ce serait beaucoup plus mon genre. Mais je suis venu ici, parce que c'est un ancien étudiant de cette université.

— Je t'en prie, ne me dis pas que tu regrettes d'être venu à Harkness.

Je frottai mon nez contre lui.

— Ce n'est pas ce que j'ai dit.

Il m'embrassa l'oreille.

— C'est juste que je l'ai choisie pour les mauvaises raisons, et que ça n'a fait qu'aggraver mes problèmes.

Je glissai mon corps contre le dos d'Hartley, me blottissant sur lui comme sur un divan.

— Quel est le rapport entre ton père et Stacia ? demandai-je.

— Eh bien, fit-il.

Il prit alors une profonde inspiration et me dit :

— Callahan, quand tu colles tes seins contre mon dos, j'ai du mal à réfléchir.

— Essaie toujours.

— D'accord, fit-il en ricanant. Stacia sortait avec Fairfax et je trouvais que c'était la fille la plus casse-pieds et la plus chieuse que j'aie jamais rencontrée. Mais un soir, elle a raconté par hasard que son voisin de Greenwich avait assisté à un dîner que ses parents avaient organisé. Stacia adore citer des noms.

— Et le voisin… c'était ton père ?

Il hocha la tête.

— Waouh. Curieuse coïncidence. Alors tu l'as invitée à sortir juste pour cette raison ? Tu voulais le rencontrer ?

Il garda un instant le silence.

— Non, je n'ai jamais essayé de le rencontrer. Ce n'était pas ça. Disons plutôt que… elle était d'un côté de la porte, et moi j'étais à l'extérieur. Soudain, elle est devenue très attirante à mes yeux. Si je pouvais réussir à me faire aimer d'elle, alors à mon tour je ferais partie de sa société.

Il tourna vivement la tête pour me regarder.

— Ces conneries paraissent encore pires à haute voix que dans ma tête.

J'enfonçai mes pouces dans les muscles de son épaule.

— Continue à me raconter tes problèmes, Hartley.

Je commençai à lui pétrir la nuque et il baissa la tête pour mieux apprécier mon massage.

— L'année dernière a été formidable. Ou du moins, c'était ce que je croyais sur le moment. Je l'ai piquée à Fairfax, tu sais.

— Aïe, dis-je.

Il éclata de rire.

— C'est la seule partie de cette histoire qui n'est pas si méchante. Parce que Fairfax s'en fichait un peu, à vrai dire. On ne peut supporter Stacia qu'à petites doses. Bref, être avec elle m'a demandé de gros efforts. Ça ne s'est pas fait en un jour, d'obtenir une invitation à son manoir. Nous vivions nos petites aventures, mais elle continuait à faire la fête avec les plus grands. Moi, j'étais son souffre-douleur. Et chaque fois que je passais devant chez mon père au volant de la Mercedes de Stacia, ça me faisait un plaisir fou.

J'interrompis la progression de mes mains sur son dos pour réfléchir.

— Tu peux le dire, ajouta Hartley. C'est pathétique.

— Il n'y a rien de pathétique chez toi, lui dis-je. J'aimerais que tu t'en rendes compte. As-tu fini par le voir ?

— Non, et je ne m'y attendais pas, de toute façon. Je crois qu'il travaille à Los Angeles la plupart du temps. Un jour, en revanche, j'ai vu ses enfants qui jouaient au ballon sur la pelouse. Ça n'a duré que quelques secondes parce que je conduisais. C'était dur à encaisser.

— Oh, mon Dieu ! Tu as des frères et sœurs ? Comment étaient-ils ? Te ressemblaient-ils ?

Il haussa les épaules.

— Difficile à dire. On aurait cru une publicité Ralph Lauren. Propres, parfaits. Deux garçons et une fille.

Hartley roula sur le flanc et je me laissai glisser à côté de lui. Nous restâmes allongés, face à face. Gênée, je remontai les draps pour me couvrir les seins.

— Ne les cache pas, dit Hartley en souriant. Il m'a fallu des mois avant de rassembler mon courage pour avoir le droit de les voir.

— Des mois ?

— Oui.

Son sourire s'effaça de nouveau.

— Cette année a été difficile. Une jambe cassée, pas de hockey et pas de princesse sophistiquée pour me valoriser. Puis j'ai commencé à traîner avec toi, Callahan. Et ça m'a sérieusement embrouillé l'esprit.

— Pourquoi ?

— Parce que tu étais si *réelle*. Et tu n'avais pas peur d'exprimer tout ce qui te faisait peur. J'ai pris conscience que je n'avais jamais eu de conversation avec Stacia comme avec toi. Je perdais mon temps avec une fille que je n'aimais pas. Mais elle disait qu'elle voulait toujours être avec moi, et je ne pouvais m'empêcher de penser que c'était important.

Son regard était triste.

— J'avais peur de couper le cordon. Et j'en suis venu à me détester.

— Oh.

Il expira en tremblant.

— Le soir de mon anniversaire, j'étais assis là, à l'attendre, alors que la seule personne dont j'avais vraiment besoin se trouvait de l'autre côté du couloir. Et même quand je me suis bougé les fesses pour venir te voir, je n'ai pas été honnête. J'en ai fait un jeu, alors que ce n'en était pas un.

Il tendit la main pour me caresser les cheveux.

— Je nous ai fait du mal à tous les deux, n'est-ce pas ? Je suis désolé.

Sa remarque me fit sourire.

— Je suis si transparente, c'est ça ?

— Callahan, tu as été *honnête*. Tu n'as pas eu peur de me dire en face, l'autre soir, que tu ne pouvais pas te contenter de notre amitié. Ça m'a achevé – que ce soit toi qui aies les couilles de le dire. Alors, je me suis préparé pour bien faire les choses.

Il m'attira vers lui et posa ma tête contre son torse. Je pouvais entendre les battements de son cœur – *tudum, tudum* – sous mon oreille.

Mon pouls s'accéléra. Je n'arrivais pas encore à me faire à l'idée qu'il me serrait contre lui, comme je l'avais toujours rêvé. Mes projets en cet instant se résumaient à rester dans son lit jusqu'à ce qu'il m'en sorte à coups de pieds. Et pourtant, j'avais d'autres questions à lui poser.

— Ta maman sait-elle que tu espionnais ton père, en quelque sorte ?

— Non, dit-il. Mais même sans connaître les détails, elle voyait clair dans mon jeu. Elle savait que quelque chose dans ma relation avec Stacia n'était pas sincère et elle adorait me faire la morale à ce sujet : « Adam, pourquoi es-tu avec elle ? C'est une chipie doublée d'une pimbêche, tu es plus intelligent que ça », et ainsi de suite. Ma mère déteste tout ce qui vient de Greenwich, dans le

Connecticut. Et on ne peut pas dire que Stacia ait réussi à gagner son affection.

— Tu n'as jamais été tenté de parler de ton père à Stacia ? demandai-je.

Il secoua la tête.

— Il ne faut montrer aucune faiblesse devant cette fille. Elle ne ferait qu'une bouchée de toi.

— Ce n'est pas de l'amour.

Il m'embrassa sur la tête.

— Maintenant, je le comprends. Et voilà que je te déballe ma vie un dimanche matin comme si de rien n'était. C'est parce que tu as toujours été derrière moi.

— En fait... dis-je en écartant les doigts sur son ventre. Je suis devant toi.

Il enfonça son nez dans mes cheveux.

— Tu peux être où tu veux, bébé.

Alors que mes doigts descendaient vers sa taille, Hartley se pressa contre moi.

Contre *moi*.


Lorsque j'ouvris la chambre d'Hartley une heure plus tard, il était toujours allongé sur son lit, à moitié habillé, et il feuilletait *Sports Illustrated*. Il s'empressa de se redresser.

— Désolé, je ne pensais pas que tu serais prête si vite.

— Ça n'a pris que quinze minutes, non ?

Il sourit en attrapant un t-shirt.

— Certaines femmes annoncent quinze minutes, mais en prennent quarante-cinq.

Il vissa une casquette de baseball sur ses cheveux en bataille.

— Moi, en revanche, il ne me faut que quarante-cinq secondes.

Il entra dans la salle de bain, où je l'entendis se brosser les dents.

J'avais employé à bon escient mes quinze minutes pour me préparer à aller prendre le petit déjeuner. J'avais fait plus d'efforts que d'habitude dans le choix de mon jean et de mon haut. Je m'étais même appliqué un peu de gloss. En d'autres termes, je ne voulais pas entrer dans le réfectoire comme si j'émergeais du lit d'Hartley.

En dépit de mes préparatifs, mon visage se mit à brûler lorsque je me hissai dans l'escalier du réfectoire Beaumont. Je marquai une pause devant les portes et levai les yeux vers Hartley.

— C'est bizarre pour moi. J'ai l'impression que c'est tatoué sur mon front, chuchotai-je.

Ma remarque sembla l'amuser.

— Tu es mignonne quand tu paniques. Si je ne te connaissais pas, je croirais que tu as honte d'être vue avec moi.

— C'est sans doute ça, répondis-je avant de prendre une grande inspiration.

Il s'avança tout près de moi et posa sa main au creux de mon dos.

— À quand remonte la construction de ce bâtiment ? Trois cents ans ?

Il baissa la voix et ajouta dans un murmure :

— Nous ne sommes pas les premiers à nous être adonnés à des étreintes torrides avant le petit déjeuner dominical.

Ses lèvres effleurèrent mon visage, me réchauffant tout le corps.

— L'établissement n'est mixte que depuis les années soixante-dix, observai-je en humant sa chaleur.

— C'est bien dommage pour tous ces vieux gars.

Il m'attira contre son corps. Quand il avait les mains sur moi, je ressentais toujours cet élan de désir familier qui me prenait aux tripes. Pour conserver un tant soit peu de santé mentale, je le repoussai et pris une inspiration.

— Tu ne m'aides pas à paraître détachée et indifférente.

Je me détournai de son sourire et me dirigeai vers la cuisine.

Comme désormais j'utilisais des béquilles et qu'Hartley n'en avait plus, il portait nos assiettes.

— Avant, c'était moi qui me chargeais du plateau, soulignai-je.

Cette inversion des rôles me faisait mal au cœur. Il retrouvait sa vie normale, contrairement à moi.

Il eut une hésitation.

— Callahan, vas-tu me détester quand je reprendrai le hockey en automne ?

Hmm… *en automne*. Hartley partait du principe que nous serions toujours ensemble à ce moment-là. J'adorais cette idée.

— Non, décrétai-je. Je pourrai enfin venir te voir jouer.

Son visage s'illumina de bonheur.

— Vraiment ?

Il se pencha pour frotter ses lèvres contre ma joue.

— Je m'inquiétais.

— Mais ne t'attends pas à ce que je m'égosille comme une groupie de patinoire quand tu entreras sur la glace. Et je ne porterai pas de chandail moulant avec ton numéro dessus.

— Voyons, c'est obligatoire, fit-il en souriant, tandis qu'il prenait nos plats sur le comptoir.

— Tu peux t'accrocher.

Mon téléphone se mit à vibrer dans ma poche. Je le sortis, mais ce n'était qu'un appel de mon frère. Je pourrais le rappeler plus tard.

— Je vais nous servir du café, dis-je à Hartley en m'engageant sur mes béquilles dans le réfectoire.

Une fois dans la salle, je balayai les tables du regard pour évaluer nos options. Bridger était assis à l'une des longues tables très prisées des étudiants, mais Stacia était avec lui. C'était hors de question. Attablés à notre emplacement favori près de la porte, Dana et Daniel étaient en grande conversation.

— On va où ? demanda Hartley en me tendant le plateau pour que j'y dépose nos deux tasses.

— Eh bien, ils ont l'air particulièrement bien tous les deux, dis-je en désignant ma colocataire.

— Intéressant, fit-il. Mais nous sommes leurs amis, allons-y.

Lorsque je m'approchai de Dana, elle leva vivement les yeux. Puis un sourire tout excité illumina ses traits.

— Pas un mot, l'avertis-je.

Mes joues virèrent aussitôt au rouge pivoine.

— D'aaaaccord… répondit-elle en souriant dans sa tasse à café.

Je m'assis à côté de Daniel. Hartley déposa notre plateau sur la table et se glissa sur le banc de Dana.

— Bonjour !

— En effet, c'est un bon jour qui s'annonce, n'est-ce pas ? demanda Daniel en nous adressant un clin d'œil.

— Très bon, renchérit Hartley avant de croiser le regard assassin que je dardais sur lui. Comme d'habitude, quoi.

Dana gloussa.

— Mademoiselle Corey, dit Daniel. Si tu ne voulais pas alimenter les ragots, tu n'aurais pas dû le laisser te faire cet énorme suçon dans le cou.

— *Quoi ?*

Je baissai les yeux, mais il m'était bien sûr impossible de voir mon propre cou sans miroir.

— Tu as regardé ! s'exclama Daniel.

Dana pouffa de rire.

— Sympas, les amis… grommelai-je.

Mais je commençais à me détendre. Chaque fois que je levai les yeux vers le beau visage d'Hartley de l'autre côté de la table, je me sentais un peu plus légère.

— Bon, Corey, me rappela Daniel. Ne laisse pas une nuit de passion te distraire de ta véritable mission. La résidence Ashforth a promis de ne pas déclarer forfait pour le match d'aujourd'hui, mais malheureusement je crains que nous ne devions annuler.

— Pourquoi ?

— L'orchestre symphonique de Nounours et d'Allison donne une représentation.

— Sérieusement ? Nounours est un musicien de classique ?

— Il joue du tuba. Et Allison est premier alto. J'éplucherai les numéros de téléphone après le petit déjeuner…

Il regarda sa montre, puis ma colocataire.

— Tu veux bien aider un homme en détresse, Dana ?

Dana parut sincèrement attristée et je compris qu'elle en pinçait pour Daniel. Je ne voyais aucune autre raison qui aurait pu la faire hésiter avant de refuser.

— Je ne peux pas, dit-elle après une pause. J'esquiverais le ballon chaque fois qu'il s'approchera de moi.

— Ce n'est pas contraire au règlement, remarquai-je.

La sonnerie de mon téléphone retentit. C'était un texto de Damien. *Où es-tu ? Cafét Beaumt ?* Puis mon téléphone vibra de nouveau et je répondis à l'appel.

— S'il te plaît, dis-moi que tu es au petit déjeuner, me dit mon frère. Parce que je suis dans les escaliers en ce moment même.

— Quoi… vraiment ? Pourquoi ?

— Comment ça, *pourquoi* ? Je suis venu te voir. Tu es là-haut ?

Stupéfaite, je me tournai vers l'entrée. Quelques secondes plus tard, mon frère apparut sous la porte cintrée. Sous sa casquette de baseball de Harkness, ses yeux balayaient la salle. Je lâchai mon téléphone sur la table lorsqu'il croisa mon regard et sourit. L'instant d'après, il était près de moi et se penchait pour un câlin.

— Salut ! Je t'ai trouvée.

Il tira une chaise de la table vide voisine et la retourna. Il était en bout de table, entre Hartley et moi.

Enfer et damnation.

— Euh, Dana ? dis-je. Voici mon grand frère, Damien.

Damien ne semblait pas avoir remarqué ma gêne.

— Alors c'est toi, la fameuse Dana ! Ravi de faire enfin ta connaissance.

Elle le regarda en souriant et ils échangèrent une poignée de main.

— Peut-être connais-tu aussi Daniel ? Et bien sûr, Hartley.

Je sentis mon visage rougir lorsque je prononçai son nom.

— Comment ça va, Hartley ? Je vois qu'on t'a retiré ton plâtre. Tu dois être tout excité.

Excité ? J'allais mourir de honte dans les dix prochaines

minutes si je ne trouvais pas un moyen de me tirer de ce mauvais pas. Je risquai un coup d'œil en direction d'Hartley. Il avait la présence d'esprit de ne pas paraître amusé.

Damien jeta un regard circulaire.

— Un dimanche classique. Je vais chercher un peu de café. J'ai l'impression de ne jamais avoir quitté cet endroit.

Il se leva et se dirigea d'un pas souple vers les tasses.

— Oh, merde, murmurai-je.

— Ton visage est rouge comme une tomate, chuchota Dana.

Hartley se pencha sur la table et me serra doucement la main.

— Reste calme, ma belle. Nous ne faisons que prendre le petit déjeuner. Tu savais qu'il venait ?

— Non ! sifflai-je. Il n'a jamais mentionné sa visite.

Mon frère revint s'asseoir et se mit à siroter son café.

— Alors, comment tiens-tu le coup ? me demanda-t-il.

— Très bien, m'empressai-je de répondre.

Ses yeux bleus me dévisageaient si attentivement que c'en était agaçant.

— Eh bien, tant mieux, fit-il lentement. Maman et papa m'ont demandé de voir si tout allait bien.

— C'est… gentil, dis-je.

J'avais l'impression d'avoir raté un épisode.

— Tu as pris le train jusqu'ici ?

— Oui, répondit-il sans me quitter du regard.

Pouvait-il deviner que je venais juste de faire la seule chose qu'il m'ait jamais recommandé de ne pas faire ? Certes, son opinion sur Hartley et moi n'avait aucune importance, mais ma vie évoluait à une telle vitesse qu'une journée supplémentaire pour me faire à cette idée n'aurait pas été de refus. Je n'avais pas besoin que Damien me pousse dans mes retranchements.

Stacia choisit ce moment pour faire sa sortie. Elle passa non loin de nous, entre la porte et le tapis roulant où les plateaux étaient déposés.

— Salut, Callahan, dit-elle soudain.

Je tournai la tête par réflexe, avant de comprendre une millise-conde plus tard qu'elle s'adressait à mon frère.

Mon frère, joueur de hockey. Bien sûr, c'était évident.

— Salut, Stacia. Tu as l'air en forme, comme toujours, lui dit-il en lui adressant un clin d'œil. Tu connais ma sœur, Corey ?

Lorsque son regard glissa de Damien jusqu'à moi, sa tempéra-ture baissa instantanément de torride à glacial.

— Oh, dit-elle en se renfrognant. Nous nous sommes déjà rencontrées.

Puis elle sortit de la salle à grandes enjambées.

— Eh bien, elle n'a pas changé, s'exclama Damien en ricanant.

Il jeta alors un œil à Hartley.

— Oh, zut. Tous les deux, vous n'étiez pas… ?

À présent, même Hartley avait l'air déconcerté.

— Oui… euh, plus maintenant.

— Désolé, mec.

Mon frère se pencha sur sa tasse de café. Les nerfs à vif, je m'apprêtais à déclarer le petit déjeuner terminé lorsque Bridger nous rejoignit, s'arrêtant juste derrière mon frère et moi.

— Quoi de neuf, Bridger ? demanda Hartley avant de finir son jus de fruits.

Bridger baissa sur lui un regard taquin.

— J'allais te poser la même question. Alors, le fauteuil de la miss a grincé cette nuit, ou je dois refaire le plein de bourbon…

— Bridger, soufflai-je.

— Allez, Callahan, dit-il en profitant qu'il était derrière moi pour donner une pichenette à ma queue de cheval. J'ai passé le week-end à préparer cette blague !

Il contourna notre table en direction de la porte et adressa un sourire en coin à Hartley. Soudain, son regard se figea lorsqu'il reconnut mon frère.

— Waouh, Callahan ! dit-il en s'arrêtant net. Je ne t'avais pas vu.

Alors qu'un mutisme général saisissait la tablée, les yeux de

Damien alternèrent entre Bridger et moi, avant de se poser lentement sur Hartley.

— C'est quoi ce bordel ?

*Curieux choix de mot.*

Mon nouveau petit ami se frotta la mâchoire. S'il y avait une réponse pertinente à donner dans le silence qui suivit, elle ne vint à l'esprit ni d'Hartley ni de moi.

Bridger était toujours pétrifié devant Dana et Daniel, près de la porte.

— Je voulais juste, euh… dit-il. Désolé.

Hartley le renvoya d'un geste de la main avant de se tourner vers mon frère pour affronter son regard noir.

— Ma petite sœur ? s'exclama Damien. Parmi cinq mille étudiantes de première année, c'est elle, ta dernière conquête ?

Hartley essayait de décider si la défense était la meilleure stratégie.

— Conquête ? dit-il en se renfrognant. Ce n'est pas de ça qu'il s'agit.

Damien secoua la tête.

— Ne te fatigue pas à rester pour te comporter en connard. Dégage, maintenant !

— En fait, Callahan, fit calmement Hartley, dégager serait justement un comportement de connard.

Damien se tourna vers moi, le visage empourpré.

— Je me demande bien pourquoi je suis venu te voir.

— Moi aussi, je me le demande, répondis-je sèchement.

Les traits de mon frère se relâchèrent sous l'effet de la surprise.

— Ah bon, vraiment ?

— Oui, Damien. Alors pourquoi tu ne me le dirais pas ?

— Waouh.

Il eut un ricanement sans joie.

— Ne t'inquiète pas. Je ne dirai pas à maman et à papa pourquoi tu as oublié quel jour nous sommes.

— Quel jour sommes-nous ? demanda Dana.

Au moins, je n'étais pas la seule à nager dans le flou.

— Nous sommes le quinze janvier. Je suis venu m'assurer que Corey allait bien.

— Oh, répondis-je d'un air stupide.

*Oh.*

Mon ventre se serra et les souvenirs du quinze janvier précédent affluèrent sans crier gare. Je ne voulais pas me les remémorer. Mais soudain, on aurait dit que je n'avais pas le choix. Je baissai les yeux sur la table et fus aussitôt transportée un an en arrière.

Le quinze janvier de l'an passé était un samedi.

J'avais trop dormi et raté le petit déjeuner, puis je m'étais préparé un œuf et du bacon pour le repas de midi. Ma mère était sortie faire son jogging, en dépit des moins dix degrés extérieurs. Quand elle rentra, j'étais en train de mettre la maison sens dessus dessous, à la recherche de mon short de hockey.

— Je l'ai lavé, dit-elle. Regarde sur l'étendoir.

Je la bousculai en courant. En *courant*. Sur deux jambes. J'étais furieuse, craignant d'être en retard au match. Je ne me doutais pas que tout allait changer si radicalement – que courir dans la buanderie était quelque chose que je ne referais plus jamais.

— Euh, Corey ?

Je relevai brusquement la tête. Dana essayait d'attirer mon attention, mais j'étais perdue, le regard rivé sur mon assiette sans la voir.

— Oui ?

Elle fronçait les sourcils.

— Qu'est-ce qu'il y a, le quinze janvier ?

— C'est…

Je déglutis. Daniel et elle me regardaient d'un air troublé. Hartley et mon frère paraissaient tristes.

— Aujourd'hui…

À présent je comprenais pourquoi j'avais déjà reçu deux messages de mes parents – des messages auxquels je n'avais pas répondu. *Appelle-nous*, avaient-ils écrit. *On pense à toi.*

Je n'avais pas envie de m'expliquer. Je ne voulais pas *être* cette personne abîmée, mais apparemment, je n'avais pas le choix.

Je me penchai pour récupérer mes béquilles sur le sol.

— J'étais censée appeler mes parents ce matin et je viens de m'en souvenir.

Je m'extirpai de la chaise et me mis à clopiner vers la sortie. Damien se leva pour me suivre.

— Le match est à treize heures trente ! me lança Daniel par-dessus son épaule.

# CHAPITRE 22
# LE QUINZE JANVIER

## COREY

— LE MATCH EST à treize heures trente, me dit mon père en serrant les dents.

Il était au volant de notre voiture et je m'empressai de jeter mes affaires sur la banquette arrière. L'entraîneur n'était pas censé arriver si peu de temps avant le coup d'envoi. Comme d'habitude, mon père serait en retard à cause de moi.

— Désolée, lui dis-je en me ruant sur le siège du côté passager.

Je ne me souviens pas du chemin. Sans doute n'y avait-il pas de circulation, pas dans notre petite ville morne. À quoi pensai-je pendant le trajet vers la patinoire ? À mon devoir à la maison ? Au garçon avec lequel je sortais depuis peu – et dont j'ai presque oublié le visage à présent ?

Avant mon accident, c'était si facile de regarder le paysage glacé par la vitre de la voiture sans penser à rien. Je n'avais pas conscience que j'aurais dû savourer chaque instant, que chaque minute vécue dans un corps sain et valide était délectable. Je n'en avais pas conscience.

. . .

De retour à McHerrin, je me retirai dans ma chambre.

— Belle piaule, murmura Damien.

Je me glissai sur mon lit et me débarrassai de mes attelles. Me hissant contre l'oreiller, je m'adossai au mur.

Un coup d'œil à l'horloge m'apprit qu'il était presque midi. Je me demandais ce que mes parents étaient en train de faire, mais j'étais trop froussarde pour les appeler. En fonction du calendrier, mon père avait peut-être un match. J'espérais pour lui que ce n'était pas un match à domicile. J'espérais qu'à treize heures trente, il ne se retrouverait pas exactement au même endroit que l'année passée.

À chacun de mes matchs, il avait toujours été là, dans le box, avec un sifflet et un porte-bloc. J'avais du mal à me le figurer sans ces deux accessoires. Une coéquipière m'avait un jour demandé pour plaisanter si mon père dormait avec son sifflet la nuit. Peut-être devais-je mon acharnement sur la glace à son regard constamment sur moi. C'était un excellent entraîneur et un homme juste, si bien que je n'étais jamais gênée d'être à la fois son enfant et son athlète. Tout allait bien, jusqu'au jour ou plus rien n'alla.

Mon pauvre père. Il avait assisté à ma descente aux enfers.

J'allais vite, je donnais de grands coups de patin à reculons. Le palet fusait sur la glace dans ma direction. Je me penchai pour faire une passe, mais une autre joueuse – une adversaire – plongea pour l'intercepter. Elle tendit sa crosse vers le palet lancé à grande vitesse, mais faucha mon patin à la place.

Mes souvenirs de ce moment ne sont qu'un montage de ce que les gens me racontèrent par la suite.

Sans que je comprenne comment, elle me fit trébucher avec une telle force que je décollai vers l'arrière. Je décrivis un arc de cercle au-dessus de la joueuse avant d'atterrir sur le dos. Puis je perdis connaissance pendant quelques secondes.

Mon père était penché sur moi lorsque je rouvris les yeux.

— Corey, est-ce que ça va ? me demanda-t-il.

— Oui, répondis-je.

Et je le croyais. En fait, je parvins même à me lever et à patiner jusqu'au bord.

— Alors, comment ça va, toi ? me demanda Damien. Ton nouveau semestre se passe bien ?

Je me raclai la gorge.

— Je crois… Je suis un cours sur Shakespeare avec Dana. Et ce cours de psycho dont tout le monde parle. Avec le professeur Davies.

— Il est intéressant, acquiesça mon frère en jouant avec la visière de sa casquette. Tu veux faire une partie de RealStix ?

Je secouai la tête. Aujourd'hui, je ne voulais pas entendre parler de hockey. Même virtuel.

— Que voulait dire ce Daniel quand il a parlé d'un match ?

Je rencontrai le regard de mon frère. Il était chaleureux et sincère. Je m'efforçai d'apaiser ma colère, car il essayait juste de m'aider.

— J'ai rejoint l'équipe de water-polo de la résidence. Tu y as déjà joué ?

Damien secoua la tête.

— Mais ça m'a l'air amusant.

— C'est pas mal, admis-je. En fait, c'est même un meilleur entraînement que je ne l'aurais cru. Il n'y a aucun joueur remplaçant. Du coup, à la fin de la session, nous sommes tous à bout de souffle, comme des petites vieilles.

Damien jeta un œil à sa montre.

— Je vais assister à ton match.

— Pour cette fois, je vais passer mon tour, dis-je en secouant la tête.

Après ma terrible collision, je restai assise pendant le reste de la rencontre. Sur le banc, adossée contre le mur, j'avais mal au dos, mais aussi à la tête et aux épaules. Mon père se demandait si je ne souffrais pas d'une légère commotion cérébrale. À l'exception de mon intense mal de crâne, je ne présentais aucun autre symptôme effrayant. Alors nous rentrâmes à la maison. Je pris une dose d'antalgiques ordinaires et me mis au lit inhabituellement tôt.

Cette nuit-là, je me réveillai avec une douleur écrasante au bas du dos. Terrifiée, je me levai et me dirigeai en titubant vers la chambre de mes parents. J'y parvins à grand-peine et m'effondrai sur le matelas du côté de ma mère.

— Corey ? demanda-t-elle, d'une voix qui me parut lointaine. Que se passe-t-il ?

Ce fut à ce moment que je m'évanouis.

Je me réveillai deux jours plus tard à l'hôpital. J'avais subi une lourde opération pour un caillot sanguin qui faisait pression contre ma moelle épinière. Il y avait des machines, des bips, des tubes et des visages inquiets partout autour de moi. Les médecins chuchotaient des phrases telles que « présentation inhabituelle » ou encore « attendons de voir ».

Il fallut un moment à tout le monde pour se rendre compte que mon intrusion nocturne dans la chambre de mes parents avait été la dernière fois que j'aurais marché sans aide extérieure.

À treize heures, Hartley apparut dans l'encadrement de ma porte.

— Salut, dit-il.

— Salut.

Ma voix était faible et basse.

— C'est presque l'heure d'aller à la piscine.

Je n'avais pas envie de me lancer dans de grandes explications larmoyantes et je détournai le regard.

Il entra néanmoins et mon frère se crispa. Il semblait sur le point de l'envoyer paître.

— Callahan, dit Hartley d'une voix douce. J'ai besoin de passer quelques minutes avec Callahan.

Dans un grognement désagréable, Damien se leva et se dirigea vers la salle commune. J'entendis la télévision s'allumer et Hartley jeta un sac de sport sur le sol devant moi.

— Je peux t'accompagner au match ?

— Je crois que je ne vais pas y aller, murmurai-je.

— Eh bien, moi, je crois que tu devrais, dit Hartley en s'asseyant sur le lit.

Il passa ses bras autour de moi et je le laissai m'attirer contre lui. J'enfouis mon nez contre son épaule et pris une inspiration.

— Les autres t'attendent. Même si nous sommes le quinze janvier. C'est une journée idéale pour affronter ses problèmes.

— À qui le dis-tu, chuchotai-je contre son torse.

Ses bras se resserrèrent et nous restâmes assis pendant une minute, l'un contre l'autre. C'était une posture à laquelle je pouvais bien m'habituer.

— J'ai travaillé sur quelque chose et je suis curieux d'avoir ton avis.

Il se pencha et sortit une enveloppe de son sac de sport, puis il déplia une feuille qu'il me tendit.

C'était une lettre, adressée à une célébrité d'Hollywood dont je connaissais le nom depuis très longtemps.

*Cher M. Kellers,*

*J'ignore ce que vous choisirez de faire avec cette lettre, mais je sais que je devais l'écrire. Pendant de trop nombreuses années, j'ai essayé de me persuader que, si nous ne nous étions jamais rencontrés ou si vous ne prononciez jamais mon nom à voix haute, cela m'était complètement égal. Mais à présent, je me rends compte que j'ai effectué de nombreux choix en espérant que vous les approuviez. Je suis étudiant à l'université de Harkness. Je me suis inscrit dans cet établissement sans mentionner votre nom dans la section historique du formulaire. Je suis un joueur de hockey. Mes notes sont correctes et je suis spécialisé en sciences politiques.*

*J'ai vécu une année difficile, dont une blessure qui m'a empêché de pratiquer mon sport. Comme j'avais beaucoup de temps libre, j'ai pu ralentir et réfléchir à ce qui compte vraiment. Et j'ai pris conscience que le poids de votre rejet est quelque chose que j'ai traîné avec moi toute ma vie.*

*Monsieur, je crois que vous devriez me rencontrer. Je ne compte pas vous demander de l'argent, ni de me reconnaître publiquement comme votre fils. Je ne peux pas vous forcer à me regarder dans les yeux, mais je peux lever la main et vous faire savoir que c'est important pour moi. Je vous pose cette question aujourd'hui pour pouvoir cesser de me demander si vous auriez accepté ou non.*

*Bien à vous,*
*Adam Kellers Hartley*


Je levai les yeux vers lui en expirant.

— Waouh. Ton deuxième prénom est son nom de famille ?

Il hocha la tête.

— Tu l'enverrais, si tu étais à ma place ?

— Oui, Hartley. C'est très courageux de ta part.

— Ce ne serait pas facile pour moi de le rencontrer.

Je secouai la tête.

— Ce n'est pas la raison pour laquelle c'est courageux, et je crois que tu le sais. Le plus dur, ce sera s'il ne répond pas. S'il te laisse dans la tourmente.

Hartley se laissa tomber sur mon lit.

— Oui, mais j'en ai assez de toutes ces interrogations. Je veux être en paix.

Je posai la main sur son ventre tonique.

— Alors poste-la. C'est une belle lettre.

Il me prit la main et son pouce me caressa la paume.

— Passons un accord. Je posterai la lettre sur le chemin du water-polo.

J'hésitais.

— Tu vois, c'était sympa pendant une minute, de parler de tes problèmes au lieu des miens. Tu me prendras pour une mauviette si je ne vais pas au match ?

— *Rien* de ce que tu peux faire ne me fera penser que tu es une mauviette.

Il se redressa et porta la paume de ma main à ses lèvres.

— Et pourtant, j'aimerais que tu y ailles.

— Je ne peux pas m'apitoyer un peu sur moi-même ? Juste une fois ?

— Tu auras toute la vie pour t'apitoyer si tu le veux, mais le water-polo passe en premier.

— Pourquoi ?

Il sourit.

— Parce que j'ai dit à Daniel que je serais votre gardien de but. Et j'aimerais vraiment que tu assistes à ce moment de gloire.

— Vraiment ? Juste pour ma pomme ?

Je ne pus m'empêcher de sourire.

— Tu es sûr que c'est une bonne idée ? Et si tu te fais mal à la jambe ?

— Ne me traite pas comme un bébé, Callahan.

Ses fossettes se creusèrent. Je déposai un baiser sur son nez.

— Tu n'es qu'un manipulateur, méchant garçon.

— J'ai connu pire, comme insulte. Alors, où ranges-tu tes bikinis ?

Je secouai la tête.

— De toute façon, nous devrons déclarer forfait, même si je me pointe.

— Erreur ! J'ai convaincu Dana et Bridger de jouer aussi. Je leur ai dit que tu ne devais pas rester seule aujourd'hui et que tu avais besoin de tes amis.

Mon cœur manqua un battement.

— Vraiment ? Et ils ont accepté ? Même Dana ?

— Je crois qu'elle en pince pour Daniel, dit Hartley en souriant. Mais elle a *affirmé* qu'elle le faisait pour toi.

Un petit rire m'échappa. Soudain, vivre ma nouvelle vie me semblait plus important que me lamenter sur l'ancienne. J'avais envie de voir le corps à moitié nu d'Hartley flotter sur une bouée pour défendre nos cages. Et j'avais envie de voir Dana essayer de garder la face lorsqu'un ballon lui arriverait dessus.

— Hartley, laisse-moi seule. Je vais enfiler un maillot.

— Là, je te reconnais. Je vais prendre ta serviette, dit-il en se détachant de moi pour s'en aller.

Une fois qu'il eut fermé la porte, je me laissai glisser par terre et me traînai jusqu'à la commode, parce que c'était mille fois plus rapide que de remettre mes attelles. À présent, je me déplaçais avec plus d'aisance sur le sol, grâce à la persévérance de Pat. Mais pour retirer mon jean, je devais rouler d'une hanche sur l'autre en frétillant comme un poisson.

C'était très sexy.

*Ou pas.*

## HARTLEY

Le frère de Corey regardait la télévision et faisait de son mieux pour m'ignorer. Je m'assis néanmoins à côté de lui.

Je comprenais son désarroi, mais il était hors de question que je me sente coupable de ma relation avec Corey. Bien au contraire – j'étais sacrément fier de moi. Et je me sentais plus léger. Avoir raconté à Corey ma sinistre histoire de famille m'ôtait un poids des épaules.

— Qu'est-ce qu'elle fait là-dedans ? demanda Damien sans me regarder.

— Elle met son maillot de bain.

Il tourna la tête.

— Vraiment ? Tu l'as convaincue ?

— Oui.

J'essayai de ne pas paraître suffisant, sans parfaitement y parvenir.

Il éteignit la télé et se tourna totalement vers moi. Son attitude était légèrement agressive, mais je savais que ce n'était que de l'esbroufe.

— Ma sœur, hein ?

Il se gratta le visage.

— Bon sang, fit-il. Au moins ce n'est pas Bridger.

— Enfin, je t'en prie.

J'éprouvais une pointe de culpabilité à déprécier ainsi mon meilleur ami, mais Damien n'avait pas tort. Il n'aimait peut-être pas imaginer sa sœur et moi nus dans un lit, mais les aventures d'un soir, ce n'était pas mon genre.

— Tu sais quoi ? Elle n'était vraiment pas bien pendant les vacances. Et je crois que c'est à cause de toi.

D'accord, *oups*. Mais je n'avais jamais eu l'intention de rendre Corey malheureuse. Et pour être honnête, elle n'en avait jamais rien dit. Pas tout de suite, du moins.

— Nous avons eu quelques épreuves à surmonter. Il m'a fallu un moment pour tout régler.

— Je dis juste que je sais où tu habites.

L'étape des menaces était arrivée. Très bien.

— Tu sais, je n'ai pas de petite sœur. En fait, c'est inexact. J'en ai une, mais je ne l'ai jamais rencontrée.

Voilà que je m'épanchais auprès de tout le monde à présent ! De là à ce que je raconte l'histoire de ma vie dans les émissions télévisées de l'après-midi, il n'y avait qu'un pas.

— Alors je ne sais pas vraiment ce que tu as traversé, mais ce n'est pas grave, parce que Corey est importante pour moi.

Il me lança un regard sombre et ses yeux bleus me rappelèrent ceux de Corey.

— Traite-la convenablement, c'est tout.

— C'est bien ce que je compte faire. Eh, tu sais quoi ? Je t'ai couvert, vieux.

— Comment ça ?

— Elle m'a demandé si son frère était un chaud lapin et je lui ai dit que tu n'étais pas si terrible.

Il afficha un léger sourire et répondit :

— Mais qu'est-ce que ça peut faire si je suis un chaud lapin ? Tant qu'elle n'est pas *avec* un chaud lapin.

— Deux poids, deux mesures, à ce que je vois !

Damien me brandit son majeur et Corey choisit ce moment pour ouvrir la porte de sa chambre.

— Euh, les garçons ?

Je descendis d'un bond du canapé et rangeai la serviette de Corey dans mon sac de sport. Puis je lui apportai sa carte d'étudiant au bout d'un ruban, que je passai autour de son cou.

— Hartley ? fit-elle en posant sa main sur mon torse. Merci.

J'avais l'impression de valoir un million de dollars. Que Damien aille au diable, j'embrassai Corey sur les lèvres. Puis je glissai ma lettre dans son enveloppe et en léchai le rabat avant de la refermer.

— C'est parti.

J'ouvris la porte de Corey et attendis que Damien enfile sa veste pour nous suivre.

— Tu sais, lui dis-je. Je pourrais te prêter un maillot si tu veux jouer. Après tout, tu es un Beaumontois !

— Il ne peut pas jouer ! protesta Corey. Les anciens élèves ne sont pas admis. Je ne veux pas que notre victoire soit disqualifiée.

En l'entendant, je rejetai la tête en arrière et éclatai de rire.

— Seigneur, Callahan. J'avais oublié à qui j'avais affaire.

Corey passa près de moi sur ses béquilles et je me penchai pour déposer un autre baiser sur sa tête.

Même Damien sourit et son attitude envers moi se réchauffa d'un ou deux degrés.

— Les Callahan jouent toujours pour la victoire, dit-il. En avant, tous les deux. Montrez-moi comment on gagne.

Et ce fut exactement ce que nous fîmes.

## CHAPITRE 23
# MIEUX VAUT TARD QUE JAMAIS

### COREY, TROIS MOIS PLUS TARD

HARTLEY et moi étions assis côte à côte sur le canapé. C'était un samedi après-midi du mois d'avril, juste après le déjeuner. J'essayais de rester concentrée sur mon *Jules César* de Shakespeare, mais Hartley m'attira sur ses genoux en écartant mes cheveux pour déposer un baiser son mon épaule.

— Je ne peux pas lire du Shakespeare avec tes lèvres dans mon cou, grognai-je.

— Alors, ne lis pas, me répondit-il d'une voix étouffée.

Il me renversa pour m'appuyer contre son torse et je sentis son corps ferme se balancer de façon suggestive.

— Cette pièce date de 400 ans. Elle peut bien attendre encore une demi-heure. Nous pourrions… hmm, dit-il en glissant les mains le long de mes côtes et de mes hanches, avant de m'agripper les fesses.

Je refermai le livre et le jetai sur la table basse, puis je me retournai pour l'embrasser.

— Oh, oui, je t'en prie, dit-il contre mes lèvres.

Ses mains cherchaient mon t-shirt.

— Désolée de te donner de faux espoirs, lui dis-je en prenant ses mains dans les miennes, mais je dois partir. J'ai rendez-vous chez le coiffeur. Et toi aussi, tu as des courses à faire.

Il poussa un petit grognement et m'attira tout contre lui.

— J'aime bien tes cheveux longs.

— Hartley, répondis-je en riant. Ils ont besoin d'une petite coupe d'entretien. Cruellement besoin, même. Tu dois attendre quelques heures, et alors ? Après le bal de Beaumont, je serai tout à toi.

Il posa la tête contre le dossier du sofa et soupira.

— Ces quelques heures vont être longues. C'est une stratégie pour m'éviter ? Parce que ça ne fonctionnera pas.

Je tendis la main pour effleurer son menton. J'aimais sentir sous mes doigts ses poils de barbe d'un samedi à la maison.

— Pas du tout, lui promis-je. Je me suis donné la peine d'aller faire les magasins pour m'acheter une robe, ce qui est l'activité que j'aime le moins au monde, alors tu peux être sûr que je vais la mettre.

Je me laissai glisser au bas de ses genoux pour récupérer mes béquilles par terre avant de me lever.

Il se hissa vers ma bouche et y déposa un baiser d'au revoir.

— Tu es la fille parfaite, dit-il contre mes lèvres. Tu es canon, mais tu as horreur du shopping. Cette robe sera magnifique. *Sur mon plancher.*

J'éclatai de rire et il lissa mes cheveux sur mes épaules.

— J'aime vraiment qu'ils soient longs. Je ne disais pas ça en l'air.

— Moi aussi. Mais le chlore a brûlé les pointes, et je dois les faire égaliser. On se voit plus tard ?

Je l'embrassai une dernière fois.

— Mieux vaut tard que jamais, dit-il en se rasseyant sur le canapé.

— J'aime cet état d'esprit.

Je passai mon sac à main en bandoulière, ouvris la porte et sortis à béquilles dans le couloir.

Après avoir refermé la porte derrière moi, je me retournai. Un homme se tenait devant la chambre d'Hartley, comme s'il venait de frapper et attendait une réponse.

— Excusez-moi, dis-je. Vous cherchez... ?

Il se tourna vers moi et je restai le souffle coupé.

Parce qu'Hartley ressemblait comme deux gouttes d'eau à son père.

Il me fallut une minute pour parler, trop concentrée que j'étais sur l'homme grand aux cheveux bruns ondulés qui se tenait devant moi. Il avait la même bouche rebondie que son fils et le même nez bien proportionné. Seuls ses yeux étaient très différents. Ceux de l'homme étaient bleus et ne reflétaient pas la même chaleur que ceux d'Hartley.

— Savez-vous où il se trouve ? demanda l'inconnu d'une voix calme.

Je hochai la tête en retrouvant l'usage de ma voix.

— Une seconde. Ne partez pas.

Lorsque je rouvris la porte de ma chambre pour entrer, Hartley lança :

— Je te manquais déjà, ma belle ?

Puis il aperçut mon visage.

— Que se passe-t-il ?

Je fermai la porte derrière moi et me penchai sur le canapé pour lui répondre à voix basse.

— Ton père est dans le couloir.

Il ouvrit de grands yeux stupéfaits.

— Tu en es sûre ?

— Totalement.

Hartley bondit du sofa.

— Merde. Là, maintenant ?

— Il a répondu à ta lettre ?

Il secoua la tête.

— Waouh. Alors ça y est ?

Il haussa les épaules, les yeux toujours écarquillés.

— C'est peut-être mieux ainsi, sans avoir à y réfléchir.

Il expira lentement. Puis il baissa les yeux pour regarder sa tenue. Il portait un jean et un t-shirt des Red Sox, ainsi que des baskets orange vif.

— Tu es *super*, Hartley, murmurai-je. À moins que tu me dises de ne pas le faire, je vais ouvrir cette porte maintenant. Tu peux lui parler ici, d'accord ?

Hartley balaya mon salon du regard comme s'il le découvrait pour la première fois. Puis il hocha de nouveau la tête. J'ignore s'il avait fait le même calcul que moi – le lit défait d'Hartley serait un lieu de rendez-vous bien plus gênant que ma petite salle commune. Je le vis prendre une grande inspiration. Je fis alors le geste de tourner la poignée et Hartley ouvrit la porte en grand. Je chuchotai à son oreille :

— Je t'aime très fort.

J'allais m'en aller lorsqu'Hartley me prit la main. Son père venait de se retourner, ce qui ne l'empêcha pas de déposer un baiser sur mon front avant de me laisser partir.

Je jetai un dernier coup d'œil à l'homme qui était venu le voir. Il regardait fixement son fils, le visage rouge et le corps immobile.

— Vous devriez entrer, proposa Hartley au moment où je poussais la porte et quittais le bâtiment Mc Herrin.

## HARTLEY

Pendant une longue minute, aucun de nous ne prononça le moindre mot. Il s'assit sur le canapé de Corey et je tirai le fauteuil du bureau de Dana pour m'asseoir en face de lui. J'avais vu de nombreuses photos sur internet, mais cette fois, c'était différent. Je n'aurais jamais cru respirer un jour le même air que cet homme. Et j'avais du mal à surmonter ma stupeur.

Je crois que c'était difficile pour lui aussi.

Nous nous contentâmes de nous dévisager pendant quelques minutes.

— Adam, dit-il enfin.

Il se racla la gorge.

— Je suis désolé. Je sais que mes excuses arrivent ridiculement tard. Et je ne m'attends pas vraiment à ce que tu comprennes. Mais je suis quand même venu pour te les présenter.

Je hochai la tête. C'était la seule chose que j'étais capable de faire. Maintenant qu'il était là, assis devant moi, des questions hargneuses se bousculaient dans ma tête. *Comment as-tu pu faire ça ? Sais-tu à quel point ma mère travaille dur ? Sais-tu combien d'enfants se sont moqués de moi ? Nous te protégions, et je ne sais même pas pourquoi.*

Si j'avais ouvert la bouche, les vannes auraient cédé. Je me contentai donc de rester assis en silence, ravalant le goût amer dans ma gorge. Pourtant – et j'ai honte de le reconnaître – une part de moi avait toujours envie qu'il m'apprécie. N'était-ce pas pathétique ? Après tout ce temps, j'espérais toujours faire bonne impression.

Mon père tapotait nerveusement des doigts sur son jean. Son pantalon était d'une couleur sombre très raffinée, le genre que Stacia choisirait. Il portait des chaussures noires brillantes et une veste qui coûtait sans doute aussi cher que la voiture de ma mère.

— Je suis en train de divorcer, m'annonça-t-il de but en blanc.

— J'ai lu les gros titres, avouai-je.

Je ne voulais pas qu'il sache que je le traquais sur internet depuis des années. Mais son divorce avait fait les choux gras de la presse à scandale peu de temps après que je lui avais envoyé ma lettre. N'importe qui aurait pu le savoir.

— Ce qui fait que, pendant plusieurs semaines, je n'ai pas eu connaissance de ton courrier. Tu l'as envoyé dans le Connecticut alors que je séjournais à New York.

Je hochai de nouveau la tête en essayant de me concentrer sur ses paroles. Ainsi présent devant lui, j'avais l'impression de vivre une expérience de décorporation. Je ne pouvais détacher mon regard de son visage et je remarquais tous nos points communs. Ses sourcils étaient en broussailles comme les miens.

— Ma femme – mon ex-femme – m'a décrit l'enveloppe et m'a donné le nom de son expéditeur. Je lui ai alors parlé de toi.

— Parlé de moi ?

J'avais poussé un cri aigu. Il acquiesça.

— Elle ignorait ton existence. J'ai commis beaucoup d'erreurs, Adam. Mais le mois dernier, je lui ai tout raconté, même si elle m'avait déjà quitté. Garder des secrets n'est jamais une bonne stratégie. Il ne m'aura fallu que vingt ans pour m'en rendre compte.

D'une certaine manière, ce qu'il venait de dire m'amusa et j'esquissai un sourire.

— Quoi ? demanda-t-il.

— Rien. C'est juste que… Je me trouvais plutôt lent, moi aussi.

À ces mots, mon père sourit. Mais il avait l'air triste.

— Bref, j'ai attendu un mois de plus pour te voir. Parce que je ne voulais pas que ton nom apparaisse dans les articles au sujet de mon divorce. Je ne voulais pas qu'un journaliste décide que les deux événements étaient en rapport l'un avec l'autre. Tu n'as pas besoin de ce genre d'attention malsaine.

Il s'enfonça dans le canapé de Corey et croisa un pied sur son genou.

— Par contre, je n'ai pas encore parlé de toi à mes enfants, Adam. Je leur ai trop fait subir mes problèmes ces derniers temps.

Ce fut à ce moment-là que je pris la mouche. Sans doute était-ce la nonchalance avec laquelle il avait dit *mes enfants*. Ma réponse furieuse franchit mes lèvres :

— Et comme moi, j'ai déjà l'habitude de subir vos problèmes, rien ne presse, n'est-ce pas ?

D'abord, mon père parut surpris, puis il retrouva son sourire mélancolique.

— C'est de bonne guerre.

Mais je secouai la tête.

— Non, c'est juste que…

Je pris une profonde inspiration avant d'ajouter :

— Je ne vous ai pas demandé de me rencontrer pour pouvoir vous faire des reproches.

Alors même que je parlais, je pris conscience que je ne savais pas vraiment à quoi je m'étais attendu. J'avais toujours voulu un père normal, mais quand vous aviez vingt-et-un ans, peut-être la date d'expiration pour ce genre de relation était-elle passée depuis longtemps.

— Adam, ce serait bizarre que tu ne m'en veuilles *pas*. Je le savais en venant ici.

— Vous m'avez pris par surprise.

— Je sais. Mais il y a certaines choses qu'on ne peut aborder par téléphone.

Il changea de position, mal à l'aise.

— J'ai trois enfants plus jeunes. Les garçons, Ryan et Daniel, ont onze et neuf ans, et ma fille Elsa a sept ans.

*Ryan. Daniel. Elsa.*

— C'était le plus difficile, lâchai-je.

— Quoi donc ?

— Avoir des frères qui ignoraient mon existence.

Je les avais vus ce jour-là, dans le quartier de Stacia. J'avais dit à Corey que je ne les avais pas bien regardés, et c'était vrai. Mais leur image restait gravée dans mon cerveau. J'avais vu le bras de l'un d'eux replié au-dessus de sa tête, tandis que son frère courait sur la pelouse impeccable pour recevoir la passe. Je ne m'étais jamais senti aussi exclu qu'en cet instant.

— Très bien. Je leur en parlerai quand je les verrai le week-end prochain.

Je secouai la tête, conscient que ce serait égoïste de ma part.

— Vous savez, ce n'est pas de leur faute. Alors ne vous inquiétez pas pour ça.

Mon père se pencha en avant.

— Non, tu avais raison. Les secrets ne m'ont pas réussi. Je leur dirai, et ils seront surpris pendant une dizaine de minutes, c'est tout. Après, tu seras une star pour eux.

Il sourit de nouveau, d'un sourire à cent pour cent authentique. Je voyais bien que penser à ses enfants suffisait à le faire rayonner.

— Sérieusement. Un grand frère qui joue au hockey ? Tu auras un fan-club de folie. Ils ne reculeront devant rien.

Je me frottai le genou en me demandant depuis combien de temps je n'avais pas chaussé mes patins.

— Tu n'as pas joué cette année ?

— Non. Je me suis cassé la jambe à deux endroits différents.

— Quelle poisse.

Je haussai les épaules.

— Oui, c'est sûr. Mais maintenant, ça va mieux. Et j'ai rencontré une fille formidable.

Cela ne m'avait pas échappé que Corey et moi ne nous serions jamais rencontrés sans cette blessure. Je serais peut-être toujours coincé dans la relation la plus pathologique du monde avec Stacia.

Et mes problèmes ne feraient que commencer.

— Nous pourrions assister à un match des Rangers, tous ensemble, proposa mon père.

Je le regardai en arquant un sourcil.

— Les Rangers, hein ?

Son rire me surprit.

— Tu soutiens quelle équipe ?

— Les Bruins, bien sûr. Les Rangers sont des chochottes.

— Bon à savoir, dit-il.

Ses épaules commençaient à se détendre.

— Bon à savoir.

## COREY

Inutile de préciser que mes deux heures au salon de coiffure furent une véritable torture.

Je passai tout mon temps à essayer d'imaginer comment se déroulait leur première conversation. Et je ne parvenais pas à savoir si j'étais en colère contre le père d'Hartley de s'être pointé sans prévenir. Valait-il mieux arriver à l'improviste ou ne pas arriver du tout ?

C'était une journée chaude pour le mois d'avril et je me mis à transpirer sur le chemin du retour. J'avais mes nouvelles attelles depuis un mois déjà et je m'y adaptais très bien. De mauvaise grâce, j'étais forcée d'admettre que les nouvelles technologies étaient formidables. Je devais toujours utiliser des béquilles d'avant-bras, mais à présent je me servais vraiment de mes jambes, je ne me contentais pas de les balancer comme des échasses. Les marches étaient beaucoup plus faciles à gravir et je n'utilisais plus mon fauteuil qu'en de rares occasions, dans l'appartement par exemple.

Lorsque j'arrivai enfin à la chambre, ce fut pour découvrir un mot sur notre canapé.

*Callahan – J'ai tellement de choses à te raconter. Mais j'ai emprunté la voiture de Stacia pour rentrer chez moi et parler à ma mère. Je devais le faire. Je serai de retour sans faute vers 20 h – alors enfile cette robe.*

*Je t'aime, H.*

Bien évidemment, le suspense était à son comble. Mais j'allais devoir être patiente. Je lui envoyai un message : *Sois prudent sur la route, pas d'excès de vitesse ! Je t'aime. C.*

J'allai dîner au réfectoire en compagnie de Dana et de Daniel, qui étaient tout excités d'assister ensemble au bal de Beaumont. Il avait fallu à Daniel deux mois pour trouver le courage d'inviter Dana à dîner. À présent, ils sortaient ensemble depuis deux semaines et j'étais prête à parier que Daniel se glisserait discrètement hors de l'appartement le lendemain matin. J'avais préparé tout un stock de plaisanteries pour le petit déjeuner, juste au cas où.

Mais ce soir-là, j'étais tellement distraite que j'eus du mal à suivre leur conversation.

— Est-ce que tout va bien, Corey ? me demanda Dana lorsque je ne parvins pas à répondre à une question simple pour la troisième fois de la soirée.

— Hmm ? Oui. Je vais bien.

— Où est Hartley ? demanda-t-elle. Vous ne vous êtes pas disputés, si ?

Je secouai la tête.

— Il est allé voir sa mère une ou deux heures. Son... Il a des affaires de famille à régler aujourd'hui. Il a dit qu'il reviendrait à temps pour le bal.

Dana consulta sa montre.

— Allons nous préparer. Je peux te faire des ongles assortis à ta robe.

Je fis la grimace.

— C'est un peu excessif, non ?

— Ce soir, tu n'es pas une sportive, Corey, dit-elle. Ce soir, tu es une fille qui fait la fête.

— Si tu le dis, fis-je en soupirant.

À vrai dire, je m'en fichais bien, tant que mon sportif à moi m'était rendu sain et sauf.


— Tu ne veux pas m'expliquer ce qui ne va pas avec Hartley ? me supplia Dana.

Je ne pouvais pas la voir, car j'avais les yeux fermés. Mais je sentais son souffle sur mon visage tandis qu'elle m'appliquait du fard à paupières.

— Je suis désolée, dis-je. Ce n'est pas mon histoire, je ne peux pas la raconter. Mais personne n'est malade ou à l'agonie, je te le jure. Ce sont juste des histoires de famille.

— Bon, c'est bien, dit-elle.

J'ignorais si elle parlait d'Hartley ou de son œuvre.

— Ouvre les yeux et regarde un peu...

Je m'exécutai. Lorsqu'elle s'écarta et que je m'aperçus dans le miroir, j'eus presque l'impression qu'une autre fille me renvoyait mon regard. Je n'avais jamais beaucoup aimé le maquillage, et après mon accident, j'avais cessé d'en mettre. La fille – non, la femme – dans le miroir était plus glamour et plus sophistiquée que d'habitude. Dana m'avait promis de ne pas trop en faire et elle avait tenu parole. Mais grâce à ses talents, les traits de mon visage étaient habilement mis en valeur. La couleur marron doré de l'ombre à paupières soulignait mes cheveux, lisses et ondulés au niveau des pointes depuis ma visite chez le coiffeur.

Pourtant, c'était la robe que je préférais. C'était Dana qui l'avait choisie, bien sûr, et elle s'était surpassée. Elle était longue et rouge vif. (D'après Dana, c'était une robe maxi, même si j'ignorais ce que cela signifiait.) Sa coupe était d'une simplicité déconcertante, elle s'évasait légèrement à partir d'un bustier pour venir frôler mes pieds dans un tourbillon de soie. Le flot ininterrompu de tissu masquait mes attelles et me donnait une silhouette épurée que je n'avais pas vue dans un miroir depuis plus d'un an.

— Waouh, fit Dana. Hartley va s'évanouir. S'il revient un jour.

Je ne pouvais détacher mon regard du reflet. Quand m'étais-je admirée dans un miroir sans émettre de pensées critiques pour la dernière fois ? Il y avait longtemps. Une éternité. Au fond de moi, je savais que la robe et le maquillage ne me changeaient pas vraiment. Mais cela me donnait une raison de faire une pause et de m'examiner attentivement, pour célébrer tout ce qui était entier et beau chez moi – la teinte rosée de ma peau saine, mes cheveux longs. En fin de compte, le miroir était indulgent, et pourtant je l'avais tellement méprisé.

— Tu aimes ? murmura Dana.

Je savais qu'elle faisait allusion à son maquillage, mais ce fut comme si elle m'interrogeait sur ma vie dans son intégralité.

— Oui, répondis-je. Vraiment.

Peu après vingt heures, une sonnerie retentit sur mon téléphone pour annoncer un message d'Hartley. *J'arrive. Désolé.*

Je répondis : *Pas de textos au volant ! Prends tout ton temps. J'y vais avec D&D.*


Depuis que nous avions quitté le réfectoire de la résidence Beaumont deux heures plus tôt, la salle avait été transformée. Les plus grandes tables avaient été enlevées, laissant la place pour un orchestre de cinq instruments et une piste de danse. La lumière des chandeliers vacillait sur les tables encore dressées. Quelques couples dansaient au milieu de la salle ou discutaient en petits groupes dans les coins.

Je ne pouvais m'empêcher de surveiller la porte, si bien que je ne vis pas Bridger qui s'était faufilé derrière moi. Avant que je puisse protester, il m'avait attrapée par la taille et fait tourner sur moi-même. Il me reposa au sol.

— Qui êtes-vous et qu'avez-vous fait de Callahan ? demanda-t-il en me rendant mes béquilles qui avaient glissé par terre.

— Euh, merci ?

J'avais déjà obtenu une dizaine de variantes de ce même compliment en moins d'une demi-heure. C'était certes très flatteur, mais je commençais à me demander si je ne devrais pas faire un peu plus d'efforts au quotidien.

— Sérieusement, tu es splendide, dit-il. Bon sang, mais où est Hartley ? S'il t'a posé un lapin, je le démonte.

— Pas la peine, répondis-je. Il est en chemin. Il sera là d'une minute à l'autre.

Bridger se renfrogna, mais je ne lui donnai pas plus de détails.

— Tu ne me présentes pas à ta copine ?

Une blonde plantureuse que je ne connaissais pas attendait derrière lui. Je n'avais jamais vu Bridger avec une même fille plus d'une nuit d'affilée. Il semblait en changer comme de mouchoirs en papier.

— Bien sûr ! Voici… fit-il en se raclant la gorge.

— Tina, dit-elle.

— Bonsoir, Tina !

Je m'empressai de lui tendre la main pour essayer de couvrir la gaffe de Bridger.

— Ravie de te rencontrer.

— C'est un plaisir, dit-elle sur un ton crispé.

— Je ne veux pas vous empêcher de danser, ajoutai-je.

Tina tira la main de Bridger et il me regarda en haussant les sourcils. Je suppose qu'il trouvait impoli d'aller danser alors que je ne pouvais pas les suivre.

— Vas-y, murmurai-je.

Bridger m'embrassa sur la joue avant de conduire sa compagne de la soirée sur la piste de danse. Je les regardai quelques minutes. Ces deux-là n'avaient aucun complexe, cela sautait aux yeux.

Un sourire m'échappa lorsqu'Hartley franchit enfin la porte en tournant la tête à gauche et à droite, à ma recherche. Il avait couru chez lui pour se changer, mais il n'y avait pas passé beaucoup de temps. Il avait enfilé un pantalon de ville et une chemise boutonnée jusqu'en haut, mais sa tenue aurait eu besoin d'un petit coup de fer à repasser ou de la bonne vieille méthode du cintre-dans-la-vapeur-de-la-salle-de-bain-pendant-la-douche. Sa cravate avait été nouée en quatrième vitesse.

Sans mentir, il était toujours le plus beau garçon de la salle. Et de loin.

Tandis que je le regardais, je sentais mon sourire s'agrandir. Je me redressai légèrement et attendis qu'il finisse par me repérer dans la salle bondée. Malheureusement, ce fut Stacia qui le trouva en premier. Je la vis s'approcher de lui en se déhanchant. Il sortit quelque chose de sa poche, sans doute ses clés de voiture, et il la remercia en déposant un rapide baiser sur sa joue.

Pendant tout ce temps, il n'avait pas cessé de balayer la salle du regard. Il me cherchait.

*Je suis là*, lui indiquai-je par la pensée. Enfin, ses yeux se dirigèrent dans ma direction et glissèrent sur moi sans s'attarder, avant de revenir brusquement en arrière. Son visage illuminé par le plus charmeur des sourires, il se fraya un chemin à travers les corps et les sièges, d'une démarche empressée.

Je m'attendais à ce qu'il me soulève dans ses bras, mais il s'arrêta net devant moi.

— *Bon sang*, Callahan, dit-il en me dévisageant. Je veux dire… waouh !

Il s'approcha.

— Je suis désolé d'être en retard, je...

— Chuut, lui dis-je en posant mes doigts sur ses lèvres. Tu n'es franchement pas très en retard.

Je tirai sur son col pour le redresser.

— Bien sûr, mais... fit-il en baissant les yeux sur sa propre tenue, avant de ricaner. C'est moi qui t'ai convaincue d'y participer et je voulais bien faire les choses. Je devais passer chercher mon costume au pressing. Mais maintenant, il est fermé.

Il se colla contre moi et passa ses mains sur la soie de mon bustier.

— Bon sang, ce que tu es belle ! dit-il.

Puis m'embrassa sur les lèvres, devant Dieu et toutes les personnes présentes.

Je ne m'y opposai pas.

Le groupe se mit à jouer un slow et Hartley s'écarta en souriant.

— C'est parti ! Abandonne tes béquilles.

Il posa ses mains sur mes hanches. Je me penchai en avant sur les deux pieds, afin de bloquer les genoux de mes nouvelles attelles. Je rangeai mes béquilles sur une chaise derrière moi et posai délicatement un pied sur l'une des chaussures d'Hartley, puis l'autre.

— Et voilà, chuchota-t-il à mon oreille.

Il esquissa de petits pas et rejoignit la foule de danseurs, mes pieds sur les siens. Comme nous l'avions répété.

Enfin, nous étions sur la piste, nous étreignant tout en dansant. Si quelqu'un nous avait regardés, il n'aurait sans doute pas remarqué que sans le soutien d'Hartley, je serais incapable de tenir debout.

— C'est exactement pour ça que j'avais hâte de rentrer, dit-il en m'embrassant les cheveux.

— C'est super, acquiesçai-je. Mais si tu ne me fais pas *tout de suite* un compte-rendu de ce qui s'est passé avec ton père, je vais exploser.

Il ricana.

— Oui, Chef. Il va me falloir des heures pour tout te raconter.

— J'ai le temps.

Son nez chatouillait mon oreille.

— Je te raconterai tout, je te le jure, mais j'en ai encore la tête qui tourne et je ne sais pas par où commencer.

— Il a dû recevoir ta lettre.

Les lèvres d'Hartley effleurèrent ma joue.

— Oui, mais elle est arrivée en plein pendant son divorce.

Je levai les yeux vers lui.

— J'ai lu ça, son mariage a duré quinze ans ?

— Oui, dit-il. Quand j'ai lu cet article, je me suis demandé s'il avait reçu ma lettre en fin de compte.

— Tu vois, il l'avait lue.

Hartley hocha la tête.

— Sa femme… ex-femme, enfin bref, elle lui a dit par téléphone : « Tu as reçu une enveloppe de la part d'un certain Adam Hartley, il y a marqué personnel et confidentiel. » C'est à ce moment-là qu'il lui a parlé de moi.

Je relevai brusquement la tête pour le regarder et nous perdîmes l'équilibre l'espace d'une seconde. Mon pied glissa de la chaussure d'Hartley et se posa par terre.

— Elle l'ignorait ?

Il secoua la tête.

— Mais quand elle lui a parlé de l'enveloppe, il n'a pas hésité un instant. Il a dit que s'il avait toujours été franc avec elle à propos de ça et de tout le reste, il n'aurait peut-être jamais eu à divorcer.

— Aïe, m'exclamai-je. Apparemment, il a son lot de problèmes, lui aussi.

Les mains d'Hartley me caressaient le dos.

— À ce niveau-là, c'est même le gros lot de la tombola ! En tout cas, il a décidé de prendre ses problèmes à bras le corps.

— De quoi avez-vous parlé ?

— Un peu de tout. Nous avons passé une heure et demie ensemble, je crois. Et je vais le revoir le mois prochain.

— Waouh.

— Je ne pouvais pas m'empêcher de le regarder, honnêtement. J'avais l'impression d'être face à un miroir déformant : il me ressemblait, mais était différent à la fois.

— Hartley, je suis sûre que lui non plus ne pouvait détacher ses yeux de toi. Tu es délicieux.

Il renifla.

— Tu te trompes, Callahan.

Le slow se termina et l'orchestre entama une musique plus rapide, un swing. Nous devions quitter la piste de danse. Hartley tendit les deux mains et se mit à reculer, tandis que je poussais sur ses bras comme sur des béquilles. Ma démarche avec ces nouvelles attelles ne serait jamais gracieuse, mais elle était mille fois plus naturelle qu'avant.

— Oups, désolé ! dit brusquement Hartley.

En reculant, il avait bousculé le doyen Darling.

Ce dernier nous regarda et dut s'y reprendre à deux fois avant de me reconnaître.

— Mademoiselle Corey Callahan ! s'exclama-t-il. Je ne m'attendais pas à vous trouver sur la piste de danse – ce qui est encore une erreur ridicule de ma part.

— Moi non plus, je ne m'attendais pas à être présente ici, admis-je. Mais on m'a dit que le bal de Beaumont était incontournable.

— Vous avez bien raison, répondit le doyen en nous souriant. Continuez.

Hartley m'attira à ses côtés et colla sa hanche contre la mienne. Il passa une main autour de ma taille et ramena l'autre bras entre son corps et le mien pour me permettre de m'y appuyer. Nous avions mis au point quelques nouveaux trucs, lui et moi. Les fêtes étaient encore plus amusantes qu'avant, avec mon assistant personnel sur lequel je pouvais compter. Et me rincer l'œil au passage.

Bridger nous fit signe depuis l'encadrement d'une porte que je n'avais encore jamais vue ouverte.

— Qu'y a-t-il par là-bas ?

— Une terrasse, répondit Hartley. Tu veux sortir quelques minutes ?

— Bien sûr.

J'allais récupérer mes béquilles, mais Hartley arrêta mon geste.

— Marche avec moi. Je ne t'abandonnerai pas.

Il se dressa à côté de moi et se pencha, les bras le long du corps. Je pris ses deux mains dans les miennes et m'appuyai sur lui pour me soutenir. Nous n'étions qu'à cinq mètres de la porte. J'éprouvai quelques difficultés au moment de franchir la marche du seuil. Hartley me souleva par les hanches, se retourna et me déposa de l'autre côté, avant de me prendre par la taille et de me donner la main. Nous avançâmes pas à pas en direction de nos amis, dans l'obscurité de la nuit.

Lorsque je levai les yeux, un garçon que je ne connaissais pas m'observait d'un air perplexe.

— Je ne suis pas ivre, lui lançai-je. C'est mon état permanent.

— Oh, désolé, répondit-il en détournant le regard.

Je secouai la tête.

— Je te taquine, ce n'est rien.

Puis j'entendis le bruit caractéristique d'un bouchon qui saute et j'aperçus les tresses blondes de Stacia lorsqu'elle se retourna, une bouteille à la main.

— Colin, les verres ?

Le type qui me dévisageait un peu plus tôt lui tendit une colonne de gobelets en plastique transparent et Stacia entreprit de verser une petite quantité dans chaque verre. Hartley me tenait contre lui et j'inspirai l'air frais de cette soirée d'avril. Le printemps arrivait. J'avais du mal à le croire, mais ma première année à Harkness se terminerait dans six semaines.

Colin distribua les verres, mais quand vint notre tour, Hartley refusa. Il n'y avait aucune chaise à l'extérieur, et nous avions besoin de nos mains pour m'aider à tenir debout.

— Attends, me dit Bridger.

Il disparut derrière nous et réapparut quelques instants plus tard avec une chaise du réfectoire, qu'il posa près de moi.

— Merci, Bridger, fis-je en m'asseyant.

Stacia nous rejoignit et nous tendit deux verres.

— Tu es en beauté ce soir, dit-elle.

Lorsque je compris qu'elle s'adressait à moi, je fus presque trop étonnée pour réagir.

— Merci, bredouillai-je. Toi aussi, cela va sans dire.

Il faisait noir, mais j'aurais juré qu'elle m'avait fait un clin d'œil.

Bridger leva son verre.

— À la contrebande, déclara-t-il.

L'alcool n'était pas autorisé au bal organisé par l'université.

— À la contrebande, acquiesçâmes-nous en chœur.

Le champagne produisit un léger picotement sur ma langue. Il était divin. Je tirai sur la main d'Hartley et lorsqu'il se pencha vers moi, je murmurai à son oreille :

— Stacia m'a fait un compliment et ton père a débarqué le même jour. Je crois que la fin du monde est proche.

Il m'embrassa le cou.

— Tu as remarqué ? C'est vraiment une gnôle de première catégorie.

— En effet. Tu te souviens de ce qui s'est passé la dernière fois que nous avons bu du champagne raffiné ?

— Je me disais exactement la même chose, chuchota Hartley.

Sa bouche s'attarda près de mon oreille.

— Où étais-tu passé aujourd'hui, Hartley ? demanda Bridger en posant une main sur son épaule.

— Même si tu pouvais faire mille suppositions, tu ne trouverais jamais la bonne, dit-il.

— Bravo, maintenant j'ai envie de savoir.

— Bridger, je ne suis pas prêt à raconter toute l'histoire. Mais je vais te dire une chose : j'ai apporté un chèque à ma mère aujourd'hui, pour douze années de pension alimentaire.

— Quoi ? me récriai-je. Tu ne me l'avais pas dit.

— Patience. Je t'ai prévenue que ça prendrait des heures.

— Ça alors, vieux, fit Bridger en terminant son verre. Tu avais raison. Je ne l'aurais jamais deviné. Alors, c'est qui ?

Hartley secoua la tête.

— C'est un peu confus pour lui. Nous avançons à pas de fourmi pour l'instant.

— C'est ce que tu appelles un pas de fourmi ? demandai-je lorsqu'Hartley se pencha de nouveau vers moi.

Il me souleva et s'assit sur la chaise en me posant sur ses genoux. Je passai mes bras nus autour de lui et il les frictionna pour me réchauffer.

— Tu es toute froide.

— Ça va.

Hartley murmura :

— Le chèque était d'un quart de million de dollars.

— Oh, mon Dieu ! Il s'est pointé avec ça dans sa poche ?

Hartley hocha la tête et son nez effleura mon visage.

— Il a demandé à son avocat de calculer combien il nous devait. Il existe une formule officielle utilisée par l'État, apparemment.

— Et il a juste dit… Tiens ? Ça t'appartient ?

— Oui, je t'avais dit qu'il prenait ses problèmes à bras le corps. Alors j'ai apporté le chèque à ma mère et, bien sûr, elle a répondu qu'elle n'accepterait pas cet argent.

— Quoi ? m'exclamai-je. Elle *doit* l'accepter. Elle pourra quitter son affreux boulot.

— Il m'a fallu deux heures pour la convaincre. C'est pour cette raison que je suis arrivé en retard. Mais maintenant, elle peut reprendre les cours. Elle envisage de devenir infirmière.

L'idée me fit sautiller de joie.

— Elle sera formidable. Eh, je lui montrerai comment retirer un cathéter.

— Bon sang, je t'adore, dit-il en riant avant de me serrer contre lui. Petite créature sexy, courageuse et drôle. J'ai pensé à toi toute la journée. Parce que sans toi, je ne l'aurais jamais rencontré.

Je me blottis dans ses bras.

— Ce n'est pas vrai. Tu y serais sans doute parvenu autrement.

Au lieu de réfuter mon argument, il m'embrassa.

— Viens, dit-il. Nous devons danser.

— Pourquoi ?

— Parce que c'est moi qui ai insisté pour qu'on participe à ce bal. Alors nous allons retourner danser. Avant que je te retire cette robe.

— Ça me plaît, murmurai-je.

Son souffle était chaud contre mon oreille.

— Quelle partie du programme ?

— Tout, répondis-je.

Et c'était vrai.

**Fin**

# DU MÊME AUTEUR

# À PROPOS DE L'AUTEUR

Sarina Bowen est une auteur de romans sentimentaux contemporains et de fiction New Adult. C'est depuis sa campagne du Vermont qu'elle écrit ses best-sellers, qui figurent au classement du *USA Today*.

Les histoires d'amour de ses séries *Ivy Years* et *Brooklyn Bruisers* se déroulent dans l'univers du hockey. Ces deux séries ont commencé à se faire une place dans le cœur des lecteurs en 2014, avec *The Year We Fell Down* (Notre année trouble).

Consultez: **sarinabowenenfrancais.com** pour en savoir plus.

*HIM* et *US* sont des best-sellers LGBT sur le hockey, co-écrits avec Elle Kennedy. *HIM* est également lauréat du concours RITA® Award des Romance Writers of America's.

Pour ceux qui aiment les snowboarders torturés, Sarina a également écrit la série *Gravity*, qui met à l'honneur les sports de glisse.

Sarina aime skier, boire du café et du bon vin. Elle vit avec sa famille, six poules et tout un tas d'équipement de ski et de hockey.

Elle se ferait une joie de communiquer avec vous sur **sarinabowenenfrancais.com**.